उद्यान कला

लेखिका

प्रभा भार्गव

छायाकार

श्री विजय अग्रवाल

पुस्तक महल®

प्रकाशक

पुस्तक महल®, दिल्ली

प्रशासनिक कार्यालय एवं विक्रय केन्द्र

J-3/16, दरियागंज, नई दिल्ली-110002

☎ 23276539, 23272783, 23272784 • फैक्स: 011-23260518

E-mail: info@pustakmahal.com • *Website:* www.pustakmahal.com

शाखाएं

बंगलोर: ☎ 22234025

E-mail: pustak@airtelmail.in • pustak@sancharnet.in

मुंबई: ☎ 22010941

E-mail: rapidex@bom5.vsnl.net.in

पटना: ☎ 3294193 • टेलीफैक्स: 0612-2302719

E-mail: rapidexptn@rediffmail.com

ISBN 978-81-223-0886-0

संस्करण : 2016

मुद्रक: राधा ऑफसेट, दिल्ली

मुरली मनोहर जोशी 'उद्यान कला' पुस्तक का विमोचन करते हुए
लेखिका प्रभा भार्गव के साथ

अपने पति श्री नरेश भार्गव को समर्पित,
जिनका प्रेरक अनुराग मेरा सम्बल बना।

–प्रभा भार्गव

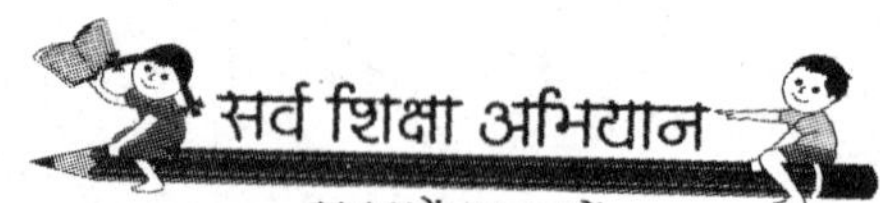

Dr. M.L. Choudhary
Horticulture Commissioner
Tel: 23381012
Fax: 23384978

भारत सरकार
कृषि मंत्रालय
(कृषि एवं सहकारिता विभाग)
कृषि भवन, नई दिल्ली-110001
GOVERNMENT OF INDIA
MINISTRY OF AGRICULTURE
(DEPARTMENT OF AGRICULTURE & COOPERATION
KRISHI BHAWAN, NEW DELHI-110001

Date: August 30, 2004

FOREWORD

Floriculture is a highly fashion-driven technology, which must change rapidly and constantly to satisfy the ever-increasing demand of the entrepreneur and consumers. In such a scenario, innovations, improvisations and the new approaches are absolutely essential. During an era where Indian Horticulture is poised for a Golden Revolution, the contribution from floriculture sector to this revolution would be highly significant.

I appreciate Smt. Bhargava and her team for meticulously planning the contents of the chapters of this book, which will not only give an idea of newer type of flowers but also deal with their cultivation practices. I personally compliment the efforts and wish for every success in her endeavours.

(M.L. Choudhary)

स्वकथन

प्रकृति का सान्निध्य मानव को प्रफुल्लित, उल्लासमय व अनुरागमय बनाता है। मानव प्रकृति के सौंदर्य में प्रसन्नता, सरसता व पवित्रता का अनुभव करता है। वह प्रकृति के अनुराग से अनुरंजित होकर आत्मविभोर हो उठता है और तब प्रकृति के साथ उसका रागात्मक संबंध स्थापित होता है। यह संबंध उसमें दिव्य आनन्द की सृष्टि करता है।

स्वस्थ जीवन के लिए भोजन, वस्त्र एवं घर जैसी प्राथमिक आवश्यकताओं के साथ-साथ सुंदर व स्वच्छ वातावरण भी आवश्यक है। यह तभी संभव है जब सर्वसामान्य में वातावरण को सुंदर बनाने की अभिरुचि जाग्रत हो। जिस सुंदर धरती पर हम रह रहे हैं, उस धरती की सुंदरता और प्राकृतिक संतुलन का ध्यान रखना हम सब का कर्तव्य है। बागवानी का महत्त्व सर्वविदित है। विश्व एक सुंदर फुलवारी है और मनुष्य उसका सर्वोत्कृष्ट पुष्प है।

आत्म-तुष्टि के साथ-साथ इस पुस्तक को लिखने का उद्देश्य यह भी है कि हमारी हिंदी भाषा में उद्यान साहित्य का कुछ अभाव-सा रहा जिससे हमें विस्तारपूर्वक इन विषयों की जानकारी उपलब्ध नहीं होती। अंग्रेजी साहित्य में तो अनेक पुस्तकें इस विषय पर हैं, परंतु हमारी भारतीय जलवायु पर आधारित पुस्तकें नाममात्र ही हैं। अतः उनका हमें विशेष लाभ नहीं मिल पाता। इस पुस्तक को लिखने में मेरा यही प्रयास रहा है कि लोगों में बागवानी के प्रति उत्साह एवं लगाव उत्पन्न कर सकूं ताकि समाज को मनोहारी उपवन व सुंदर स्वच्छ पर्यावरण उपहार में मिले, लोग प्रकृति के सान्निध्य में रह कर सुख शांति से जीवन जीने की कला सीखें। सजा-संवरा उद्यान आपको आत्मिक शांति तो देगा ही साथ में जो आनन्द की प्राप्ति होगी उसकी कल्पना आप तब ही कर सकेंगे जब स्वयं आप सुंदर उद्यान का निर्माण करेंगे। इस पुस्तक के द्वारा आपको उद्यान संबंधी विभिन्न विषयों की जानकारी देने का प्रयास किया गया है, साथ ही साथ जो लोग बागवानी एक व्यवसाय या कैरियर के रूप में अपनाना चाहते हैं, उन्हें भी इस पुस्तक से सहायता मिलेगी। उद्यान-कला आज के युग में करोड़ों व्यक्तियों की जीविका का साधन बनी हुई है। देश को समृद्धशाली बनाने में उद्यान-कला का बहुत बड़ा योगदान है।

इस पुस्तक में गृहवाटिका से संबंधित विविध महत्त्वपूर्ण विषय जैसे—चंद्रोद्यान-निर्माण, सुकर्तन-कला, पॉली-हाउस, ऑर्किड, ग्राउंडकवर, पुष्प व्यवसाय एवं विशिष्ट प्रकार के पुष्पों आदि की विशेष जानकारी दी गई है।

बागवानी से संबंधित मेरी अन्य दो पुस्तकें 'पुष्प वाटिका' एवं 'बागवानी कला' को पाठकों ने सराहा, जिसके कारण इन पुस्तकों के कई संस्करण प्रकाशित हो सके। पाठकों ने अपने पत्रों द्वारा मेरा उत्साहवर्धन किया एवं मुझे तीसरी पुस्तक लिखने की प्रेरणा दी। मैं उन सभी सुधी पाठकों की हृदय से आभारी हूं।

मैं अपने पति श्री नरेश भार्गव जी की हार्दिक आभारी हूं जो सदैव मेरे लिए प्रेरणास्रोत रहे और पुस्तक लेखन के लिए मुझे सदैव उत्साहित करते रहे। मेरी पांडुलिपि परीक्षण के लिए डॉ गौरी शंकर जी एवं मेरे भाई श्री देवेन्द्र भार्गव व बेटी

स्मिता अग्रवाल, मीनू दूबे एवं शांति चौधरी की आभारी हूं, जिन्होंने समय-समय पर अपने महत्त्वपूर्ण सुझाव देकर मेरा उत्साह बढ़ाया है। पुष्प-व्यवसाय चैप्टर में श्री एम॰एल॰ चौधरी हॉर्टीकल्चर कमिश्नर कृषि एवं सहकारिता विभाग ने भी मुझे सहयोग दिया। इसके लिए मैं उनकी कृतज्ञ हूं। रेखाचित्र एवं छायाचित्र तथा उचित विषय परामर्श देने के लिए श्री विजय अग्रवाल के प्रति अपना आभार प्रकट करती हूं। इस पुस्तक की पांडुलिपि के संशोधन में मेरी ननद राजलक्ष्मी ने जो सहयोग दिया है, उसके लिए मैं उन्हें साधुवाद देती हूं।

इस पुस्तक में यदि कुछ कमियां रह गई हों या कुछ महत्त्वपूर्ण विषय छूट गए हों तो सुधी पाठकों से मेरा आग्रह है कि इस ओर मेरा ध्यान आकृष्ट करने की कृपा करें तथा अपने अमूल्य सुझाव भी दें। यह पुस्तक यदि पाठकों को बागवानी कला को अपनाने में एवं पर्यावरण को सुंदर व स्वच्छ बनाने में प्रोत्साहित करती है, तो मैं अपना परिश्रम सार्थक समझूंगी।

प्रभा भार्गव
जानकी वाटिका
26, सुलेम सराय, इलाहाबाद (उ.प्र.)
मोबाइल: 9936151718

विषय-सूची

विशिष्ट पुष्प

चंद्रोद्यान
रात्रि में उद्यान का निखरता रूप

रमणीय भूविन्यास

आइए बनाएं चंद्रोद्यान

वह विजन चांदनी की घाटी
छाई मृदु बन तरु की गंध जहां
नीबू आड़ू के मुकुलों के
मय से मलयानिल लदा जहां।।

बांसों का झुरमुट
संध्या का झुट-पुट
है चहक रही चिड़ियां
टी-वी-टी-टूट् टूट् ॥

—सुमित्रा नंदन पंत

चांदनी रात में तो चंद्रोद्यान के क्या कहने! चंद्रोद्यान मे सौंदर्यानुभूति की तीव्रता में प्रकृति सजीव हो उठती है। चंद्रोद्यान मधुर स्वर्ग-सा लगता है जहां मानव जीवन की समस्त विपदाओं को भूल जाता है। शीतल एवं स्वच्छ चंद्रिका नेत्रों को अपूर्व आनंद प्रदान करती है। हृदय हर्षित होता है और प्रकृति के उस सुखद शीतल वातावरण में मानो सभी नहा-से जाते हैं। चांदनी रात, मंद समीर के सुखद झोंके एवं सुरम्य उद्यान। रात्रि के समय आकाश में छिटके हुए नक्षत्र, रजतमय चंद्रमा, शीतल, मंद, सुरभित वायु, महकते पुष्प, ये सभी बड़े सुखद प्रतीत होते हैं और वहां पर स्नेहमय वातावरण बन जाता है। चांदनी रात के बिखरे प्रकाश में शीतल व शांत वातावरण से प्रकृति की शोभा द्विगुणित हो जाती है, ऐसा लगता है मानो चांदनी रात में स्वच्छ चादरें आपके स्वागत के लिए बिछी हैं।

दिन के प्राकृतिक प्रकाश में तो सभी उद्यान या वाटिका के सौंदर्य का भरपूर आनंद लेते हैं, पर क्यों न हम इसका आनंद रात्रि में छनती हुई रोशनी के आलोक में भी उठाएं? क्योंकि रात्रि में भी उद्यान का सौंदर्य उसकी उपयोगिता, मनोहरता दिन के समान ही तो होती है। वे उद्यान जो रात्रि में भी अपने प्रकाश से मानव मात्र को मोहित करते हैं, उन्हें चंद्रोद्यान कहते हैं। ऐसे भी प्रकृति प्रेमी होते हैं जो रात्रि में भी प्रकृति के सान्निध्य से वंचित होना नहीं चाहते। वे सदैव ही प्रकृति के सान्निध्य में रहकर सुख-शांति एवं उसकी मधुरिमा के साथ सुंदरता से जीना चाहते हैं और बनाते हैं चंद्रोद्यान, जिसका आनंद वे रात्रि में भी उठाते हैं।

चंद्रोद्यान का महत्त्व भारत में राजपूत राजाओं के काल से ही चला आ रहा है। प्रेमी युगल राजा-रानी रात्रि में उन्मुक्त आकाश के नीचे आनंदोत्सव मनाना अधिक पसंद करते थे, और कभी-कभी राजा अपने मंत्रियों के साथ बैठकर विचार-विमर्श अथवा आमोद-प्रमोद भी किया करते थे। रात्रि में ऋतुओं के पर्व अति उत्साह एवं उमंग से मनाए जाते थे। चंद्रोद्यान में दीप उत्सव मनाया जाता था। उस युग में स्त्रियां वसंतऋतु में वसंती साड़ियां पहनती थीं, राजपूत पुरुष केसरिया पगड़ी या साफे बांधते थे। सारा वातावरण वसंतमय हो जाता था। युवतियां बासंती देवी को पूजती थीं एवं रात्रि में मिट्टी के दीप जला कर नदियों की पवित्र धारा में दीप-दान करती थीं। दीपों की दीपमाला जलधारा में बहती और प्रकाश के अनेकानेक रेखाचित्र बनाती बहुत सुंदर प्रतीत होती थी। इस प्रकार चंद्रोद्यान हमारी संस्कृति से जुड़ा हुआ है।

स्थान का चुनाव

चंद्रोद्यान के लिए हमें ऐसे स्थान का चुनाव करना चाहिए जो घर के समीप हो और उसमें सूर्य का प्रकाश कम से कम चार घंटे तक तो अवश्य ही प्राप्त हो। चंद्रोद्यान घर के समीप होने से हम चंद्रोद्यान का पूरा-पूरा आनंद जब चाहें तब उठा कर आनंदित हो सकते हैं। हमें इसका भी ध्यान रखना होगा कि चंद्रोद्यान वाटिका में बड़े वृक्ष न हों अन्यथा उनकी छाया से फूल, फल, लताएं, छोटे फूल वाले वृक्ष, झाड़ियां आदि सुचारु रूप से नहीं पनप पाएंगी।

भूमि की तैयारी

चंद्रोद्यान बनाने के लिए सर्वप्रथम भूखंड को सुधारने का काम करना चाहिए जिससे कि आवश्यकतानुसार पेड़-पौधों की सहायता से वहां पर सुंदर दृश्य बन सकें। भूखंड को सुधारते समय जल निकास का ध्यान रखना आवश्यक होता है।

यूं तो चंद्रोद्यान का ग्रीष्म ऋतु में ही विशेष महत्त्व होता है। पौधों का चयन करते समय यह ध्यान रखना आवश्यक है कि ऐसे पौधों का चुनाव करें जो रात्रि में ही पुष्पित होते हैं। पुष्प श्वेत व हलके पीले रंग के एवं सुगंधित हों, क्योंकि ऐसे पुष्प ही रात्रि के प्रकाश में अलग से दिखते हैं। इनका सुंदर रंग-रूप भली भांति दिखता है। इसके अतिरिक्त अन्य रंग के पुष्पों के पौधे जो रात में खिले रहते हैं, उनका भी उपयोग किया जा सकता है। चंद्रोद्यान के लिए हम अपनी कल्पनानुसार अनेक तरह के फूलों की क्यारियां, कुंज, झरने, सुंदर पुलिया, आकर्षक पगडंडियां, लतामंडप, बारादरी, सुंदर वृक्षों व झाड़ियों का चयन कर उन्हें स्थापित करना चाहिए।

आपका उद्यान रात्रि में भी विशेष लुभावना लगे, सुंदर लगे और आपके अतिथिगण भी उसके सौंदर्य से अभिभूत हो उठें, इसके लिए हम कैसे और क्या करें, यह जानना बहुत जरूरी है। कुछ बातों पर विशेष ध्यान देने की आवश्यकता है।

चंद्रोद्यान में रात्रि में प्रकाश का उचित प्रबंध होना चाहिए ताकि उद्यान रात में भी दिन की ही भांति सुंदर लगे। इसके लिए कृत्रिम प्रकाश का प्रबंध आवश्यक है।

चंद्रोद्यान के मुख्य आकर्षण

उद्यान के भू-दृश्यों को जल दृश्यों में प्रतिबिंबित करने से उद्यान की सुंदरता और अधिक बढ़ जाती है, इसलिए उद्यान को अधिक आकर्षित बनाने के लिए झरना व फौवारों का उपयोग भी होता है। फैव्वारें व झरने प्रकाश से आलोकित होने चाहिए। झरनों के निर्झर निनाद, उसकी जल-धारा बस देखते ही बनती है। उसके अनुपम सौंदर्य से मानव मुग्ध हो जाता है।

मैसूर के वृंदावन उद्यान, कश्मीर के शालीमार व निशात बाग, आगरा का ताज बाग, उत्तर भारत का पिंजौर बाग, भरतपुर के डीग बाग में फौव्वारों द्वारा बने हुए रात्रि के प्रकाश में इंद्रधनुष की सतरंगी कलात्मकता को भला कौन भूल सकता है। इस प्रकार हम भी जमीन की सतह से एवं उसके आस-पास के क्षेत्रों को प्रकाशयुक्त करके उद्यान का सौंदर्य बढ़ा सकते हैं।

आप चंद्रोद्यान में एक आकर्षक दृश्य का सृजन कर सकते हैं, जैसे एक छोटा-सा पर्वतीय दृश्य भी बना सकते हैं जिसमें एक झरना व एक छोटी-सी झील हो। उसके मध्य में द्वीप स्थापित कर पुल बनाकर कलात्मक ढंग से शिलाएं एवं चट्टानें लगा सकते हैं। यहां स्थान-स्थान पर प्रकाश के लिए पत्थर के नक्काशीदार, सुंदर सजावटी प्रकाशमय द्वीप भी बना सकते हैं, जिनके प्रकाश से रात्रि में उद्यान की शोभा का कहना ही क्या! कभी-कभी प्रकाश के आकर्षण को बढ़ाने के लिए सुंदर कटे हुए पत्थर के खंभों पर पत्थर की बनी लालटेन, टेराकोटा से बने अनेक आकार-प्रकार के सुंदर लैंप आदि के द्वारा भी उद्यान में प्रकाश का प्रबंध किया जा सकता है। यह प्रकाश कभी-कभी वृक्ष के नीचे जमीन की सतह के पास 30 से॰मी॰ से 90 से॰मी॰ की ऊंचाई पर भी संभव है और कभी-कभी इसकी ऊंचाई 3 से 8 मीटर तक भी संभव है।

यदि हम जापान के उद्यानों का निरीक्षण करें तो हम देखेंगे कि जापान के उद्यानों में द्वीप का विशेष महत्त्व है। जापान उद्यान में द्वीप तैयार करने का उद्देश्य प्रायः यह होता है कि उससे उद्यान में द्वीप का प्राकृतिक दृश्य हम देख सकें। द्वीप का निर्माण चट्टान को ऊंचा उठाकर किया जा सकता है। द्वीप को कभी-कभी पुल द्वारा उद्यान के साथ जोड़ देते हैं, जिससे रात्रि में उद्यान में एक स्वाभाविक सुंदरता आ जाती है। द्वीप की छनती हुई रोशनी उद्यान की मनोरमता को बढ़ाती है और वहां का दृश्य देखकर आंखें स्वतः ठहर जाती हैं। रात्रिकालीन उद्यान में छोटे तालाब भी बनाए जा सकते हैं, उनके किनारों पर श्वेत फूलों वाली झूलती हुई लताएं पानी में प्रतिबिंबित होकर उद्यान के आकर्षण को बढ़ाती हैं।

चंद्रोद्यान में तालाब, सौंदर्य व आकर्षण का केंद्र होता है, यह उद्यान को शीतलता प्रदान करता है एवं सुखद वातावरण का निर्माण करता है। इस तालाब को आप कमल के पुष्प का सरोवर बनाइए। आप ऐसे चंद्रप्रेमी कमलपुष्प लगाइए जो आकाश में चंद्रमा के उदय होने पर खिलकर अपने रूप का जादू बिखेरते हों एवं सूर्योदय होने पर बंद हो जाते हों।

तालाब में कमल पुष्प और उनके पत्ते दोनों ही समानांतर अवस्था में तैरते चंद्रोद्यान में बहुत ही मनोरम एवं आकर्षक लगते हैं। इस रमणीक वातावरण में मानव का हृदय प्रफुल्लित हो उठता है।

चंद्रोद्यान के लिए यदि फूलों की क्यारियां भी कलात्मक ढंग से बनाई गई हों, तो उद्यान की शोभा और भी बढ़ जाती है। क्यारियां सीढ़ीनुमा बना सकते हैं या घुमावदार ढंग से भी बना सकते हैं। इनमें विभिन्न प्रकार के पुष्पों के रंगों का सामंजस्य एवं ऊंचाइयों को ध्यान में रखते हुए ऐसी क्यारियां बनानी चाहिए जो देखने में आकर्षक लगें। ऐसे पुष्पों का चयन करना चाहिए जिनकी पंखुड़ियां रात में बंद न होती हों। क्यारियों में छोटे फूल आगे एवं अधिक ऊंचाई वाले पुष्पों को पीछे लगाना चाहिए। ऐसा करने से रात्रि में पुष्पों से आच्छादित क्यारियों की छटा बड़ी ही आकर्षक लगती है।

ग्रीष्म ऋतु में जूही मादक सुगंध फैलाती है। रात में हवा रात की रानी की सुगंध से भर जाती है और मोगरा के बर्फ जैसे पुष्प की सुगंध बड़ी प्यारी लगती है, अतः चंद्रोद्यान में इसका विशेष महत्त्व है। इसी प्रकार शरद ऋतु में फ्लॉक्स, वरवीना, केंडी-टफ्ट एवं पैंजी की रंग-बिरंगी क्यारियां बड़ी सुंदर लगती हैं। इन क्यारियों को प्रकाशित करने के लिए छोटे लैंप लगाने से क्यारी सुंदर लगती है।

बारादरी

चंद्रोद्यान में बारादरी बनाकर उसका भरपूर आनंद लीजिए। बारादरी के आस-पास ग्रीष्म ऋतु में श्वेत रंग की एमाराइलिस लिली लगाकर देखिए, आपका उद्यान उसके सौंदर्य से अभिभूत हो उठेगा। रात्रि में तारों-सी चमकती लिलियों की बहार आपका मन मोह लेगी। बारादरी में शीत ऋतु में चारों तरफ हलके पीले रंग के मारग्राइट के फूल, स्टॉक्स, सफेद एस्टर, कैंडीफ्ट, गेंदा, सफेद पिटूनिया आदि के पुष्प शीत ऋतु में बारादरी की शोभा बढ़ा सकते हैं। यहां रजनीगंधा के सुगंधित सुंदर पुष्प भी लगाइए। रात्रि में सुंदरता के साथ इनकी मधुर मदिर सुगंध से आपका उद्यान सुगंधित हो उठेगा। हवा चलने पर सुगंधित बयार मन को मुग्ध किए बिना नहीं रहेगी। इन सुगंधित फूलों से बगीचे की मोहकता और भी बढ़ जाती है। भारतीय उद्यानों में सदा ही सुगंधित पौधों का आकर्षण व महत्त्व रहा है। संध्याकाल में ठंडी-ठंडी हवा में भ्रमण करना, वह भी सुगंधित वातावरण में, ऐसे में मन आनंदातिरेक से प्रफुल्लित हो जाता है, लगता है मानो ईश्वर ने पूरे वातावरण में इत्र बिखेर दिया हो। सुगंधमय वातावरण के लिए हमें सुगंधित पौधों का चयन करना होगा। सुगंध बढ़ाने के लिए रात की रानी, गंधराज, कामिनी, नीबू, चमेली, बेला, चैती गुलाब, मोगरा, रजनीगंधा इत्यादि लगा सकते हैं। सुगंधित वृक्षों में हरसिंगार, मौलश्री, कनक चंपा, आकाशनीम, पिंक कैसिया आदि लगा सकते हैं। इनकी भीनी-भीनी सुगंध से चंद्रोद्यान का आनंद और भी बढ़ जाता है।

वृक्ष

चंद्रोद्यान में सुंदर वृक्ष लगाकर भी आप उसकी सुंदरता बढ़ा सकते हैं। वृक्षों को सुंदर आकार-प्रकार भी दिया जा सकता है, जैसे—अशोक, मोरपंखी, सीताअशोक, कदम्ब, बरना एवं नीबू प्रजाति के वृक्ष आदि। चंद्रोद्यान में विभिन्न प्रकार के

पेड़-पौधों का भी समावेश करें। वृक्ष, सुंदर फूलों से वातावरण को शोभायमान करते हैं और कई वृक्ष तो सुगंध फैलाने वाले भी होते हैं। उद्यान में वृक्ष, फूल एवं फलों के आकर्षण के स्रोत होने के साथ-साथ वे भवनों व उद्यानों की शोभा में वृद्धि भी करते हैं। इनके नीचे यदि सुंदर दीप-स्तम्भ लगा हो तो उद्यान की शोभा द्विगुणित हो जाती है। इन वृक्षों से छनकर फैलता प्रकाश उद्यान में रमणीय दृश्य उपस्थित करता है। चंद्रोद्यान में सदाबहार वृक्ष, भू-दृश्य को प्राकृतिक बनाते हैं। कतारों में लगाए गए ये सदाबहार वृक्ष कलात्मक, तत्त्वों को उभारने में भी सहायक होते हैं एवं वायुरोधक का कार्य भी करते हैं। चंद्रोद्यान में वृक्षों की रमणीकता को देखकर स्वर्ग में रहने का-सा आभास होता है।

लता मंडप

चंद्रोद्यान में माधवी लता (रंगून लता) का मंडप हो और उसमें झूले हों तो झूलने का आनंद भी लिया जा सकता है या फिर नीम या कदंब जैसे छायादार वृक्षों की शाखाओं पर रात्रि में भी झूलने की सुखद अनुभूति प्राप्त की जा सकती है।

मेहराब

चंद्रोद्यान में मेहराबों पर चढ़ी लताओं का भी अपना अलग ही सौंदर्य है। चंद्रोद्यान के मुख्य द्वार पर अथवा एक भाग से दूसरे भाग के मिलने के स्थान पर मेहराब बना सकते हैं। इनमें सफेद गुलाब, बेला, चमेली, कुंद आदि की लताएं चढ़ाइए। इनके बीच से आरोही पौधों की सुखद छाया में आना-जाना भी होता है। रात्रि में इनके सौंदर्य की आभा में बढ़ोतरी होती है।

टोकरियां

इस उद्यान की दीवारों का सुंदर रूप देने के लिए कहीं-कहीं फूलों वाली सुंदर टोकरियां कलात्मक ढंग से सजाई गई हों जैसे–सीढ़ी के आकार का, गोलाकार या फिर आड़ी-तिरछी लगाकर उस स्थान को सुंदर बनाया जा सकता है। इसमें हल्के व श्वेत रंगों के पुष्पों को स्थान दीजिए। इन टोकरियों में आप सफेद पिटूनिया, सफेद जिरेनियम, सफेद स्वीट एलाईसस आदि लगा सकते हैं। इससे सूनी दीवारों का भी सौंदर्य निखर उठेगा।

पगडंडियां

चंद्रोद्यान में सुंदर पगडंडियों का निर्माण कर उद्यान को आकर्षक बनाया जा सकता है। रास्ते घुमावदार या आयताकार बनाकर संगमरमर के श्वेत टुकड़ों को थोड़ा आड़ा-तिरछा लगाकर या विभिन्न प्रकार के पत्थरों से मार्ग को कलात्मक ढंग से सुंदर बनाया जा सकता है। पत्थरों के बीच में मिट्टी भरकर उसमें दूब घास लगाकर भी मार्ग आकर्षक बनाया जा सकता है। उद्यान में झरने व तालाब के पास, संगमरमर के टुकड़ों से बनी पगडंडियां नीले आकाश में प्रतिबिंबित होकर एक अनोखी छटा बिखेरती हैं। रात के प्रकाश में हम उद्यान की शोभा जल में देख सकते हैं। मार्ग के किनारे-किनारे क्यारी बनाकर मौसमी पुष्प, जैसे–फ्लॉक्स, वरबीना, कैंडीटफ, पेंजी आदि लगा सकते हैं। मार्ग के अंतिम छोर पर एक सुंदर-सा मंडप भी बनाया जा सकता है। मंडप को पुष्प लताओं से आच्छादित कर मध्य में भव्य मूर्ति अथवा अन्य कलाकृति को स्थापित कर एक आकर्षण का केंद्र बनाया जा सकता है। मूर्ति अथवा कलाकृति पर प्रकाश की व्यवस्था कर उद्यान के सौंदर्य को बढ़ाया जा सकता है।

फर्नीचर

चंद्रोद्यान का आनंद लेने के लिए, इधर-उधर आराम करने के लिए सुंदर-सी बेंच या कुर्सियां रखी हों, तो भ्रमणकर्ता आराम से बैठकर चंद्रोद्यान के दृश्यों, उद्यान के लहरदार फौव्वारों, झरनों की कल-कल ध्वनि व रंग-बिरंगे फूलों के सौंदर्य का आनंद ले सकता है। अपने प्रियजनों व मित्रों के साथ सुंदर वातावरण में वार्तालाप करना, संग-साथ में भोजन या चाय-नाश्ते का सुख ही कुछ और होता है। ये कुर्सियां या बेंच उद्यान में पत्थर, लोहा, लकड़ी, बेंत या बांस आदि से बनाई जा सकती हैं। कंकरीट, संगमरमर अथवा ईंट व सीमेंट से भी ये कुर्सियां और बेंच बन सकती हैं। ऐसी कुर्सियों या बेंचों को किसी

नीची झाड़ी अथवा छोटे वृक्ष के पास रखें तो बैठने का आनंद कुछ और ही होता है जो प्राकृतिक रूप से छाते का काम भी करती हैं।

झुरमुट

चंद्रोद्यान में एक कोना सामूहिक पेड़-पौधों के लिए भी अवश्य रखें। कभी-कभी उद्यान की विशेष वस्तु अथवा अकेला पौधा इतना प्रभावशाली नहीं लगता जितना सामूहिक रूप में शोभाकारी प्रतीत होता है। उदाहरण स्वरूप रोशनी के लिए चिराग स्तंभ जब किसी झुरमुट के किनारे या छोटे-छोटे पेड़ के नीचे से झांकता हुआ दृष्टिगोचर हो तो यह उपयोगी होने के साथ-साथ विशेष रूप से सुंदर भी लगता है।

चंद्रोद्यान में शरद पूर्णिमा का अपना एक विशेष महत्त्व है, फिर शरद पूर्णिमा की रात तो वर्ष भर की सर्वोत्तम रात होती है। इस रात्रि में समस्त वसुंधरा चंद्रमा की चंद्रिका से आवृत हो जाती है। शरद ऋतु के मनोमुग्धकारी वातावरण, सुगंधित पुष्पों की शीतल समीर एवं आनंदप्रद वातावरण में श्रीकृष्ण ने गोपियों के साथ रासलीला का आनंद उठाया था। शरद पूर्णिमा की रात्रि ऐसे सुंदर नृत्य यानी रासलीला के लिए सर्वदा उपयुक्त जानकर श्रीकृष्ण ने स्वयं को अनेक मौसमी फूलों से विशेषकर अत्यधिक सुगंधित मल्लिका फूलों से सजाकर शांतिदायक तथा आनंदप्रद वातावरण में वृंदावन के यमुना तट पर रासलीला की थी। शरद ऋतु की सुंदर रात्रि में गोपियों के मधुर गान, कृष्ण की वंशी के सरस स्वर माधुर्य से रास का समा बंधता था और आत्मविभोर हो वृंदावन के सुगंधित पुष्पों के कुंजों में सभी भरपूर आनंद लेते थे।

चंद्रोद्यान की परिकल्पना से उद्यान बनाकर जब आप आनंदित होंगे तो निश्चित रूप से आप अपनी मौलिकता पर स्वयं मुग्ध हो जाएंगे और आपको अपना रात्रि का विश्राम स्थल चंद्रोद्यान बहुत कुछ बयां करता सुनाई पड़ेगा। चंद्रोद्यान की धवल चांदनी में ठंडी-ठंडी हवा का आनंद लेते हुए आपको ऐसा आभास होगा मानो आप सौंदर्य के सागर में डुबकियां लगा रहे हों।

कविताः—

चांदनी महल बैठी चांदनी के कौतुक को,
चांदनी सी राधा बिछी चांदनी विशाल है।
चंद्र की कला सी देवता सी देवदासी,
संग फूल से दुकूल पन्हैं फूलन की माल है।
फूटत फुहारे वे अमल-जल झलकत,
चमकै चंदोबा मणि-मणिक महाल है।
बीच जरतारन की हीरन की जगमगी,
ज्योतिन की मोतिन की झालरै।

—महाकवि देव

ग्रीष्मऋतु का स्वागत

चप्पा चमेली चारु चंदन चारि हूं दिशी देखिए।
लवती लवंग लतानि केरें लाखहि लगि लेखिए।।
कहू केतकी कदली करौंदा कुन्द अरु करबीर है।
कहू दाख दाडिम सेव कटहल तूत अरु जंमीर है।

–भूषण

कौन कहता है कि ग्रीष्मऋतु में कोई आकर्षण नहीं है, सौंदर्य नहीं है? प्रत्येक ऋतु अपने आप में अपने महत्त्व, अपने गुण व अपने सौंदर्य को छुपाए रहती है। ग्रीष्मऋतु में जब प्रचंड सूर्य की प्रखर किरणें समस्त पृथ्वी को झुलसा देती हैं, गर्मी से मानव जब त्रस्त हो जाता है तो निर्झरिणी के शीतल जल में स्नान और चंदन, खस आदि शीतोपचार शरीर को शीतलता प्रदान करते हैं। इसी ऋतु में जल में खिले कमल सर्वाधिक आकर्षण व सुंदरता के प्रतीक बनकर वातावरण को शीतलता प्रदान करते हैं। ग्रीष्मऋतु के प्रकोप से, लू के थपेड़ों से रक्षा करने के लिए प्रकृति ने हमें कुछ अनमोल वस्तुएं दी हैं, ढेर सारे फल दिए हैं। फलों का राजा आम हो या ठंडा रस भरा तरबूज, फलों की रानी लीची हो या फिर खट्टा-मीठा फालसा–ये सभी फल ग्रीष्मऋतु के कहर और गर्मी से पैदा होने वाले रोगों से हमारी रक्षा कर औषधि का काम करते हैं। लू लगने पर कच्चे आम का पना पीने से तुरंत लाभ होता है। आम का नियमित सेवन शरीर को तंदुरुस्त रखता है। तरबूज का शरबती गूदा शरीर को ठंडक, स्फूर्ति एवं प्यास बुझाने का काम करता है। पाचन क्रिया को ठीक रखने के लिए, हृदय व मस्तिष्क को स्वस्थ रखने के लिए बेल से बढ़कर और कोई फल नहीं। लीची के रस में कैलशियम, फॉस्फोरस और लौह जैसे महत्त्वपूर्ण खनिज रहते हैं। इसी प्रकार फालसे का शरबत लू से बचाता है एवं इसका रस पीने से शरीर को भी तरावट मिलती है।

ग्रीष्मऋतु में अनेक सुगंधित पुष्प, रंग-बिरंगे फूल, झाड़ियां, पर्णीय पौधे अपनी वाटिका में लगाकर आप ग्रीष्मऋतु का आनंद ले सकते हैं। बस थोड़ी सूझ-बूझ व परिश्रम करने की देर है। ग्रीष्मऋतु के तो इतने सुंदर व आकर्षक फूल होते हैं कि एक बार इनकी जानकारी होने पर आप आश्चर्यचकित हो जाएंगे कि इनकी जानकारी हमने पहले क्यों नहीं की। ग्रीष्मऋतु की सुमन-सुरभि आपको आनंद से भर देगी। ग्रीष्मऋतु के सुंदर सुगंधित पुष्प देखकर मन उल्लास से भर जाता है तथा प्रकृति और मन का पारस्परिक संबंध स्थापित हो जाता है। मनुष्य अपने मनःस्थिति के अनुसार ही प्रकृति में सुंदरता व शांति का अनुभव करता है।

तो आइए, हम सब भी अपनी मनःस्थिति सुंदर विचारों से ओत-प्रोत कर शीतऋतु को विदाई का गीत सुना कर ग्रीष्मऋतु का स्वागत करना सीखें।

ग्रीष्मऋतु को सुगंधियों का माह कहें तो अतिशयोक्ति न होगी। इस माह मोतिया बेला, मोगरा बेला, चमेली, जूही, रात की रानी, गंधराज के श्वेत पुष्प अप्रैल से लेकर अगस्त तक वातावरण में सुगंध बिखेरते हुए मानव मात्र को मुग्ध किए रहते हैं। इन पुष्पों की मदमाती महक से सराबोर होकर मानव बरबस इनकी ओर आकर्षित हुए बिना नहीं रह पाता। देशी लाल गुलाब, सुगंधियों की मल्लिका चैती गुलाब, इसका गुलाबी रंग का पुष्प अत्यन्त सुगंधित होता है। इसको गुलाबजल, गुलकंद, इत्र व सुगंधित तेल बनाने में व्यवहार में लिया जाता है। इस फूल की बहार, सौंदर्य एवं अनुपम छटा मार्च-अप्रैल माह तक बनी रहती है।

शीतऋतु की समाप्ति पर इन पौधों की जड़ों की सफाई करके उसमें पुरानी व सड़ी गोबर की खाद खुरपी से मिट्टी में मिला देनी चाहिए, जिससे पौधे स्वस्थ होकर अच्छे फूल दें। पौधे की पुरानी सूखी टहनियों को निकाल देना चाहिए तथा हलकी छंटाई कर देनी चाहिए, क्योंकि पुष्प नई टहनियों में ही आते हैं। यदि आपके पौधे गमलों में लगे हैं तो गमलों में से पौधे निकाल कर, गमले साफ करके उनमें पुनः सड़ी गोबर की खाद भरकर इन पौधों को पुनः उसमें लगा दें। इसमें भी यह देखना होगा कि यदि पौधे अधिक घने हो गए हों तो यही उचित समय है कि जड़ों का विभाजन करके आप पौधों की संख्या बढ़ा सकते हैं। ध्यान रखना होगा कि जड़ों से पुरानी मिट्टी को बदलते समय झाड़ देना उचित होगा।

ग्रीष्मऋतु के छायादार वृक्ष

मार्च के मध्य तक हमारे अधिकांश फूल वाले वृक्षों में फूल आने आरंभ हो जाते हैं। ग्रीष्मऋतु में ही बड़ी चम्पा के पीले रंग के पुष्प एवं हिमचम्पा के श्वेत रंग के बड़े-बड़े पुष्प अपनी मधुर सुगंध बिखेर कर हृदय व मन को आनंदित करते हैं।

अप्रैल माह में महुए की गुलाबी कोपलें व फूल अपनी सुगंध से वातावरण की मादकता को बढ़ाते हैं। आकाशनीम का वृक्ष भी इस माह अपने रुपहले श्वेत पुष्पों के साथ खिलकर मधुर सुगंध फैलाता रहता है। अप्रैल के पहले सप्ताह से अधिकांश वृक्षों में कोपलें फूटने लगती हैं, जो बड़ी ही कोमल होती हैं। हलके हरे रंग की ये कोपलें बड़ी सुंदर लगती हैं। ऐसा आभास होता है मानो वृक्षों को नये परिधानों से सुसज्जित कर दिया गया है। पाकड़ तांबे जैसे रंग की आकर्षक नई पत्तियों से ढक जाता है। जैकोरंडा की शाखाएं नीले-बैंगनी रंग के फूलों के गुच्छों से भर जाती हैं और गुलमोहर गहरे लाल रंग के फूलों से सज जाते हैं। कचनार के रंग-बिरंगे फूलों की मनोहर छटा विविध रंगों की सुकुमारता और उनकी पत्तियों रहित शाखाओं का पुष्पों से भर जाना आंखों को बड़ा ही सुहाना लगता है। अमलतास के पीले फूलों की सुनहरी आभा भी इसी ऋतु में खिलकर ग्रीष्मऋतु की उष्णता से विश्रांति व प्रफुल्लता देती है। अब समय आ गया है कि हम अपने भावी जीवन का वातावरण सुखद बनाने के लिए, चित्त को प्रसन्न करने के लिए अपनी सौंदर्य भावना को जाग्रत करें और इन दिनों में भी अर्थात् ग्रीष्मऋतु में भी जब फूलों की बहार बीत चुकी होती है, इन वृक्षों, पौधों व खिले हुए फूलों से आनंदित होना सीखें।

पोर्टूलाका

ग्रीष्मऋतु के पौधे एवं मौसमी पुष्प

पोर्टूलाका : सुगंध के अतिरिक्त कुछ ऐसे फूल भी लगाए जा सकते हैं जो रंग-बिरंगे होते हैं व अपने सौंदर्य से मन मोह लेते हैं। इस श्रेणी में कई पुष्प आते हैं जिनमें से एक है–पोर्टूलाका, जो अत्यंत आकर्षक, नन्हा व बड़ा ही नाजुक पौधा होता है। इसे ऑफिस प्लांट या "गुल दुपहरिया" भी कहते हैं। इस पौधे के पुष्प प्रातः 10 बजे खिलते हैं एवं सायंकाल 5 बजे तक बंद हो जाते हैं। इस पौधे की दो किस्में बहुत ही लोकप्रिय हैं जो कि ग्रेंडीप्लोरा तथा मैजिक कार्पेट के नाम से प्रसिद्ध हैं। इस पौधे के फूल अनेक रंगों में उपलब्ध हैं। यह इकहरे व दोहरे दोनों प्रकार में मिलते हैं। परंतु दोहरे किस्मों के पुष्पों के रंग इकहरे किस्म की अपेक्षा अधिक हैं। इनकी दो किस्में होती हैं–पहला मौसमी, दूसरा

बारहमासी। बारहमासी किस्म के पुष्पों का शाखों की कटिंग द्वारा प्रसारण किया जा सकता है एवं मौसमी पुष्पों का प्रसारण बीजों द्वारा किया जाता है। इनके बीज फरवरी माह के अंत में बो देने चाहिए। इनके बीज अत्यंत बारीक होते हैं, अतः इन्हें सड़ी पत्ती की खाद में बोना चाहिए। बीजों को महीन रेत में मिलाकर छिड़कना चाहिए ताकि बीज एक ही स्थान पर एकत्रित न हों। इनके प्यालेनुमा फूल पीले, श्वेत, नारंगी, गुलाबी, लाल, जामुनी आदि अनेक रंगों के होते हैं। इनके रंगों की छटा ग्रीष्मऋतु में बड़ी ही मनमोहक होती है। इस पौधे की पत्तियां छोटी, नुकीली तथा गूदेदार होती हैं। इन्हें गमलों, क्यारियों, पत्थरों के बीच ढलानों में भी लगाया जा सकता है। इसकी एक किस्म गहरे चटक बैंगनी रंग की लता की तरह फैलती है, जो बड़ी ही सुंदर लगती है। इसके पुष्प दोहरी पंखुड़ियों वाले होते हैं। इन्हें लटकती टोकरियों, क्यारियों व गमलों में लगाया जा सकता है। इस किस्म के पौधों को बढ़ाने के लिए पौधे की टहनी के टुकड़े काट कर लगा देने चाहिए। इस पौधे में पानी का निकास सुचारु रूप से हो, इसका ध्यान अवश्य रखना चाहिए। ये हलकी मिट्टी में अच्छे चलते हैं। इन पुष्पों का आनंद वर्षाऋतु के अंत तक उठाया जा सकता है।

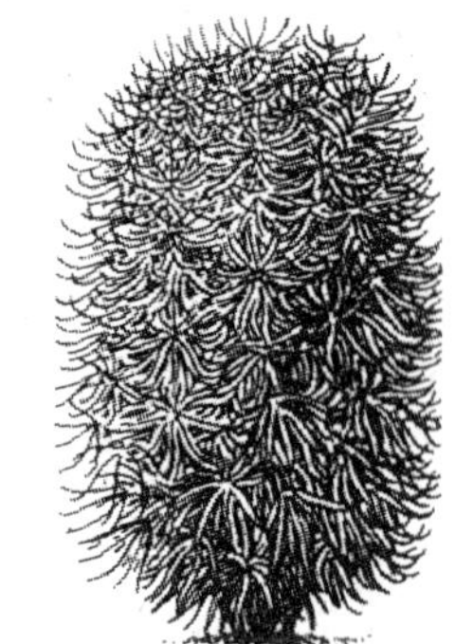
कोचिया

कोचिया : ग्रीष्मऋतु का यह गोल आकार में फैलता कोमल हरी पत्तियों वाला कोचिया जिसे 'समर साइप्रस' भी कहते हैं, ग्रीष्मऋतु का अत्यंत आकर्षक पौधा है। प्रकृति ने इसे अत्यंत कमनीय रूप प्रदान किया है। अपने हल्के धानी हरे रंग, कोमल तंतु जैसी पत्तियों व आकार के कारण यह अत्यंत सुंदर लगता है। गमले या क्यारियों में यह पौधा समान रूप से अपनी छटा बिखेरता रहता है। इसका भी आनंद वर्षाऋतु के अंत तक लिया जा सकता है। इसको भी बीज द्वारा तैयार करके नियत स्थान पर लगाया जा सकता है। इस पौधे में फूल का महत्त्व नहीं है। यह पौधा स्वयं ही बड़ी व छोटी गुंबद की आकृति की रचना करता है, जो देखने मे बड़ा सुंदर प्रतीत होता है।

एलपीनिया

एलपीनिया : ये ग्रीष्मऋतु में खिलने वाला अत्यंत सुंदर सुगंधित पुष्पों का समूह है जो सदाबहार पौधे पर लंबी अवधि तक अपनी हरियाली की छटा एवं अपने मनमोहक आकार व रंग-रूप से आकर्षण का केंद्र बना रहता है। इस पर वर्ष में एक बार ही फूल आता है तथा इसका पौधा सामान्यतया 3 फुट लंबाई तक बढ़ता है। पत्तियां गहरी हरी तथा लंबाई में 45-60 से.मी. तक बढ़ती हैं। इनकी सुंदर, लंबी व चिकनी पत्तियों को मसलने से इनमें इलायची की सुगंध आती है। इस कारण इसे इलायची पौधे के रूप में जाना व पहचाना जाता है। इनके फूलों के रंग श्वेत, हल्का गुलाबी तथा पीलापन लिए होता है। इनके फूलों के गुच्छे अंगूर के गुच्छों की तरह नीचे की ओर लटके रहते हैं। फूलों का गुच्छा पहले नन्ही कलियों के रूप में बढ़ता है इसके पश्चात् 10-15 दिन में फूलों में परिवर्तित हो जाता है। एलपीनिया पौधों का प्रसारण इसके जमीन के अंदर लगे हुए भूस्तरीय राईजोम से किया जाता है। राईजोम को वर्षाऋतु में अलग करके इनके नए पौधे बनाए जा सकते हैं।

जीनिया

जीनिया : यह सूरजमुखी किस्म का अत्यधिक सुंदर पुष्प है। इसके पुष्पों में अनेक रंग होते हैं; जैसे–श्वेत, लाल, गुलाबी, पीला, केसरिया व बैंगनी रंगों का मिश्रण या एकल रंग। इनके पुष्प आकार में इकहरे व दोहरे होते हैं एवं पौधे छोटी व बड़ी दोनों ही किस्मों में उपलब्ध हैं। इसके पुष्पों का आनंद वर्षाऋतु तक या शरदऋतु आरंभ होने तक लिया जा सकता है। इन्हें आप गमलों, क्यारियों या दोनों में लगा सकते हैं। इसके बीज फरवरी-मार्च में बोने चाहिए। यह पौधा धूप पसंद करता है।

गेलार्डिया

गेलार्डिया : इसके पुष्प गेंद के आकार के पीले, लाल व भूरे रंगों के मिश्रणों में पाए जाते हैं। यह क्यारियों एवं गमलों में प्रचुरता से खिलता है। इसके पुष्प पूरे वर्ष तक खिलते हैं। यह पौधा प्रत्येक स्थिति में उगाया जा सकता है। इसकी ऊंचाई 90 से॰मी॰ तक होती है। इसके पुष्प इकहरे व दोहरे दोनों ही किस्मों में प्रचलित हैं। इन्हें बीज द्वारा फरवरी-मार्च में तैयार किया जाता है।

काक्सकॉम (सिलोसिया) : ग्रीष्मऋतु में लगाया जाने वाला यह अति सुंदर पौधा है। सिलोसिया मुर्गे की कलगी जैसे लाल मखमली पुष्प के कारण अत्यधिक लोकप्रिय है। इसमें गहरे गुलाबी, पीले, केसरिया, लाल, गहरे उन्नाबी व गहरे बैंगनी रंग के पुष्प आते हैं। इसमें कुछ दूसरे रंगों का मिश्रण भी हो सकता है। इस पुष्प के बीज फरवरी के अंत एवं मार्च के आरंभ में बोये जाते हैं। इसके बीज चिकने, चमकीले व काले रंग के होते हैं।

काक्सकॉम

टोरिनियां

टोरिनियां : इस पौधे के पुष्प सफेद, नीले व गुलाबी रंग में निकलते हैं और प्रायः शीतऋतु के आरंभ होने तक चलते हैं।

बेलोपीरोन : ग्रीष्मऋतु में इसकी झाड़ियों में हलके पीले रंग के व कत्थई रंग के पुष्प उनके शीर्ष से निकलते हुए अति सुंदर लगते हैं। यदि इन्हें समूह में लगाया जाए तो इनका प्रभाव और भी सुंदर लगता है। वैसे यह प्रायः वर्ष भर थोड़ा बहुत खिलकर वाटिका को रंगीन बनाए रहता है।

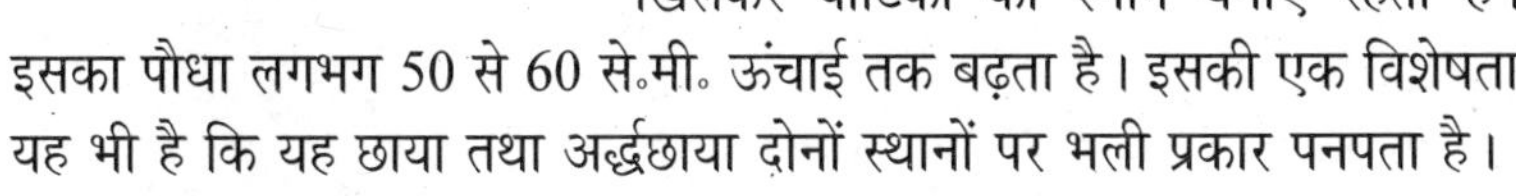
इसका पौधा लगभग 50 से 60 से॰मी॰ ऊंचाई तक बढ़ता है। इसकी एक विशेषता यह भी है कि यह छाया तथा अर्द्धछाया दोनों स्थानों पर भली प्रकार पनपता है।

बेलोपीरोन

पेंटास

पेंटास : ग्रीष्मऋतु में विविध रंगों व गुच्छों में खिले इसके नाजुक लाल, गुलाबी, सफेद, नीले पुष्प मन को मोह लेते हैं। यों तो इस झाड़ी में भी पुष्प वर्ष भर आते रहते हैं, किन्तु ग्रीष्मऋतु में इसकी बहार से वाटिका का सौंदर्य बढ़ जाता है। इसके पत्ते गहरे हरे एवं छोटे-छोटे होते हैं। जिसके ऊपर छोटे-छोटे रोएं भी होते हैं। इस झाड़ी की ऊंचाई लगभग 30-90 से॰मी॰ होती है। इसका प्रसारण कलमों द्वारा फरवरी व सितंबर माह में किया जा सकता है। इस सदाबहार पौधे को अपनी वाटिका में अवश्य स्थान देना चाहिए।

क्रोसेन्ड्रा : ग्रीष्मऋतु में इनके सुनहरे पीले, नारंगी एवं हलके बैंगनी रंगों के फूलों की बहार देखते ही बनती है। इनके पुष्प ग्रीष्मऋतु की उष्णता को हर लेते हैं और वातावरण को अपनी सुंदरता व स्निग्धता से भर देते हैं। यह पौधा ग्रीनहाउस में सफलतापूर्वक बढ़ता है। दक्षिण भारत व श्रीलंका में तो यह वर्ष भर खिलता रहता है। नारियां वेणी बनाकर अपने बालों का इन फूलों से शृंगार करती हैं। इसका प्रसारण बीज व कलम द्वारा किया जा सकता है।

क्रोसेन्ड्रा

रसेलिया : इनके पुष्पों का सौंदर्य ग्रीष्मऋतु में खिलकर वाटिका की शोभा बढ़ाता है। झरने की तरह लहराती इसकी चमकदार हरी शाखाएं तथा पत्तियां, उस पर नली के

आकार के सुंदर छोटे-छोटे लाल पुष्प बड़े ही प्यारे लगते हैं। इस पुष्प की शाखाएं अत्यंत पतली व लंबी होती हैं। पुष्प 2.5 से 5.0 से॰मी॰ लंबे व इकहरे होते हैं। इसकी 90 से॰मी॰ तक लंबी, झुकी हुई शाखाएं गमलों व क्यारियों में बड़ी सुंदर लगती हैं। इसको सूर्य के प्रकाश की अधिक आवश्यकता नहीं होती, अर्थात् ये अर्द्धछाया में भी सफलता पूर्वक लगाये जा सकते हैं। यह वर्ष भर हरी-भरी रहने वाली झाड़ी है। वर्षाऋतु में शाखाओं की कलमों द्वारा इसका प्रसारण किया जा सकता है। इसे दब्बा पद्धति द्वारा भी बढ़ाया जा सकता है।

रसेलिया

जटरोफा : सुंदर छोटे-छोटे आकार के फूलों वाली झाड़ी का रूप प्राकृतिक बोनसाई की तरह होता है, क्योंकि इसका तना फूल जाता है एवं बोतल का आकार ले लेता है। इसमें मूंगा, लाल, गुलाबी व हल्का गुलाबी रंग के पुष्प बड़े ही आकर्षक लगते हैं। इसके कटावदार पत्ते बड़े ही सुंदर लगते हैं। इसकी झाड़ी में काट-छांट की आवश्यकता नहीं पड़ती। इसका प्रसारण बीजों व कलमों द्वारा किया जाता है। जहां भी इसके बीज गिर जाते हैं, पौधा स्वयमेव तैयार हो जाता है। पुष्पों की बहार ग्रीष्म एवं वर्षाऋतु में रहती है।

जटरोफा

केलीयन्ड्रा : ग्रीष्मऋतु में लुभावने लाल व गुलाबी पुष्पों से आच्छादित इसकी झाड़ी उद्यान में विशेष स्थान रखती है। इसके पुष्प पाउडर पफ के समान झाड़ी में लगे सबका मन मोह लेते हैं। इसमें वर्ष भर थोड़े-बहुत पुष्प सदा रहते हैं। इन्हें कटिंग द्वारा प्रसारित किया जाता है। वर्षाऋतु में इसका रोपण किया जा सकता है।

केलीयन्ड्रा

सदाबहार

सदाबहार : इसके सुंदर श्वेत, गुलाबी लाल एवं बैंगनी पुष्पों को अपनी वाटिका में अवश्य स्थान दीजिए, क्योंकि ये पुष्प वर्ष भर खिलकर वाटिका की शोभा बढ़ाते रहते हैं। क्यारियों में समूह में लगे श्वेत पुष्पों की शोभा देखकर मन आनंद से भर जाता है। इसको प्रत्येक प्रकार की भूमि में, अर्द्धछाया में एवं सूर्य के प्रकाश में भी सफलतापूर्वक उगाया जा सकता है। उद्यान में किसी भी स्थान में इसके बीज गिरने से यह सरलता से उग आता है। इसमें औषधीय गुण भी होते हैं।

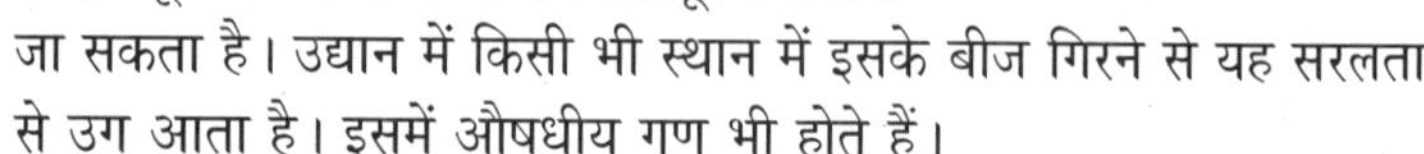

गुड़हल : अनेक प्रकार व रंगों से आच्छादित इकहरे, दोहरे गुड़हल के पुष्पों की शोभा व सौंदर्य देखते ही बनती है। इसे उद्यान प्रेमी अपनी वाटिका में अवश्य स्थान देते हैं। यह सदाबहार झाड़ी है, जो वर्ष भर सुंदर पुष्पों से पुष्पित होती रहती है, किन्तु ग्रीष्मऋतु में बहुतायत से खिलकर वातावरण को सुंदर बनाती है। इसकी पत्तियां चौड़ी, चमकीली व गहरे हरे रंग की होती हैं। इसके कक्ष में केवल एक ही पुष्प निकलता है। इसे कलम द्वारा वर्षाऋतु एवं बसंतऋतु में लगाया जाता है। इसकी काट-छांट दिसंबर माह में करते हैं। यह हवाई द्वीप का राष्ट्रीय पुष्प है।

गुड़हल

कॉसमॉस : इसकी पत्तियां फर्न के समान कोमल होती हैं। ग्रीष्म का यह अत्यंत सुंदर व अपनी कमनीयता के लिए प्रसिद्ध पौधा है। इसके पीले व नारंगी रंग के फूलों की बहार मन को मोह लेती है।

कॉसमॉस

पौधे लगाने का उपयुक्त समय : ग्रीष्मऋतु वाले पौधों के बीज बोने का उपयुक्त समय फरवरी-मार्च का होता है। बीज अर्द्धछाया में बोने चाहिए अन्यथा कोमल नन्हे पौधे के झुलसने का भय रहता है। पौधे के 10 से 15 से॰मी॰ होने पर इन्हें स्थानांतरित कर देना चाहिए। निश्चित स्थान पर पौधे लगाने के पूर्व क्यारी या गमलों में पानी देना उचित होगा, इससे पौध में नमी रहेगी और इसके मरने की संभावना भी कम हो जाती है।

ग्रीष्मऋतु में पौधे की मुख्य आवश्यकता पानी होती है। गमलों के लिए दिन में एक बार खूब भरकर पानी देना आवश्यक होता है। पानी देने का उचित समय प्रातः या सायंकाल होता है। इससे पौधों में नमी बनी रहती है और दिन भर की गर्मी से पौधों का बचाव हो जाता है। किन्तु अधिक गर्मी पड़ने पर पानी दोनों समय दिया जा सकता है अथवा सायंकाल पौधों पर पानी का छिड़काव करना पर्याप्त होगा। इससे वातावरण में ठंडक बनी रहेगी। क्यारियों में भी पानी नियमपर्वूक देते रहना चाहिए। इसका ध्यान रहे कि क्यारियों में बहुत अधिक पानी भी नहीं देना चाहिए, इससे पौधे की जड़ें गल जाने का भय रहता है।

ग्रीष्मऋतु में लताएं : लताएं व बेलें अपने सुंदर रंगों में खिलकर ग्रीष्मऋतु की नीरसता को सरसता में परिवर्तित कर मानव मात्र को सुकून देती हैं एवं वाटिका-उद्यान की सुंदरता में वृद्धि करती हैं। इनको दीवार, परगोला, मेहराबों तथा जाली पर चढ़ा कर हम ग्रीष्मऋतु में इनके पत्तों व पुष्पों दोनों का आनंद ले सकते हैं।

ग्रीष्मऋतु का एक आकर्षण है विभिन्न प्रकार की सुंदर लताएं जैसे—बोगनवेलिया, आईपोमिया पामेटा (रेलवे क्रीपर), झुमकलता (रेगूनक्रीपर), आईपोमिया लियराई (मॉर्निंग ग्लोरी), जैसमिनम ग्रेण्डीफ्लोरम् (जूही, चमेली, बेला) विष्णुकान्ता व लहसुनलतर आदि।

बोगनवेलिया : संपूर्ण विश्व में फूलने वाली लताओं में बोगनवेलिया सबसे अधिक सुंदर, आकर्षक, बारहों माह हरी रहने वाली व लगभग पूरे वर्ष तक खिलने वाली लतर है। ग्रीष्मऋतु में जब पुष्पों का अभाव रहता है, उस समय इसकी लतर पुष्पों से भरी रहती है। बोगनवेलिया विभिन्न रंगों में इकहरे एवं दोहरे रंगों में उपलब्ध है जैसे—लाल, गुलाबी, सफेद, पीली, बैंगनी, मेजेंटा आदि। बोगनवेलिया की लता को सूर्य के प्रकाश की आवश्यकता रहती है। इसकी लता को अधिक खाद व पानी की आवश्यकता नहीं होती, ऐसा होने पर इसमें फूलों के स्थान पर अधिक पत्तियां निकल आती हैं। केवल जल का निकास अच्छा होना चाहिए। इसकी बढ़ी हुई शाखाओं को मार्च के अन्त तथा अप्रैल माह में एवं वर्षा ऋतु में काट कर छोटा कर देना चाहिए अन्यथा अपने बोझ से ये आपके परगोले, खंभे या छतरी को क्षति पहुंचा सकती हैं। इनकी विशेष किस्में डॉक्टर राव, थीमा, शुभ्रा, मेरी पामर, डॉ. आर.आर. पाल, गोल्डन जुबली, बेगम सिंकदर, रूजवेल्ट डिलाइट, महारा, पारथा आदि हैं।

बोगनवेलिया

इसका प्रसारण कटिंग व गूटी दोनों द्वारा वर्षाऋतु में किया जा सकता है। कटिंग फरवरी माह में भी लगाई जा सकती है।

जूही : जूही की लता अपनी भीनी सुगंध, सुंदर व कोमल श्वेत फूलों के कारण अत्यधिक लोकप्रिय है। इसकी लताएं वर्ष भर हरी-भरी रहती हैं। जुलाई माह में इसके पौधे लगाए जाते हैं। इसको सूर्य के प्रकाश की आवश्यकता होती है। इसकी लताओं को पोर्च के सामने परगोलों एवं खंभों पर चढ़ाया जाता है। इसके पौधों का प्रसारण वर्षाऋतु में जड़ों के पास से निकली हुई शाखाओं द्वारा किया जाता है।

जूही

झुमकलता (माधवी लता) (Rangoon Creeper) : इसे रंगून लता भी कहते हैं। इसके पुष्प झुमके के समान लटके हुए आकर्षक लगते हैं एवं साल भर इसके सुंदर, सुगंधित पुष्प फूलते रहते हैं। इस पर सफेद-लाल रंग के पांच पंखुड़ियों वाले पुष्प गुच्छों में आते हैं, जिनका पुष्प वृत्त अधिक लंबा होता है। इसकी पत्तियां चौड़ी, कागज के समान पतली एवं चमकीली होती हैं, जिनका रंग हलका हरा होता है। इसकी शिराएं स्पष्ट दिखाई देती हैं। इसका प्रसारण दब्बा पद्धति द्वारा या कलम द्वारा किया जा सकता है।

रंगून लता (माधवी लता)

बेला : यह वर्ष भर हरी-भरी रहने वाली लता है। इसे मेहराबों, दीवारों तथा पेड़ों पर भी चढ़ाया जा सकता है। इसके सफेद पुष्प बड़े ही सुंदर होते हैं जिनमें मनमोहक सुगंध भी होती है। इसका प्रसारण दब्बा या कलम द्वारा किया जा सकता है। इसे जुलाई-अगस्त व जनवरी-फरवरी में लगाया जा सकता है।

बेला

झाड़ियां : ग्रीष्मऋतु में सुंदरता का एक और भी आकर्षण है जो सबको लुभाये रखती है, वह है सुंदर आकार की रंग-बिरंगी झाड़ियां। इन्हें आप अपनी वाटिका में स्थान देकर गर्मी में भी फूलों का भरपूर आनंद ले सकते हैं। इनकी कई किस्में हैं जैसे—गुड़हल, रात की रानी, चांदनी, सावनी, जटरोफा, इकजोरा, गंधराज, कामिनी आदि। ग्रीष्मऋतु के आरंभ में ही इनकी जड़ों के आसपास की सफाई करके खुरपी से निराई कर देनी चाहिए। इन झाड़ियों को भी सप्ताह में एक बार पानी अवश्य देना चाहिए। कभी-कभी उनके पत्तों की धुलाई भी करते रहना चाहिए, इससे उनके पौधे ताजे, हरे व चमकदार बने रहकर वाटिका की शोभा बढ़ाएंगे।

पर्णीय पौधे : रंग-बिरंगे पुष्पों का आनंद तो ग्रीष्मऋतु में लिया ही जा सकता है, किन्तु इस ऋतु में सदाबहार पर्णीय पौधों की तो बात ही कुछ और होती है। प्रकृति ने कुछ पौधों में फूल से भी अधिक सुंदरता उनकी पत्तियों को प्रदान की है। इसमें विभिन्न पर्णीय पौधे जिनमें मुख्य पौधे फर्न, एस्पारागस, मॉन्सटेरा, क्रोटन, मरान्टा, फिलोडेन्ड्रॉन, केलेडियम, ड्रेसीना, डाइफेनबेकिया, सिगनोनियम, नौलिना, एल्कीफा आदि। ये अनेक प्रकार के रंग व आकार वाले अति सुंदर हरे-भरे पत्तों के पौधे होते हैं। घरों की आंतरिक सज्जा, आफिसों में इन

पौधों को गमलों में लगाकर बरामदे, कमरे व घर के किसी भी छाया वाले कोने को सुंदर बनाकर प्रकृति से निकटता का संबंध स्थापित कर आप आनंदित हो सकते हैं। ये पौधे वातावरण में हरियाली और जीवंतता के साथ-साथ हमारे जीवन को भी हरा-भरा रखते हैं। अनेक प्रकार की सुंदर व आकर्षक रंग-रूप की पत्तियों को देख प्रकृति की अद्‌भुत चित्रकारी पर मन स्वतः आकर्षित हुए बिना नहीं रहता।

ग्रीष्मऋतु में ये हरे-भरे, रंग-बिरंगे पौधे नए चमकदार मनोहर पत्तों से भरने लगते हैं। शीतऋतु की समाप्ति पर इन पौधों के गमलों की खुरपी से अच्छी तरह निराई करके गोबर की पुरानी खाद मिला देनी चाहिए, जिससे इन्हें बढ़ने के लिए उचित खुराक मिलेगी और ये स्वस्थ होकर बढ़ेंगे। इन पौधों के पत्तों की दूसरे-तीसरे दिन पानी रो धुलाई करनी चाहिए, इससे पत्ते स्वच्छ हो जाते हैं, साथ ही रोमछिद्र खुल जाने से उन्हें सांस लेने में भी सुविधा रहती है। इन पौधों को तीसरे-चौथे दिन घुमाते भी रहना चाहिए। ध्यान रखें कि पौधों को घर के अंदर से बाहर रखते समय सीधा धूप में न रखें, पहले हलकी धूप में फिर पूरी धूप में रखें अन्यथा वे झुलस जाएंगे। आप पौधों का चुनाव, पौधों की प्रजातियां वही चुनें, जो जलवायु के अनुकूल हो अन्यथा आपको निराशा ही मिलेगी। इसकी जानकारी अपने शहर की नर्सरी से ले लेना उचित होगा।

लिली : ग्रीष्मऋतु में फूलों के अभाव को पूरा करती है। इस ऋतु में खिलने वाली मनोहारी एवं सुंदर लिलियां ये काफी समय तक खिली रहकर ग्रीष्मऋतु का भरपूर आनंद देती हैं। इसकी कई किस्में हैं जैसे—फुटबाल लिली, टाइगर लिली, अमेरिलिस लिली, (हिपीस्ट्रम) आदि।

फुटबाल लिली : फुटबाल लिली एमेरिलिएसी परिवार का ग्रीष्म एवं वर्षाऋतु में खिलने वाला बड़ा ही मनमोहक पुष्प है। अपने बड़े आकार एवं फुटबाल की तरह गोल एवं रक्त की तरह लाल आकृति में खिलने के कारण इसका लोकप्रिय नाम फुटबाल लिली प्रचलित है। इस पौधे की विशेषता यह भी है कि पुष्प न होने पर भी इनकी सुंदर पत्तियां गृह-सज्जा में उपयोगी होती हैं। इसका पौधा पुष्प एवं सुंदर सजावटी पौधों दोनों ही श्रेणियों में आता है।

इसकी पत्तियां बड़ी एवं अंडाकार होती हैं। इसके पुष्प अलग-अलग डंठलों पर रहते हैं एवं पुष्प का घेरा 15 से 25 से॰मी॰ तक होता है। फुटबाल लिली को गमले व क्यारियों दोनों स्थानों पर लगाया जा सकता है। मिट्टी के साथ रेत का मिश्रण तथा सड़ी हुई पत्तियों की खाद को मिलाना चाहिए। गमलों में पानी के उचित निकास का ध्यान रखना आवश्यक है। इसकी 5 से 6 से॰मी॰ गहरी बुवाई फरवरी-मार्च माह में करनी चाहिए। बल्ब लगाने के लगभग 20-25 दिन पश्चात् पुष्प डंठल कली के साथ निकलना आरंभ होता है। पुष्प पौधे पर 10-15 दिन तक ताज़ा रहता है। छायादार और धूप वाले दोनों ही स्थानों के लिए ये उपयुक्त हैं। गमले में सुंदर फूल लेने के लिए 10" के गमले में एक ही कंद लगाएं। क्यारी में कंदों के बीच की दूरी 30 से॰मी॰ तक रखें।

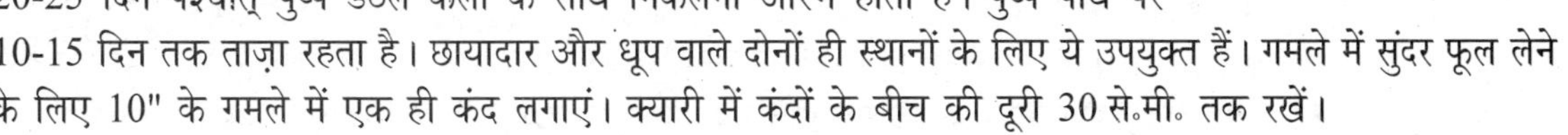

फुटबाल लिली

यह पुष्प अपने गहरे लाल रंग के कारण गृहवाटिका तथा घर-आंगन की सुंदरता में वृद्धि करता है। साथ ही कुछ ही वर्ष में इसके एक बल्ब से अनेक नए बल्ब तैयार हो जाते हैं। इस पुष्प को अपने उद्यान में लगाइए एवं प्रकृति की अनुपम देन का आनंद लीजिए।

अमेरिलिस लिली : शीतकालीन पुष्पों की समाप्ति पर इनके सुंदर और आकर्षक बड़े-बड़े लाल, सफेद पुष्प अपने सौंदर्य की छटा बिखेर कर पुनः वाटिका में नवजीवन ले आते हैं। अमेरिलिस को गमलों में, रास्ते के किनारे पर तथा क्यारियों में लगाया जा सकता है। इसके कंदों की बुवाई फरवरी माह में 10 से 15 से॰मी॰ की दूरी पर हलकी उपजाऊ भूमि में करनी चाहिए। इनको अर्धछाया एवं धूपदार दोनों ही स्थानों में बोया जाता है। इनकी पत्तियां लंबी, चपटी एवं हरे रंग की होती हैं। इसकी पत्तियां बारहों माह हरी-भरी रहकर बगीचे की शोभा बढ़ाती हैं। पुष्पविन्यास के लिए यह पुष्प अति सुंदर है, क्योंकि यह कई दिनों तक ताजा रह कर गृह की शोभा बढ़ाता है। फरवरी माह में इसका प्रसारण कंदो एवं बीजों द्वारा होता है, किन्तु कंदों के माध्यम से ही इसका प्रसारण सुगमता से हो जाता है।

जिफाइरेन्थस लिली : ग्रीष्मऋतु एवं वर्षाऋतु में इसके गुलाबी, सफेद एवं पीले रंग के खिले हुए पुष्प अत्यधिक सुंदर लगते हैं। इसके प्रत्येक पौधे में पुष्प प्रचुरता से खिलकर गमलों की शोभा बढ़ाते हैं। इसकी पतली, चपटी एवं घासतुल्य पत्तियां इसको और भी सुंदर बना देती हैं। इनके पौधे छोटे-छोटे होते हैं। पौधों को क्यारियों, बॉर्डर व गमलों में अप्रैल माह में लगा देना चाहिए। पुष्प मई-जून में आने आरंभ हो जाते हैं। जब पौधा फूल देना बंद कर दे, तो पौध को खोदकर खुले बक्सों में अगले साल के लिए ठंडे स्थान पर रख दें।

जिफाईरेन्थस लिली

प्लमबागो केपेनसिस (Plumbago Capensis)

यह अति सुंदर सदाबहार मध्यम आकार की झाड़ी है। यूं तो इसमें पुष्प वसंतऋतु से वर्षाऋतु तक थोड़े बहुत खिलते रहते हैं किन्तु ग्रीष्मऋतु में गुच्छों से भरे इनके पुष्प अनायास ही सबको आकर्षित कर लेते हैं। सितारों की तरह इनके सुंदर पुष्प, पांच पंखुड़ियों के आकार में होते हैं जिनकी प्रत्येक पंखुड़ी के मध्य पतली नीली शिरा होती है। नीले आसमान के रंग के सदृष्य इनके पुष्प बगीचे में अपना एक विशिष्ट स्थान रखते हैं। लगता है मानो आकाश ने अपना रंग फूलों के रूप में धरती पर उतार दिया हो।

इनकी शाखायें लंबी लचीली एवं झुकी हुई होती हैं। एवं शाखों में शीर्ष भाग में ही पुष्पों में गुच्छे निकलते हैं जिनमें लगभग 20 पुष्प होते हैं। इनकी पत्तियां अंडाकार, हल्के हरे रंग की होती हैं। इसकी एक सफेद प्रजाति भी होती है जो 'प्लमबागो अलबा' नाम से उपलब्ध है।

प्रकाश : प्लमवेगो को सूर्य का प्रकाश अत्यन्त आवश्यक है।

सिंचाई : पौधों की बढ़वार के समय पर्याप्त पानी देना चाहिए, किन्तु पौधों में जल भराव नहीं होना चाहिए। पौधों को शीतकाल की सुप्तावस्था में मिट्टी के सूख जाने पर ही पानी देना चाहिए।

खाद : बढ़वार के समय पौधों में तरल खाद जिसमें पोटाश की मात्रा अधिक हो, प्रत्येक दो सप्ताह के अंतराल में देनी चाहिए।

रोपण : वसंतऋतु (फरवरी) के आरंभ में 25 से॰मी॰ के गमलों में साधारण मिट्टी मिली खाद भरकर इसका रोपण करना चाहिए। रोपण करने के पश्चात् प्रति वर्ष गमले के ऊपर की थोड़ी खाद बदल देनी चाहिए।

प्रसारण : वसंतऋतु में इनका प्रसारण कटिंग द्वारा किया जाता है। 8 से॰मी॰ के गमलों में बराबर के अनुपात में हरी खाद तथा मोटी बालू का नम मित्रण भर कर 8-10 से॰मी॰ लंबी कटिंग (जो अधिक कड़ी न हो) काटकर लगा देनी चाहिए। इन गमलों को ऐसे स्थान पर रखना चाहिए जहां सूर्य का प्रकाश छन कर आता हो। इन गमलों को पारदर्शक प्लास्टिक के थैलों से ढक देना चाहिए। जड़ों के निकलने पर प्लास्टिक हटाकर पानी देना आरंभ कर दें। पुरानी शाखाओं से प्रस्फुटित नई शाखाओं में पुष्प आते हैं। माह में एक बार तरल खाद देनी चाहिए। पौधों के 30 से॰मी॰ के होने पर शीर्ष से अंकुर को काट देना चाहिए, जिससे अन्य शाखाएं निकलेंगी और पौधा सघन होने लगेगा। अब पौधे को खाद व मिट्टी के मित्रण में भरकर बड़े गमले में स्थानांतरित कर देना चाहिए।

कटाई-छंटाई : वसंतऋतु के आरंभ में कटाई-छंटाई करनी चाहिए। इसमें कमजोर शाखाओं को काटकर निकाल देना चाहिए तथा मजबूत शाखाओं को दो तिहाई छांट देना चाहिए।

ग्राउंड कवर

कुछ वर्ष पहले की बात है, एक शहर में प्रौढ़ावस्था के पति-पत्नी सुखपूर्वक रहा करते थे। उनके बगीचे का लॉन शहर का अति सुंदर व हरा-भरा लॉन माना जाता था और उनको सर्वोत्तम लॉन का पुरस्कार भी मिला करता था। कुछ वर्ष पश्चात् उनका सुंदर-सा लॉन सूखने लगा। उनको लगा शायद हमारे लॉन को पर्याप्त पानी नहीं मिल रहा, अतः उन्होंने जमीन के नीचे की सतह से पानी देने की व्यवस्था की किन्तु लॉन की दशा पहले से भी अधिक खराब हो गई, अतः उन्होंने पुनः पानी देने की व्यवस्था को बदला और पानी देना कम कर दिया, इससे भी कोई लाभ नहीं हुआ, फिर उन्होंने खाद, कीटनाशक दवाएं डालकर देखा। लेकिन फिर भी सफलता हाथ न लगी और लॉन जमीन में धंसने लगा। अतः उन्होंने लॉन विशेषज्ञ को बुलाकर उनकी सलाह लेकर पूरा लॉन खुदवा डाला। मिट्टी का परीक्षण किया गया तब पता लगा उनके लॉन में एक ऐसी बीमारी है जिसका निदान संभव नहीं है। वहां घास प्रयत्न करने पर भी नहीं लग सकती। अतः उन्होंने घास लगाने का विचार ही छोड़ दिया व एक अन्य बागवानी विशेषज्ञ की सहायता से उन्होंने उसके कहने पर उस स्थान को खोदकर एवं समतल करके आई. वी. (ग्राउंड कवर) के अनेक पौधे लगाए। कुछ माह पश्चात् उनका यह प्रयोग अति सफल रहा। उनका लॉन, जहां घास का उगना संभव न था, वह स्थान आई.वी. से आच्छादित होकर बड़ा ही सुंदर लगने लगा तथा आस-पास के लोगों ने भी उस सुंदर स्थान की भूरि-भूरि प्रशंसा कर उस दंपती को उनके सफल प्रयोग के लिए धन्यवाद दिया एवं जिज्ञासापूर्वक ग्राउंड कवर के बारे में पूछताछ करने लगे।

ग्राउंड कवर

ऐसा है ग्राउंड कवर का कमाल। हमारे यहां भी यदि ऐसे कई अवांछित स्थान, दीवार, छोटी-छोटी पहाड़ियां, पेड़ों के नीचे घास न लगाने की समस्या, चाहरदीवारी को हरियाली एवं आकर्षक बनाना हो या छायादार स्थान हो, या कहीं रंगों की विविधता देनी हो तो ये जमीन ढकने वाले पौधे हमारे अच्छे मित्र साबित हो सकते हैं। ये पौधे हमारी अनेक समस्याओं का समाधान करने में समर्थ हैं। ऐसे स्थान जहां कहीं-कहीं घास लगाना तो संभव है किन्तु उसका रख-रखाव तथा वृद्धि संतोषजनक नहीं होती, वहां भूमि पर छाने वाले पौधे ग्राउंड कवर लगाए जा सकते हैं। ये अत्यंत ही छोटे शाकीय पौधे होते हैं; जैसे—गोल्डन ड्यूरेन्टा, इरीसन (लाल घास), बडेलिया, ओपोफोगॉन, क्लोरोफाइटम, काली घास आदि। ग्राउंड कवर वे रंगीन पत्तियों वाले पौधे हैं जो जमीन पर रेंगते हैं या थोड़ी ऊंचाई लेने के पश्चात् अपने स्थान पर फैलते हैं। ग्राउंड कवर का मुख्य उद्देश्य उद्यान के खाली स्थानों पर कम ऊंचाई के रंगीन पत्तियों वाले पौधे लगाकर स्थायी रूप से भरना एवं स्थान का आकर्षण बढ़ाना है।

उपयोगिता

इनके प्रयोग से आजकल सुंदर पहाड़ी एवं समतल भूमि में भी इनके द्वारा रंगों का समिश्रण अत्यंत सुंदर लगता है।

ग्राउंड कवर की सुंदरता के साथ इसकी उपयोगिता भी है। लैंडस्केप में तो यह घास से भी अधिक उपयोगी सिद्ध हुए हैं। इनको लगाने के पश्चात् उद्यान के सौंदर्य में निखार आ जाता है। इसके अनेक लाभ है। ग्राउंड कवर भूमि में भी छा जाती है। ये ढलान या पहाड़ियों में चढ़कर उसका सौंदर्य बढ़ाती है एवं झाड़ियों के रूप में भी इसे लगा सकते हैं। चहारदीवारी में हरियाली लानी हो या किसी दीवार को ढकना हो वहां भी यह अपनी रंग-बिरंगी पत्तियों से उसकी शोभा बढ़ा देती है। इस तरह उद्यान में यह सुंदर रंगों की बहार ले आती है। ग्राउंड कवर को फूलों की अपेक्षा उनकी सुंदर पत्तियों के लिए लगाते हैं। इसमें एक विशेषता यह भी है कि ये सूखे या नमी वाले दोनों स्थानों पर हो सकते हैं और यदि कहीं छाया रहती हो तो कुछ ग्राउंड कवर की जातियां वहां भी पनप सकती हैं। यदि कहीं मिट्टी खिसक रही हो और आप मिट्टी को रोकना चाहें तो ग्राउंड कवर लगा कर मिट्टी का खिसकना बंद कर सकते हैं। घास की अपेक्षा इसकी देखभाल सरलता से हो जाती है। ऐसे स्थान जहां घास का रख-रखाव सफलतापूर्वक नहीं हो पाता, जैसे जहां ढाल अधिक हो, आड़े-तिरछे पहाड़ हों, वहां घास की कटाई में परेशानी आती है, वहां ग्राउंड कवर सरलता से लगा कर उस स्थान को सुंदर रूप प्रदान करते हैं। ऐसा नहीं है कि एक बार ग्राउंड कवर लगा कर आप निश्चिंत हो जाएं, इसकी भी समय-समय पर कटाई-छंटाई करनी पड़ती है अन्यथा एक तो यह अधिक घने हो जाते हैं और दूसरे ठीक से कटी-छंटी न होने पर सुंदर भी नहीं लगते।

रोपण

इसके लगाने का तरीका घास की तरह ही होता है। इसके लिए सिंचाई की समुचित व्यवस्था होनी चाहिए एवं पानी के निकास का भी ध्यान रखना चाहिए। खूब सोच-समझकर ग्राउंड कवर का रोपण करना चाहिए, क्योंकि इसे एक बार लगा देने पर इसे जल्दी हटाया नहीं जा सकता।

जमीन को गोड़कर साफ करके समतल कर पत्ती की खाद व गोबर की सड़ी खाद डाल कर पौधे लगा देने चाहिए। घास लगाने के लिए तो नाइट्रोजन चाहिए, किन्तु ग्राउंड कवर लगाने के लिए रासायनिक खाद एन.पी.के., डी.ए. 15 दिन के अंतराल में देनी चाहिए। 100 वर्ग मी. के क्षेत्रफल में एक किलो खाद पर्याप्त होगी।

इससे पौधों का विकास अच्छा होता है। जड़ें मजबूत होती हैं। यदि आप ढलान पर ग्राउंड कवर लगा रहे हैं ज्यामिती या डायमंड रोप बर्फी आकार में लगाना उचित होगा। इस प्रकार लगाने से वर्षा ऋतु में कीचड़ नहीं होती। स्था की उपयोगिता को ध्यान में रखते हुए क्यारियों को एक सरल घुमावदार विशिष्ट रूप भी देने की आवश्यकता पड़ती है पौधों का रोपण रंगों की योजना के अनुरूप किया जाना चाहिए। ढलान पर ग्राउंड कवर लगाते समय दो बातों का ध्यान रखना आवश्यक है, ढलान पर पौधे गड्ढे करके लगाएं, जिससे पानी उस स्थान पर थोड़ा रुक सके एवं नए पौधों को नमी भी मिलती रहे। पौधों के फैलने की प्रकृति के अनुसार पौधों की क्यारियों में दूरी सुनिश्चित करनी चाहिए।

प्रसारण

इसका प्रसारण सरलता से हो जाता है इसलिए नए उद्यान-प्रेमी भी इनका प्रसारण आसानी से कर सकते हैं। ग्राउंड कवर क्योंकि महंगे होते हैं अतः हमें पहले थोड़े स्थान के लिए खरीद लेना चाहिए, इसके पश्चात् हमें स्वयं पौधे बनाने चाहिए। इसका प्रसारण तीन प्रकार से किया जाता है। (1) पत्तियों से :– ग्राउंड कवर के अंतिम भाग की लगभग 8 से 15 से.मी. तक की पत्तियों को काटकर, बक्से में भरी बालू एवं पत्ती की खाद के मिश्रण में हारमोन पाउडर लगा कर रोपण कर दीजिए। पानी देकर उन्हें छायादार स्थान पर रखें जहां का वातावरण नम हो। कटिंग की मिट्टी को नम रखना चाहिए, परंतु

फव्वारों व झरनों का गुनगुनाता संगीत

पौधों का बिछ कालीन
(ग्राउंड कवर)

सुकर्तन कला

पौधों के अनूठे आकार

पुष्प व्यवसाय
जीविकोपार्जन का नया साधन

पानी ठहरना नहीं चाहिए अन्यथा कटिंग सूख सकती है। जड़ें लगभग दो सप्ताह में आती हैं। जड़ें निकलने के पश्चात् इन्हें स्थानांतरित कर दें।

विभाजन

मूल पौधे से काटकर उसका विभाजन कर जहां लगाना हो तुरंत लगा दें। लगाने के पश्चात् पानी दें अन्यथा जड़ें सूख जाएंगी। सकर्स् को निकालते समय ध्यान रहे कि उसकी जड़ों को हानि न पहुंचे। इस कार्य के लिए वर्षा ऋतु का समय सर्वोत्तम रहता है।

दब्बा स्तरण

ग्राउंड कवर को दब्बा स्तरण द्वारा भी तैयार किया जा सकता है। जहां दब्बा दाबें उस स्थान में नमी का रहना आवश्यक है। इसमें टहनी का भाग ऊपर रहता है व नमी पाकर भूमिगत भाग में स्थित कलियों से जड़ों का प्रस्फुटन होने लगता है। एक-दो माह पश्चात् इन्हें मातृ पौधे से अलग कर इच्छित स्थान पर लगा दिया जाता है। दब्बा स्तरण वर्षा ऋतु व बसंत ऋतु में लगाना उत्तम है।

सावधानियां

नए पौधों की निराई-गुड़ाई बराबर करते रहना चाहिए अन्यथा भविष्य में परेशानी होगी, क्योंकि एक बार पौधे के लगा लेने पर बाद में खर-पतवार का निकालना बहुत ही कठिन काम है, अतः इसकी विशेष रूप से सावधानी रखें कि पौधे खर-पतवार रहित रहें।

प्रथम वर्ष में पानी देने का भी बराबर ध्यान रखें। टेड़ी-मेढ़ी व सूखी पत्तियों को बराबर निकालते रहना चाहिए ताकि वे ताजी दिखाई दें। जिन ग्राउंड कवर का तेजी से विकास होता हो उनकी भी कटाई-छंटाई बराबर करते रहिए अन्यथा उनका आकार-प्रकार आकर्षक न होगा। कटाई-छंटाई द्वारा ही क्यारियों की रचना व स्वरूप रखना संभव है। पौधों को ऊपर से काट-छांट कर भिन्न-भिन्न ऊंचाइयों में रखा जाता है, जिससे रंगों में पृथकता प्रतीत हो, उसी पर स्थान की शोभा व आकर्षण निर्भर करेगा। इस प्रकार ग्राउंड कवर का सरलता से रख-रखाव कर उद्यान के अतिरिक्त स्थानों पर एक रंग-बिरंगा गलीचे जैसा मनमोहक दृश्य उत्पन्न किया जा सकता है। यही कारण है कि आज उद्यान प्रेमियों में दिन-प्रतिदिन ग्राउंड कवर लगाना बेहद प्रचलित होता जा रहा है। प्रत्येक वर्ष नई पत्तियां आने पर खाद देना भी आवश्यक होता है। 10 कि॰ग्रा॰ खाद 100 वर्ग मीटर में देना उचित होगा।

सिंचाई

ग्राउंड कवर की सिंचाई उनकी क्यारियों की स्थिति छायादार, अर्ध छायाकार या खुले सूर्य के प्रकाश में एवं मौसम के अनुरूप करनी चाहिए। साधारणतया ग्रीष्म ऋतु में सप्ताह में 2-3 बार एवं शीत ऋतु में 15 दिन के अंतराल में करनी चाहिए।

ग्राउंड कवर को स्थान की उपयुक्ता के आधार पर तीन भागों में विभाजित किया जाता है। छायादार, अर्धछायादार एवं सूर्य के प्रकाश में विकसित होने वाले पौधे, परंतु कुछ प्रजातियां ऐसी हैं, जो छायादार एवं अर्धछायादार दोनों ही स्थानों में विकसित हो सकती हैं। उसी प्रकार कुछ ग्राउंड कवर के पौधे अर्धछाया एवं सूर्य के प्रकाश दोनों स्थानों में विकसित होते हैं। ग्राउंड कवर को उनकी विभिन्न ऊंचाइयों के आधार पर भी विभाजित किया जाता है। कम ऊंचाई वाले पौधे 15 से॰मी॰ से 20 से॰मी॰, मध्यम ऊंचाई वाले 20 से॰मी॰ से 30 से॰मी॰ तथा अधिक ऊंचाई वाले 30 से॰मी॰ से 45 से॰मी॰ ऊंची अनेक झाड़ियों में उपलब्ध हैं। कुछ फूल देती हैं, कुछ केवल हरियाली प्रदान करती हैं। इनका अधिक विवरण इस स्थान पर देना संभव नहीं है। पौधों के चयन के लिए चार्ट 1 व 2 देखें।

स्थान व रंग के आधार पर आधारित चार्ट (चार्ट-1)

	छाया	अर्धछाया	प्रकाशित
1.	क्लोरोफाइटम (वेरीगेटेड)	क्लोरोफाइटम	गोल्डन आइपोमिया (पीला)
2.	जेब्रीना पेनड्यूला (बैंगनी/काला)	जेब्रीना पेनड्यूला	इरेसाइन (बैंगनी)
3.	फिलोडेन्ड्रॉन (हरा)	जूनीपेरस प्रॉस्टाटा (हरा)	जूनीपेरस प्रॉस्टाटा
4.	आक्सीकार्डियम		
5.	मनीप्लान्ट (वेरीगेटेड), (पीला/हरा)	सिगनोनियम (बटरफलाई किस्म)	रॉमिना बॉक्सटाटा (वेरीगेटेड)
6.	मरान्टा जेब्रीना (हरा/काला)	सिगनोनियम गोल्डन (पीला)	सीडम
7.	बेगोनिया रेक्स (हरा/काला-पीला)	सिगनोनियम पिंक	बुडलिया (हरा/पीला फूल)
8.	जाइन्यूरा (लतर वाले बैंगनी)	पॉलका डॉट (गुलाबी/हरा)	गोल्डन ड्यूरान्टा (पीला)
9.	आइवी (हेडेरा हेलिक्स-वेरीगेटेड)	फर्न (हरा) (बैंगनी/पीला/लाल)	ऑल्टरनेन्थ्रा (तीन किस्म)
10.	पीली कैडीरी एवं सिलवर (हरा/सफेद)	एस्पेरेगस (हरा)	मिसेम ब्रायन्थिमम (बारहमासी लाल फूल)
		इरेन्थीमम (लाल)	लेनटाना सेलोवियाना (बैंगनी फूल)
		जाइन्यूरा (बैंगनी)	लेनटाना डिप्रेसा (पीला फूल)
		वेरीगेटेड आइपोमिया	लेवेन्डर (हरा)
		कुफिया मिनियाटा (हरा)	रसेलिया जेनसिया (हरा)
		(सफेद/गुलाबी फूल)	बेगोनिया-सेम्परल्फोरेन्स-(लाल)
			जेड (पोर्ट्लेकेरिया-हरा) बुडबर्जिया

ऊंचाई के आधार पर आधारित (चार्ट-2)

15 से 20 से॰मी॰	20 से 30 से॰मी॰	30 से 45 से॰मी॰
क्लोरोफाइटम	इरेसाइन (लाल साग)	इरेसाईन
ओपोफोगॉन	पिली केडीरी	गोल्डन ड्यूरान्टा
वेरीगेटेड आइपोमिया	मरान्टा जेब्रीना	एसपेरेगस
जेब्रीना पेनड्यूला	कुफिया मिनियाटा	लेवेन्डर
फिलोडेन्ड्रॉन	एसपेरेगस (ल्प्यूमोसस)	रसेलिया जेनसिया
आक्सीकार्डियम		रसेलिया इनडिका
मनीप्लान्ट बेरीगेटेड	इरेज्थिमम	कुफिया मिनियाटा
बेगोनिया रेक्स	रॉमिना बॉक्सटाटा	एसपेरेगस
जाइन्यूरा	जेड	
आइवी (हेडेरा)	गोल्डन ड्यूरान्टा	

वेरीगेटेड (हेलिक्स)	एसपेरेगस (स्प्रिंगई)
जूनीपेरस प्रॉस्टाटा	
सिगनोनियम	लेनटाना डिप्रेसा
पिली मुस्कोसा	बेगोनिया सेम्पर फलोरेन्स
सीडम किस्में	बुडबर्जिया
ऑलटरनेन्थ्रा	ओपोफोगॉन
लेनटाना सेलोवियाना	पॉलका डॉट

फिलोडेन्ड्रॉन

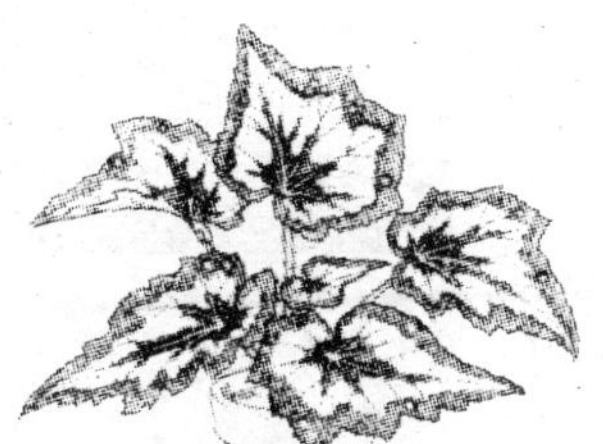

बेगोनिया रेक्स

क्लोरोफाइटम

मरान्टा

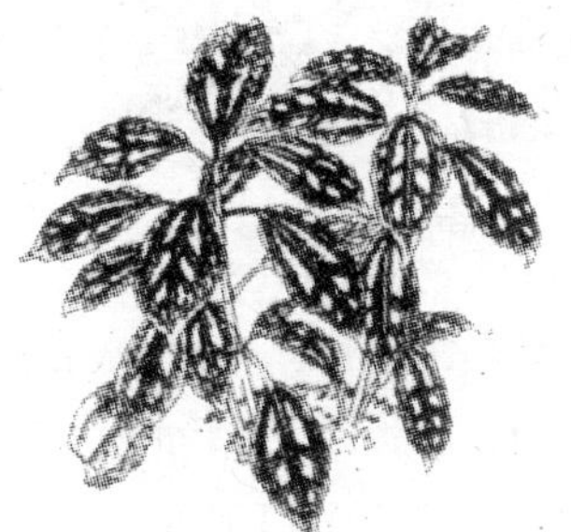

पिलिया केडराई

ट्रेड स्केन्टिया

जेब्रीना पेनड्यूला

सुकर्तन कला

प्रकृति के अनेक सुंदर रूपों के सान्निध्य में रहने का आनंद मानव को अवर्चनीय सुख-शांति से अभिभूत कर जाता है। प्रकृति के साथ रहना मानो ईश्वर की अनुपम कृपा और प्रेम-रस की अमृत बूंदों के बरसने जैसा है। जहां मानव अपने आपको भूल कर उस सर्वोपरि शक्ति से मिल जाता है, जहां आनंद ही आनंद है, उसे आनंद की खोज नहीं करनी पड़ती। आनंद स्वयं उसकी झोली में भरने जैसा रहता है।

सुकर्तन कला

बगीचे को कलात्मक रूप देना, उसकी रूप-रेखा बनाना अपने आप में एक पूर्ण सुख है, इसके लिए हम सब काफी श्रम करते हैं। भू-दृश्य के लिए इसके विशेषज्ञ भी बुलाते हैं। हरितिमा लिए हुए लॉन बनाते हैं। उनमें पुष्प, पेड़-पौधे आदि लगाकर उन्हें अनेक प्रकार के सुंदर रूप एवं आकार देकर वहां के सौंदर्य को बढ़ाते हैं।

अब गृहवाटिकाओं व अन्य स्थानों को अलंकृत करने के लिए एक नई कला 'टोपिएरी' को प्रकृति प्रेमियों ने अपनाया है। भारत में 'टोपिएरी कला' प्राचीन काल से एक अलंकृत बागवानी कला के रूप में प्रचलित रही है। वृक्षों एवं मनभोहक झाड़ियों को पशु-पक्षियों आदि के कलात्मक स्वरूप व आकृति में तराशना और ढालना ही टोपियरी है।

बगीचे की स्थापना के समय से ही राष्ट्रपति भवन के मुगल गार्डन में मिमुसॉप्स इलेन्जाई एवं इर्मा इलसिस के पौधों को नॉट गार्डन (गुम्बद आकार) के रूप में तैयार किया गया था, जिससे यह प्रतीत होता है कि कर्तन कला शताब्दियों से ही चली आ रही है। राष्ट्रपति भवन के ही एक स्थल को कर्तन गार्डन के रूप में विकसित किया गया है। जिसमें हाथियों के झुंड, जिराफ़ का समूह, शेर, मोर एवं हिरन के झुंड आदि आकृतियां पौधों द्वारा निर्मित किए गए हैं। बगीचे के मुख्य द्वार पर क्लेरोडेन्ड्रॉन इनर्मी के पौधों से निर्मित दो विशाल हाथी जिनकी सूंड़ें आपस में गुंथी हुई हैं, दर्शकों को आकर्षित करते रहते हैं।

सुकर्तन कला से आपकी बगिया में एक विशेष आकर्षण पैदा होता है, एक नवीनता आती है। आने-जाने वाले व्यक्ति एक क्षण के लिए मंत्रमुग्ध होकर उसके सौंदर्य की छटा को देखते ही रह जाते हैं। बगिया में एक दो पौधे को सुकर्तन कला से जानवर, आदमी, खंभे, जिराफ, मोर, हाथी, गैंडा, शेर, गुम्बद आदि का रूप दिया जा सकता है। कटाई-छंटाई द्वारा इस तरह बगिया को एक नया रूप व आकर्षण दिया जा सकता है।

सुकर्तन कला, रोमन व जापान के लोगों की अति प्रिय कला है, जिन्होंने ज्योमेट्रिकल (Geometrical) रूप में जैसे—क्यूब्स, कोन्स व पिरामिड पौधों से बनाए। कालांतर में सुकर्तन कला में जानवर, आदमी आदि भी बनने लगे। सुकर्तन कला से अब कुर्सी, फौवारे आदि उपयोगी चीजें भी बनने लगी हैं।

सुकर्तन कला के लिए पौधों का चयन करते समय हमें विशेष ध्यान रखना आवश्यक है। हमें ऐसे पौधों का चयन करना चाहिए जो धीमी गति से बढ़ते हों, बहुवर्षीय हों, बहुशाखीय हों, जिनकी पत्तियां छोटी हों, जिन पर पत्तियां वर्ष भर रहती हों एवं जिन्हें काटने पर अनेक शाखाएं शीघ्र निकल कर घनी हो जाती हों एवं जिन्हें कीट व रोग लगने की कम संभावना हो। सुकर्तन के लिए छायादार पौधों को लगाना चाहिए। आरोही पौधों का यदि छायादार स्थान पर प्रयोग करना हो तो इनको बढ़ाने के लिए लोहे, लकड़ी, इत्यादि के सहारे की आवश्यकता पड़ती है। यदि पौधों के तने कमजोर हों तो इन्हें सहारा देने से मनपसंद रूप में ढाल सकते हैं। कभी-कभी आरंभ में ही पौधों को सहारा देना पड़ता है। पौधे के तने के सुदृढ़ होने पर सहारे को हटाया भी जा सकता है।

यह कार्य झाड़ीदार पौधों पर भी किया जा सकता है। सभी आकार जैसे–जानवर एवं आदमी बनाने के लिए निम्नलिखित पौधे उपयोग में लाए जा सकते हैं–जैसे क्लेरोडेन्ड्रान इनर्मी, इन्गाडल्सिस, डुरन्टा, प्लुमराई मुरैयाइक्जोटिका (कामनी) इत्यादि।

चिड़ियों के आकार बनाने हों तो केजुरिना तथा पोयनसिरस ट्राइफोलियेटा या चीनी हजारा इत्यादि पौधों के द्वारा आसानी से बनाए जा सकते हैं। छाते का आकार बनाने के लिए सिट्रस मेडुरेसिस तथा सि. ऑरान्टियम व भारतीय सुगंध वाले मौलश्री वृक्ष अति उपयुक्त पाए गए हैं। मुगल मार्डन में इस प्रकार के अनेक मौलश्री के वृक्ष जो छाते के आकार में तराशे व काटे-छांटे गए हैं, वहां की शोभा बढ़ा रहे हैं। गोलाकार के लिए डायोसपाइस इम्ब्रिमाप्टेरिस अति उत्तम है। खंभों का रूप देने के लिए थूजा ओरियन्टलिस, थूजा कम्पेक्टा, क्यूप्रेसस जातियां-पोलीयाल्थिया पेन्डुला, पोलीयाल्थिया लांगीफोलिया इत्यादि पौधे उपयुक्त हैं। यदि आपको पौधों द्वारा लिखावट अथवा किनारी बनानी हो तो इसके लिए एरुआ संक्यीनोलन्टा माल्पाधिया काक्सीजेरा, इत्यादि उपयुक्त हैं।

टोपियरी बनाने के लिए सर्वप्रथम ढांचा तैयार करना चाहिए। साधारणतया ढांचा मुलायम इस्पात या गल्वनाइज्ड (Galvanized) तार का बना होना चाहिए। वांछित आकृति का ढांचा कुछ इस प्रकार से बनाना चाहिए कि जिससे उसका रूप वास्तविक प्रतीत हो।

रोपण

पौधों का रोपण जुलाई-अगस्त अथवा फरवरी-मार्च के महीने में करना चाहिए। चुने हुए पौधों को यथास्थान रोपित कर देना चाहिए तथा डालियों का कर्तन करते रहना चाहिए, जिससे पौधे घने हो जाएं। उसके पश्चात् पौधे के ऊपर निर्मित ढांचा बनाना चाहिए। यदि बृहत् आकार की टोपियरी बनानी है तो पहले ढांचा रखते हैं, बाद में उसकी आकृति के आधार पर पौधे की रोपाई करते हैं। यदि आपको किसी जानवर की आकृति बनानी है तो टोपियरी के लिए चार पौधे चार पैर के पास लगाए जाते हैं। उसके पश्चात् कर्तन, संधाई एवं बंधाई द्वारा मनोवांछित आकार तैयार कर लेते हैं।

टोपियरी का प्रबंधन विशेष सावधानी से करना चाहिए। पौधों को पानी तथा खाद आवश्यकतानुसार देते रहना चाहिए, जिससे पौधा घना एवं हरा-भरा बना रहे। इसमें उर्वरकों का उपयोग अधिक लाभदायक होता है, क्योंकि इससे अधिक पत्तियां आती हैं एवं बढ़वार भी अच्छी होती है।

जैसे ही कीट रोग का प्रभाव दिखाई दे, तुरंत रसायनों का उपयोग कर पौधों का उपचार करना चाहिए।

मुंबई के हैंगिंग गार्डन में सुकर्तन कला द्वारा बनी अनेक आकार-प्रकार की आकृतियां सभी का मन मोह लेती हैं। लंबी हेज के ऊपर हरे रंग से आच्छादित बैल चलाते हुए किसान की आकृति बड़ी ही सजीव लगती है। इसी प्रकार हरे-भरे सुंदर मोर, गैंडा, चिड़िया, हंस, हिरन, खरगोश, शेर, चीता, आदि हैंगिंग गार्डन के आकर्षण में चार चांद लगाते हैं। अनेक प्रकार की डिजाइन से काटी हेज एवं वृक्ष भी उद्यान की शोभा बढ़ाते हैं।

आप भी सुकर्तन कला की बारीकियां जानकर मनपंसद आकार-प्रकार बना सकते हैं। सुकर्तन कला के नये-नये प्रयोग आपके बगीचे को नया रूप दे सकते हैं। टोपियरी एक कलात्मक सौंदर्य साधना एवं कला है, जिसके द्वारा प्रत्येक उद्यान प्रेमी, थोड़े परिश्रम व लगन से अपनी वाटिका को एक नया व सुंदर रूप दे सकते हैं।

आप भी कर सकते हैं पुष्प व्यवसाय

पुष्प पवित्रता, सौंदर्य, प्रेम, अनुराग और शांति के प्रतीक माने जाते हैं। यद्यपि पुष्प मूक सौंदर्य के धनी होते हैं फिर भी वे प्रेम, आनंद एवं वात्सल्य के सर्वोत्तम संदेशवाहक हैं। इनके इन्हीं गुणों के कारण पुष्पों का सम्मान किया जाता है। कमल पवित्रता, गुलाब प्रेम, नरगिस अहमन्यता, गेंदा संस्कृति के प्रतीक हैं। फूलों एवं उद्यानों का भारतीय संस्कृति से गहरा संबंध रहा है एवं समयानुसार इसमें अनेक परिवर्तन भी होते रहे हैं। प्राचीन काल से ही वनों में उगने वाले पुष्पों का उल्लेख भारतीय साहित्य, पौराणिक एवं धार्मिक कथाओं, गुफा के भित्ति-चित्रों, मूर्तियों, भवनों व कलाओं में दृष्टिगत होता रहा है। हमारे प्राचीन साहित्य ऋग्वेद (2000 से 3000 ईसा से पूर्व), रामायण (1000-1200 ईसा से पूर्व) में पुष्पों का प्रचुर विवरण मिलता है।

पुराने भवनों में भी फूल और पत्तियों की नक्काशी देखी जा सकती है, जो इस बात का प्रतीक है कि भारत में पुष्पों की महत्ता कितनी प्राचीन है। पुष्पों के प्रति प्रेम सर्वव्यापी है, क्योंकि सुंदर वस्तुओं को सभी चाहते हैं। जीवन के प्रत्येक क्षेत्र में पुष्पों का महत्त्वपूर्ण स्थान है एवं इनके बिना किसी समारोह में पूर्णता नहीं आती जैसे—विवाह में, पूजा में, जन्म दिन, गृह प्रवेश, होटलों व घरों की सजावट आदि में पुष्पों का अनेक प्रकार से प्रयोग किया जाता है। शुभ अवसरों पर पुष्पों के देने का प्रचलन अब बढ़ता ही जा रहा है। पुष्पीय पौधों को उगाना अब एक लोकप्रिय अभिरुचि है।

जनसंख्या का बढ़ना, छोटे घर व फ्लैटों में रहने के कारण व्यक्ति पेड़-पौधे लगाने में असमर्थ है, अतः प्रकृति के साथ रहने का आनंद वह कुछ पौधे गमलों में रखकर अथवा घर में पुष्पसज्जा कर पूरा करता है। यही कारण है कि आजकल छोटे व बड़े शहरों में फूल व पत्तियों के पौधों की नर्सरियों की संख्या दिन-प्रतिदिन बढ़ती ही जा रही है। कल-कारखानों का बढ़ना एवं जनसंख्या की अधिकता के कारण भी वातावरण का दूषित होना स्वाभाविक है, किन्तु अब आम नागरिक में सुंदर, स्वच्छ वातावरण के प्रति अभिरुचि उत्पन्न हो रही है और वे पेड़-पौधे व फूलों को लगाकर अपने कर्तव्य का पालन कर प्रदूषण समाप्त करने में अपनी भूमिका का निर्वाह करने में प्रयत्नशील हैं। पहले केवल बड़े शहरों में ही पुष्प उगाए जाते थे, परंतु आजकल प्रत्येक क्षेत्रों में पुष्पोत्पादन बड़ी मात्रा में होने लगा है। किसान इसकी उपयोगिता व महत्त्व को समझने लगे हैं। किसानों के लिए भी पुष्पोत्पादन अन्य फसलों से कहीं अधिक लाभप्रद फसल सिद्ध हुई है। किसानों के लिए पुष्पों की खेती एक अच्छी आय का स्रोत बन गई है। अनेक लोग फूल-पौधे उगाते हैं। कुछ उनसे बीज भी बनाते हैं। पुष्पों के बीज ऐसी वस्तु हैं जिनके निर्यात की व्यापक संभावनाएं हैं। अनेक पाश्चात्य देशों में फूलों के बीजों की बड़ी भारी मांग है।

पुष्प विज्ञान का महत्त्व अंतर्राष्ट्रीय स्तर पर अत्यंत शीघ्रता से बढ़ रहा है। कई प्रकार के अलंकृत पौधे घरेलू व अंतर्राष्ट्रीय विपणन के लिए उगाए जा रहे हैं। सभी विकसित देशों में विभिन्न रूपों में पुष्पों की मांग है और यह उद्योग लगभग 12 बिलियन अमेरिकन डॉलर के बराबर होता है जिसमें 15% की प्रति वर्ष वृद्धि होती रहती है। भविष्य में यूरोपीय देशों में पुष्पों की सबसे अधिक मांग होगी। हॉलैंड की फ्लावर काउंसिल को आशा है कि आगामी वर्षों में पुष्प का उद्योग का व्यापार 16.6 बिलियन अमेरिकन डॉलर तक पहुंच जाएगा।

अकेला हॉलैंड विश्व का सबसे बड़ा निर्यात केंद्र है। जापान का योगदान भी कम नहीं है। संपूर्ण उत्पादन में संयुक्त राष्ट्र अमेरिका का स्थान मुख्य है। कोलंबिया, कीनिया, इज़राइल एवं इटली पुष्प सामग्री निर्यात करते हैं। थाईलैंड, सिंगापुर, ताईवान, आस्ट्रेलिया एवं न्यूजीलैंड कई टन आर्किड के पुष्प पश्चिमी यूरोप को निर्यात करते हैं। आयात करने वाले देश जर्मनी, अमेरिका, फ्रांस, इंग्लैंड, स्विटजरलैंड, इटली, बेल्जियम, आस्ट्रिया, स्वीडन, जापान, हांगकांग एवं खाड़ी के देश हैं।

अंतर्राष्ट्रीय बाजार में कारनेशन का स्थान प्रथम है। इसके बाद गुलाब और गुलदाऊदी आते हैं। इसके अतिरिक्त आर्किड, ग्लैडिओलस ऐन्थूरियम, जरबेरा, ट्यूलिप, फ्रीजिया, लिली, आइरिस, स्टेटिस हैं, जिनके कट फ्लावर अंतर्राष्ट्रीय व्यापार में अपना स्थान रखते हैं। पर्णीय पौधों में फाइकस, ड्रेसीना, आर्किड, एजीलिया, केलेन्चू, बिगोनिया, डाइफेनबेकिया आदि पौधे हैं। फिल्लोडेन्ड्रान, मरान्टा, क्रोटन, कार्डीलाइन, सिन्डेप्सस, सिन्गोनियम और पाम भी निर्यात के लिए अपना महत्त्वपूर्ण स्थान रखते हैं। शोभाकार पौधों एवं पत्तियों व फूलों के उत्पादों में भारत अपनी प्रमुख भूमिका निभा सकने में समर्थ है। अनेक पुष्पीय कंदों को जैसे—एमेरिलिस, क्राइनम, ट्यूबरोज, लिली इत्यादि का निर्यात कर पर्याप्त विदेशी मुद्रा अर्जित की जा सकती है। पुष्पों एवं शोभाकार पौधों की बढ़ती हुई मांग विश्व के बाजार में भारत के हित में है, क्योंकि हमारा देश उष्ण-कटिबंधीय क्षेत्र में स्थित है। भारत में विभिन्न प्रकार की जलवायु, सूर्य का प्रकाश एवं उपयुक्त मिट्टी है जो इन पौधों के उत्पादन में भरपूर सहायता करती है। इस प्रकार हम शोभाकार पौधे व पुष्प उस समय भेज सकते हैं जब यूरोपीय देशों में इसका उत्पादन संभव नहीं होता। भारत में शोभाकार पौधों एवं उनके उत्पादों की तकनीकी खेती एवं कृषि संबंधी निर्यात को भारत सरकार बढ़ावा दे रही है।

भारत के सामाजिक जीवन में फूल गुंथे हुए हैं। इनके बिना किसी समारोह व उत्सव में पूर्णता नहीं आती। ये मनोहर आकर्षक पुष्प जो हमारे चारों ओर के वातावरण को सजीव बना देते हैं, आज अंतर्राष्ट्रीय व्यापार की एक प्रमुख वस्तु बन गए हैं।

भारत एक ऐसा महान देश है जहां जलवायु संबंधी इतनी अधिक विविधताएं पाई जाती हैं कि यहां प्रत्येक प्रकार के पुष्पीय पौधे किसी न किसी ऋतु में कहीं न कहीं अवश्य उत्पन्न किए जा सकते हैं। यही कारण है कि फ्लोरिकल्चर के दो प्रमुख देश नीदरलैंड व इज़रायल भी इस देश में बहुत संभावनाएं देख रहे हैं। वे किसानों को उत्तम बीज देकर, तकनीकी जानकारी करा कर एवं बाजार की व्यवस्था करने को भी तैयार हैं, जिससे भारतीय किसान अधिक से अधिक पुष्पों का उत्पादन करें तो ईश्वर प्रदत्त इस प्राकृतिक देन का उपयोग कर क्यों न हम अन्य सभी देशों की मांग के अनुसार नाना प्रकार के फूलों का उत्पादन कर, उनके निर्यात से विदेशी मुद्रा अर्जित करें?

यूरोप में शीतऋतु के दिनों में उनके यहां अनेक उत्सव होते हैं और उस समय वहां पुष्पों का उत्पादन संभव नहीं होता। इन दिनों फूलों का निर्यात भी बढ़ जाता है। शीतऋतु में हमारे भारत में पुष्पों की बहार रहती है। उस मौसम में पुष्पों का अधिक उत्पादन कर हम अत्यधिक विदेशी मुद्रा अर्जित कर सकते हैं। परंतु इसके लिए यह आवश्यक है कि हम इसका महत्त्व समझें, इस उत्पादों की गुणवत्ता विश्व मानकों के अनुरूप रखें एवं पुष्प उद्योग को एक कृषि उद्योग की महत्त्वपूर्ण संज्ञा दें। इस उद्योग को निरंतर बढ़ाने का प्रयास भी करते रहें। वैसे अभी हाल में सूक्ष्म प्रवर्धन की विधि विकसित हुई है। इसने औद्योगिक प्रौद्योगिकी का रूप ले लिया है।

कर्नाटक की राजधानी बैंगलोर को प्रचुर प्राकृतिक संपदा, विविध कृषि जलवायु, वर्ष भर जल की उपलब्धता, भिन्न प्रकार की मिट्टी और सुमेल सांस्कृतिक परंपरा का वरदान प्राप्त है। ऐसी मिट्टी, जिसमें पुष्प सरलता से उगते हैं और इस प्रकार कृत्रिम माध्यम की आवश्यकता नहीं पड़ती। शरद तथा ग्रीष्मऋतु में अच्छी धूप रहने के कारण यहां वर्ष भर पुष्प खिलते हैं। देश में पुष्पों के व्यापार में कोलकता प्रथम है एवं बैंगलोर का दूसरा स्थान है। बैंगलोर में प्रतिदिन लगभग 5 लाख रुपये के फूल बिकते हैं। जिस समय पुष्पों की अधिक आवश्यकता होती है (अर्थात् नवंबर से मार्च) क्रिसमस, नव वर्ष, वैलेंटाइन डे के अवसर पर पुष्प उत्पादन के लिए बैंगलोर का मौसम बहुत उपयुक्त रहता है। बैंगलोर में भारतीय

बागवानी अनुसंधान संस्थान पहला ऐसा आर एवं डी संगठन है, जिसने विश्वव्यापी पहचान बनाई है। उदाहरणार्थ त्रिनीडाड के संकर से विकसित डा. एच.वी. सिंह बोगनवेलिया को आस्ट्रेलिया ने भारी रायल्टी देकर अपना पेटेंट बना लिया एवं उसका 'कृष्ण' नामकरण किया। यहां पारंपरिक एवं आधुनिक तकनीकों से गुलाब, कारनेशन गुलदाऊदी, जरवेरा, चाइना एस्टर, गेंदा एन्थूरियम, आर्किड रजनीगंधा, ग्लेडियोलस जैसे प्रमुख फूलों में आनुवंशिक सुधार भी हो रहा है एवं इन संस्थान ने उत्कृष्ट प्रजातियों के पुष्पों को अधिकाधिक उगाने का उत्तरदायित्व भी लिया है। बैंगलोर में उद्यानों में पुष्प लगाने के अतिरिक्त आस-पास के क्षेत्रों में आधुनिक पॉलीहाउस एवं हरितगृह (ग्रीन हाउस) में भी पुष्प बहुतायत से उगा कर निर्यात किए जाते हैं। बैग्लौर में पुष्प बाजार की स्थापना हो चुकी है तथा शीतभंडार भी उपलब्ध हो चुके हैं। यहां बीजों का निर्यात भी बड़ी कुशलता से किया जा रहा है।

भारत में पुष्प उद्योग की संभावनाएं

हमारी संस्कृति, धार्मिक क्रियाकलाप साहित्य व सामाजिक जीवन में प्रत्येक स्थान में पुष्पों का समावेश है। इस कारण हमारे देश में पुष्पों के उद्योग का भी अपना अलग ही महत्त्व है। अपने देश में यदि हम पुष्पों के इस उद्योग को सुगठित करें, उन्नत करें, ध्यान दें तो निश्चय ही अंतर्राष्ट्रीय बाजार में हमारा यह पुष्प उद्योग खूब फले-फूलेगा। विश्व व्यापार में यद्यपि प्रतिस्पर्धा है एवं नित्य नवीनता भी आती रहती है, किन्तु फिर भी इसमें लाभ ही है। भारत जैसे देश में जहां प्रत्येक तरह की जलवायु है एवं पुष्प प्राकृतिक रूप में बहुतायत से खिलते हैं। उनसे नये-नये प्रयोग कर, अंतर्राष्ट्रीय स्तर पर हम अपना वर्चस्व बना सकते हैं। प्रेम कथाओं, कविताओं एवं सुंदर गीतों को अवसर एवं समयानुसार जोड़कर हम अपनी विक्रय नीति को एक सुंदर रूप भी दे सकते हैं।

यों तो पुष्पों का उद्योग भारत में दिनों-दिन उन्नति के शिखर पर है। पुष्प उद्योग का केवल भारत के महानगरों जैसे—दिल्ली, कोलकाता, बैंगलोर, चेन्नई, हैदराबाद में ही नहीं, वरन् अनेक छोटे-छोटे स्थानों में तेजी से फलना-फूलना, सजावटी पौधों के प्रति आम लोगों की जागरूकता का प्रमाण प्रस्तुत करता है। इससे हमारे समाज के लाखों लोगों को जीविका का साधन मिल रहा है। आजकल पुष्पोत्पादन लाभदायक व्यवसाय के रूप में जाना जाता है। पुष्पोत्पादन में अनाज वाली फसलों तथा बागवानी से प्राप्त आय से प्रति इकाई क्षेत्रफल अधिक आय होती है।

हमारे भारत में पुष्प उद्योग में 1962 से 1992 के मध्य 12.5 तथा 33 गुणा क्रमशः वृद्धि हुई है। 50,000 हेक्टेयर भूमि पर परंपरागत पुष्प—चमेली, देशी गुलाब, छोटे फूलों वाली गुलदाऊदी, रजनीगंधा क्रोसेन्ड्रो एवं एस्टर की खेती की जा रही है। 10.000 हेक्टेयर भूमि पर आधुनिक पुष्प गुलाब, कारनेशन, लिली, गुलदाऊदी ग्लेडियोलस, जरबेरा, एन्थूरियम, ऑर्किड आदि की खेती की जा रही है।

भारत में परंपरागत पुष्पों के व्यवसाय की भी अनेक संभावनाएं हैं। हमारे प्राचीन पुष्प इस व्यवसाय में प्राण फूंक सकते हैं। जैसे कमल हमारे देश में बहुत उत्पन्न होता है। इसे अत्यंत शुभ माना जाता है तथा इसकी सुंदरता बेजोड़ होती है। भीनी-भीनी सुगंध वाली चमेली, रजनीगंधा के खूबसूरत फूल, गुलाब की अनेक सुगंधित प्रजातियां, मदन-मस्त, कामदेव का पुष्प, बसंतऋतु में खिलता पलाश का नारंगी व मूंगिया पुष्प, ग्रीष्मऋतु में खिलते अमलताश के लंबे कोमल सुगंधित और झूमते हुए पुष्पों के गुच्छे, गंधराज, वर्षाऋतु में कृष्ण का प्रिय पुष्प कदंब, सफेद रंग का नाग चम्पा, स्वर्ण चम्पा आदि अनेक पुष्प निर्यात किए जा सकते हैं।

सुगंधि उद्योग

भारत में पुष्पों से अनेक प्रकार की मधुर सुगंधियां प्राप्त होती हैं, जो कृत्रिम सुगंधियों में संभव नहीं है। इसी कारणवश सैकड़ों किस्म की कृत्रिम सुगंधियां सुलभ होने के पश्चात् भी आज भी पुष्पों से प्राप्त प्राकृतिक सुगंधियों का महत्त्व पूर्ववत बना हुआ है। एक समय तो भारतीय सुगंधियों का वर्चस्व (साख) विश्व भर में विख्यात था, आज भी मध्य पूर्वी देशों में

भारतीय सुगंधियां अत्यधिक लोकप्रिय हैं। विश्व में अब निरंतर इनकी मांग बढ़ रही है। सौंदर्य प्रसाधन सामग्रियों में एवं उच्च कोटि की विशुद्ध सुगंधियों में इनका प्रयोग विश्व भर में किया जाता है।

भारत में सुगंधि के लिए प्रयुक्त पुष्पों में चैती गुलाब का स्थान प्रथम है। चैती गुलाब से, गुलाब जल, गुलाब का अतर तथा रूहे गुलाब, सुगंधित केश तेल प्रमुख सुगंधित उत्पाद हैं जो व्यावसायिक दृष्टि से मूल्यवान हैं। इनकी खेती राजस्थान का अजमेर जिला, हिमाचल प्रदेश के पालमपुर और कुल्लु जिले तथा उत्तर प्रदेश के अलीगढ़, कन्नौज व लखनऊ जिलों में होती है। पुष्पों द्वारा प्राकृतिक रंगों को निकालना भी अत्यंत महत्त्वपूर्ण उद्योग हो गया है। गेंदा के पुष्प ओल्योरेसिन (Olcorcsin) का उपयोग रसायन के उत्पादन में किया जाता है। गुलाब के बाद दूसरा स्थान चमेली का है। चमेली के तेल एवं इत्र की फ्रांस, इटली, हॉलैंड आदि यूरोपीय देशों में एवं टर्की, मिस्र आदि अरब देशों में बड़ी मांग है। भारतीय सुगंधियों में केवड़े का भी विशिष्ट स्थान है। इसके अतिरिक्त कुछ मात्रा में केश तेलों व इत्र में उपयोग के लिए चम्पा, बेला, रात की रानी, मौलश्री, हिना, नर्गिस, कदंब, केवड़ा, जूही, गंधराज, कामिनी, हरसिंगार, रजनीगंधा आदि फूलों का उपयोग किया जाता है। भारत में देशी गुलाब से बने गुलकंद का उद्योग भी एक प्रमुख उद्योग है।

भारत में सुगंधि उद्योग अत्यंत प्राचीन है, किन्तु हमें इन वस्तुओं के उत्पादन एवं निर्यात में अभी बहुत आगे बढ़ना है। सुगंधि प्राप्ति के उपकरणों एवं तकनीकी के आधुनिकीकरण द्वारा सुगंधित पुष्प वाली फसलों की खेती पर समुचित ध्यान देकर हम अपने उत्पादन को कई गुणा बढ़ा सकते हैं, क्योंकि विभिन्न प्रकार के सुगंधित पुष्प वाले पौधे भारत में बहुतायत से उपलब्ध हैं। निजी व्यवसायी एवं सरकार यदि इन पर समुचित ध्यान दें तो उसके निर्यात द्वारा पर्याप्त विदेशी मुद्रा अर्जित कर विश्व में भारत का नाम सुगंधियों में उज्ज्वल कर हम गर्वित हो सकते हैं।

पुष्प विज्ञान का महत्त्व व मांग अंतर्राष्ट्रीय स्तर पर बढ़ने पर एवं भारत से अधिकाधिक निर्यात करने की संभावनाओं को देखते हुए सरकार ने पुष्प निर्यात एवं आयात पर कुछ छूट भी दी है। जिसके कारण फूलों को निर्यात करने के लिए पूना, दिल्ली, बैंगलोर तथा हैदराबाद आदि शहरों में गुलाब के उत्पादन के लिए आधुनिक ग्रीन हाउस व पौलीहाउस काम में लाए जाते हैं। इसके कारण पुष्प संबंधी वस्तुओं का निर्यात भी शीघ्रता से बढ़ा है। फिर आधुनिक विज्ञान ने कंप्यूटर तकनीकी में इतनी अधिक प्रगति की है कि संचार व्यवस्था अधिक आसान हो गई है। विश्व में किस देश में, किस प्रकार के पुष्प, किस अवसर के लिए चाहिए, इसकी सूचना तत्काल इंटरनेट से हमें मिल जाती है।

यदि कोई पुष्पों का व्यवसाय करना चाहता है तो भारत सरकार द्वारा व्यावसायिक स्तर पर पुष्पोत्पादन करने के लिए अनेक सुविधाएं भी प्रदान की हैं। जैसे–

1. यदि किसी को पुष्पों के बीज एवं उत्तम सामग्री आयात करनी हो तो आयात स्वीकृति या अनुमति की आवश्यकता नहीं होगी।
2. बीज, कंद, कर्तन एवं बोने की सामग्री आदि पर आयात-निर्यात शुल्क नहीं लिया जाएगा।
3. अपने देश में, मशीनों एवं ग्रीन हाउस बनाने के उपकरणों का आयात करने पर आयात शुल्क पर 25% की छूट दी जाएगी।
4. घरेलू बाजार में फूलों की अधिक बिक्री होने वाली परियोजनाओं को 50% की छूट दी जाती है।
5. हवाई जहाज संबंधी माल भाड़े में भी सरकार ने काफी राहत दी है।
6. किसानों को फूलों की देखभाल हेतु शीत भंडारण बनाने के लिए 4% ब्याज पर राष्ट्रीय बागवानी बोर्ड किसानों को कर्ज देता है।
7. आठवीं पंचवर्षीय योजना में उद्यान विकास के लिए 1000 करोड़ रुपये का प्रावधान किया था जबकि सातवीं पंचवर्षीय योजना में 24 करोड़ रुपये ही कुल था।

इस प्रकार पुष्पोत्पादन उद्योग को काफी राहत मिली है एवं स्थान-स्थान पर पुष्पों की मंडी बनाने का प्रयास सफलतापूर्वक चल रहा है।

विश्व स्तर पर यदि अन्य सभी उद्योग-धंधों को देखा जाए तो पुष्पीय पौधे एवं फूलों के उद्योग में सबसे कम व्यय होता है। भारत में आवश्यकता से अधिक फूल/पौधों का उत्पादन होता है। इसकी खेती से हमारे पर्यावरण में भी सुधार होगा एवं इससे सुंदर, स्वच्छ पर्यावरण बनाए रखना अन्य उद्योग-धंधों के विकास के लिए भी संभव हो सकेगा। देश के पढ़े-लिखे युवक-युवतियां जो पुष्प कृषि को अपना कैरियर बनाना चाहते हैं, उन्हें यह खेती सुंदर व आकर्षक लगेगी, वे स्वान्तः सुखाय व धन दोनों का आनंद ले पाएंगे। ग्रामों में इस उद्योग की नई-नई तकनीकियों से, ग्रामीणों का शहरों की ओर पलायन कम होगा, क्योंकि पुष्पीय पौधे एवं पुष्प द्वारा शहरों एवं विदेशों से इन्हें अच्छे मूल्य मिल सकेंगे।

विशिष्ट पुष्प

गुलाब

पुष्पों की अनूठी दुनिया का शासक गुलाब आदि काल से अपनी मधुर सुगंध, चित्ताकर्षक सुंदर रंगों व लावण्य से मानव को प्रभावित करता रहा है। सभी पुष्पों के बीच इनका सौंदर्य अनुपम है। यह पौधों की शान है, कुंजों की जान है एवं कलियों की तरुणाई है। इसके रंग-बिरंगे सुंदर पुष्प प्रकृति की अनुपम कलाकृति है। गुलाब सदियों से सौंदर्य व प्रेम के रूप में विश्व में विख्यात रहा है।

गुलाब

वैज्ञानिकों के अनुसार गुलाब की उत्पत्ति का क्षेत्र उत्तरी गोलार्ध का भू-भाग माना जाता है। गुलाब के जन्म स्थान के विषय में पुष्प विज्ञान और पादप विज्ञान के वैज्ञानिकों के दो मत हैं। कुछ लोग गुलाब का जन्म स्थान भारत मानते हैं। भारत और पर्शिया (फारस) से ही गुलाब का प्रवेश यूरोपीय देशों में हुआ। वेदों में गुलाब का उल्लेख 'पाटल पुष्प' के रूप में मिलता है।

गुलाब की उत्पत्ति के विषय में साहित्य में अनेक दंत कथाओं का वर्णन मिलता है। इसके अनुसार सर्वप्रथम गुलाब का पुष्प ईडन के उद्यान में खिला था। वह श्वेत रंग का था। ईव ने इस पुष्प की सुंदरता पर मुग्ध होकर अपने अधरों से इसका स्पर्श किया और वह श्वेत पुष्प उसके अधरों का स्पर्श पाते ही लज्जा से लाल रंग में परिणत हो गया। एक अन्य दंतकथा कुछ यों है कि जब वीनस (कामदेव की पत्नी रति) अपने प्रेमी से मिलने जा रही थी, तो बाग में जाते समय उसके एक पांव में कांटा चुभ गया और उसके पैर से जो रक्त बहा उससे लाल गुलाब का जन्म हुआ।

गुलाब सदैव ही सुंदरता का प्रतीक माना जाता रहा है। कीट्स, शैली, शेक्सपियर आदि अनेक कवियों ने अपनी कविताओं में सुंदरता के प्रतीक गुलाब की अनेक उपमाएं दी हैं। रानी किल्योपैट्रा ने भी मार्क एंटोनी के स्वागत में घुटनों तक गुलाब की पंखुड़ियां बिछा दी थीं। रोम का राजा नीरो गुलाब का इतना अधिक प्रेमी था कि उसने अपने महल के चारों ओर गुलाब ही गुलाब के पौधे लगवाए थे।

भारत वर्ष में 'अतिथि देवोभव' कहा जाता है, अतः किसी भी विशिष्ट अतिथि के आगमन पर उसके पथ पर गुलाब की पंखुड़ियां बिखेरी जाती हैं। नव वधू के स्वागत में भी गुलाब की पंखुड़ियां बिछाई जाती हैं।

भारतीय स्वर्णकारों ने भी यहां के सुंदर अलंकारों में गुलाब को किसी न किसी रूप में अंकित किया है। सम्राटों के ताज पर भी गुलाब शोभायमान होता है। इतना ही नहीं राज्यों के राजचिह्न, डाक टिकट एवं प्राचीन कलाकृतियों में भी गुलाब को समुन्तित सम्मान दिया गया है।

गुलाब के वर्ग

उद्यान में गुलाब सुंदरता व शोभा के लिए लगाए जाते हैं। इनके कुछ प्रचलित वर्ग ये हैं–हाईब्रिड टी (एच.टी.), हाईब्रिड परपेचुअल, फ्लोरीवंडा, पोलिएंथा, मिनिएचर, लतर व रेम्बलर।

हाईब्रिड टी : हाईब्रिड टी गुलाब के फूल आकार में बड़े होते हैं। यह किस्म मूलतः हाईब्रिड परपेचुअल और टी गुलाबों के मध्य संस्करण द्वारा उत्पन्न की गई है। हाईब्रिड टी के मध्य आपसी संस्करण द्वारा अनेक किस्में उत्पन्न की गई हैं। फलस्वरूप हाईब्रिड टी गुलाब में इकहरे व दोहरे रंग (बाईकलर) वाले अनेक रंग-बिरंगे सुंदर गुलाब उत्पन्न हुए। इनकी कुछ नई किस्में इस प्रकार हैं—अहिंसा, एकापेला, बाईकोलेट, सेलीब्रेट एमेरिका, गार्डन ऑफ द वर्ल्ड, हारवेस्ट सन, लीजेंड, मेजिक लेंटर्न, ओपनिंग नाइट प्रेशस, सीक्रेट सन गॉडेस आदि।

फ्लोरीबंडा : इस वर्ग के पौधे हाईब्रिड टी व बौने पोलिएंथा के मध्य संकरण से विकसित किए गए हैं। इनमें हाईब्रिड टी का स्वरूप व पोलिएंथा में अधिक फूलने का गुण पाया जाता है। इनके फूल गुच्छों में फूलते हैं। इनके पुष्प बहुत कम सुगंधित होते हैं। इनकी कुछ प्रचलित किस्में निम्न हैं—आर्टिस्ट, उलका, सिम्पलीसिटी, वायलेट, आरेंजेस एन लेमन, क्रिस्मस लेस, फ्रगरेंट, कॉनफेटी, करिश्मा, अमेरिकन चौएस, एलीजेन, बेलोना, बॉनफायर आदि।

पोलिएंथा : अपने नाम के अनुरूप इनमें छोटे फूलों के काफी गुच्छे लगते हैं जो महीनों फूलते रहते हैं। इनकी प्रचलित किस्में—केमियों, आइडियल पॉल-क्रमपेल, स्वाती, अंजनी, वाटर टैग आदि हैं।

मिनिएचर : इनके फूल व पत्तियां छोटी-छोटी होती हैं। इनको क्यारी के किनारे, गमलों में व 'रॉक गार्डन' में लगाया जाता है। इनका प्रसारण कलमों द्वारा किया जाता है। इनकी कुछ प्रचलित किस्में इस प्रकार हैं—केफेओल, डेलेवर्स ड्रीम, इनकॉगनिटो, लाईट्स ऑफ ब्रॉडवे, रेन ड्रॉप्स।

लतर वाले गुलाब व रेम्बलर

नई-नई लतीय किस्में एच.टी. के स्पोर्ट्स, एच.टी. और रेम्बलर के संकरण द्वारा उत्पन्न की गई हैं। रेम्बलर खूब अधिक फूलती है और इसे किसी भी रूप व आकार में परगोला आदि पर चढ़ाया जा सकता है। लतीय पौधों की शाखाएं कड़ी होती हैं, अतः इन्हें इच्छानुसार रूप नहीं दिया जा सकता। लतीय गुलाब की कुछ नई किस्में इस प्रकार हैं—एंजिलफेस, ब्लशिंग मेड, क्रिश्चियन डियॉर, डबल डिलाइट, डायनामाईट, अर्थकुएक, लीपिंग सालमन, रेड फाउंटेन।

देशी गुलाब

इसमें बड़ी प्यारी सुगंध होती है। इसे देव-मंदिरों में चढ़ाया जाता है। इनके दो रंग लाल व गुलाबी अत्यधिक सुगंधित व प्रचलित हैं। इनसे इत्र निकाला जाता है। गुलाबजल व गुलकंद भी इनसे बनाया जाता है। अंतर्राष्ट्रीय बाजार में इस गुलाब की विशेष मांग है।

गुलाब के उद्यान का रेखांकन

सर्वोत्तम स्थान वह ही है जिस स्थान पर लगाए गए पौधे उसके प्राकृतिक दृश्य में घुल-मिल कर उद्यान का एक सजीव अंग बन सकें। अतः उद्यान का आकर्षक व प्रभावी रूप देने के लिए उसकी रूप-रेखा बनानी आवश्यक है। उद्यान का रेखांकन करते समय कुछ विशेष बातों को ध्यान में रखना चाहिए–

1. गुलाब के लिए वह स्थान आदर्श माना जाता है जहां पर्याप्त मात्रा में सूर्य का प्रकाश प्रातः से दोपहर तक रहता है व वायु भली-भांति मिल सके। इसलिए मकान के पूर्व, दक्षिण और पश्चिम में गुलाब लगाने चाहिए।
2. क्यारियों के निकट बड़े ऊंचे वृक्ष नहीं होने चाहिए, अन्यथा पेड़ की जड़ें गुलाब के पोषक तत्त्वों व पानी को खींच लेगीं एवं उनकी छाया गुलाबों को बढ़ने नहीं देगी। गुलाब पर किसी भी प्रकार की छाया नहीं पड़नी चाहिए, क्योंकि इससे पौधों में पुष्प भी अच्छे नहीं होते हैं एवं फफूंदी जनित रोग मिलड्यू आदि लग जाते हैं।
3. क्यारियों में जल के निकास का समुचित प्रबंध होना चाहिए एवं वहां की मिट्टी दोमट होनी चाहिए।
4. यदि आपके पास केवल घास का लॉन है, तो वहां कलात्मक ढंग से क्यारियां बनाकर गुलाब के पौधे लगाए जा सकते हैं। गुलाब लगाने के पहले उसकी रूप-रेखा पहले से कागज पर बना लेनी चाहिए, उसके उपरांत ही पौधों का रोपण करना चाहिए।

क्यारियों की तैयारी

अपने उद्यान की योजना बनाने के पश्चात् गुलाब के पौधों की किस्में आप मार्च या अप्रैल माह में किसी अच्छी नर्सरी से सुरक्षित करवा लें। ध्यान रखें कि एक रंग के कम-से-कम तीन पौधे सुरक्षित करवाएं एवं उनका रोपण क्यारियों में त्रिकोण में करिए, तभी रंगों की बहार आएगी।

गुलाब लगाने की तैयारी आप गर्मियों के मौसम (मई-जून) से आरंभ कर दें। इस माह में 60 × 60 × 60 से॰मी॰ गहरे गड्ढे खोदकर उसके अंदर की मिट्टी बाहर किनारे पर जमा कर दीजिए। मिट्टी में से घास-फूस, कंकड़, पत्थर निकाल दीजिए तथा गड्ढों में 30 से॰मी॰ तक गोबर की खाद एवं हड्डी का चूरा उसकी मिट्टी में मिलाकर भरें जिससे मिट्टी में सूर्य का प्रकाश व हवा का संचार हो जाए। प्रत्येक गड्ढे में एक टोकरी गोबर की खाद एक मुट्ठी हड्डी का चूरा ही पर्याप्त होगा।

क्यारियों को तैयार करने की एक और सफल विधि है। इसमें क्यारियों की 60 से॰मी॰ मिट्टी को खोदकर बाहर निकाल लें, अब संपूर्ण क्यारी में सड़ी गोबर की खाद भर कर एक सप्ताह तक खुला छोड़ दीजिए। जिससे खाद सूख जाए। अब उसको सूखी पत्तियों से ढक कर निकाली हुई मिट्टी को चूरा करके पुनः संपूर्ण क्यारी को ढक दीजिए। अब कई स्थान पर मिट्टी हटा कर छेद कर मिट्टी के तेल से भीगा कपड़ा रखकर उसमें आग लगा दीजिए। खाद को सुलगने दीजिए तथा उसको उसी अवस्था में रहने दीजिए। एक दो वर्षा के पश्चात् क्यारी की गुड़ाई करके उसे बराबर कर लीजिए। यह विधि गुलाब की क्यारी बनाने के लिए अत्यंत सफल पाई गई है। पौधे लगाते समय क्यारी की मिट्टी क्यारी की सतह से 5 से॰मी॰ ऊंची रखनी चाहिए, क्योंकि सिंचाई के पश्चात् मिट्टी बैठती है। अतः क्यारी की मिट्टी बैठने पर गड्ढे हो जाने से जल भराव की संभावना हो सकती है।

अब क्यारी में पौधों के लगाने का स्थान निर्धारित कीजिए। साधारणतया हाईब्रिड टी गुलाब की पौध 75 से॰मी॰ के अंतराल में लगाए एवं फ्लोरीबंडा 45 से॰मी॰ के अंतराल में लगाना उचित होगा। पौधों के रोपण के पश्चात् प्लास्टिक या एल्यूमिनियम की पट्टी लगाकर गुलाब का नाम अंकित कर दें।

रोपण का समय

उत्तर भारत में पौधों का रोपण अक्टूबर के अंत से नवंबर माह तक किया जा सकता है। पौधों का रोपण फरवरी माह में उचित रहता है, क्योंकि मार्च माह में पौधों के बढ़ने का मौसम होता है। फरवरी माह में लगाए पौधे दिसंबर में पुष्प देने योग्य हो जाते हैं।

नये पौधे लगाने की विधि व रख-रखाव

किसी अच्छी नर्सरी से एक साल पुराने स्वस्थ पौधे खरीदिए। नर्सरी से गुलाब के पौधे मिट्टी की पिंडी समेत मिलते हैं। उनकी जड़ों में मिट्टी लपेट कर पुआल या घास में बांध कर देते हैं। कई पौधों पर पॉलीथीन के थैले चढ़े रहते हैं। पौधे संध्याकाल में ही लगाने चाहिए। यदि आप पौधे प्रातः ले आए हैं तो उन्हें छायादार स्थान पर संध्या काल तक के लिए रख दीजिए। यदि मौसम गर्म हो तो दिन में दो तीन बार पानी छिड़क दीजिए। दिन में रोपण करने से सूर्य के तेज प्रकाश से पौधों के झुलसने का भय रहता है। पौधों को रोपण करने से पूर्व इन्हें एक घंटे पहले पानी में डुबो कर रखिए जिससे इनकी जड़ों में लिपटी मिट्टी घुल जाए। यदि जड़ें अधिक लंबी हैं, तो इन्हें तेज धार वाली कैंची से काट दें। नई रेशेदार जड़ों को नहीं छेड़ना चाहिए, क्योंकि यही पोषक तत्त्वों को मिट्टी से लेकर पौधों की बढ़वार में सहायक होती हैं। पौधों के रोपण के पूर्व तैयार किए हुए गड्ढों में दो चम्मच गैमेक्सीन पाउडर छिड़क दीजिए जिससे दीमक का प्रकोप न हो। पौधों की जड़ों को गड्ढों में फैला कर ऊपर से मिट्टी डाल कर पैर से या खुरपे की मूठ से मिट्टी दवा दें, जिससे हवा अंदर प्रवेश न कर सके, अन्यथा जड़ों के सूखने की संभावना रहती है। पौधों को कभी तिरछा मत लगाइए, ऐसा करने से पौधा बढ़ेगा नहीं और कुछ दिनों पश्चात् सूख भी सकता है। इसका ध्यान रखना चाहिए कि चश्मा लगा हुआ स्थान जिसे साधारणतया गांठ कहते हैं, मिट्टी की सतह से ठीक ऊपर रहना चाहिए। पौधों को लगाने के पश्चात् तुरंत क्यारी को पानी से भर दीजिए इतना कि पानी क्यारी की सतह से एक-एक इंच ऊपर हो जाए।

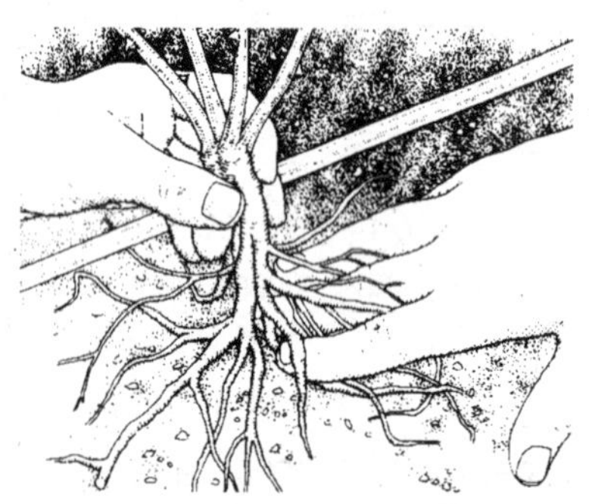

सर्वप्रथम गड्ढे की तल पर लकड़ी से निशान बनाये, अब पौधे को निशान के स्थान पर रखें।

जड़ों पर थोड़ी खाद डालें। उसके पश्चात् मिट्टी डालें।

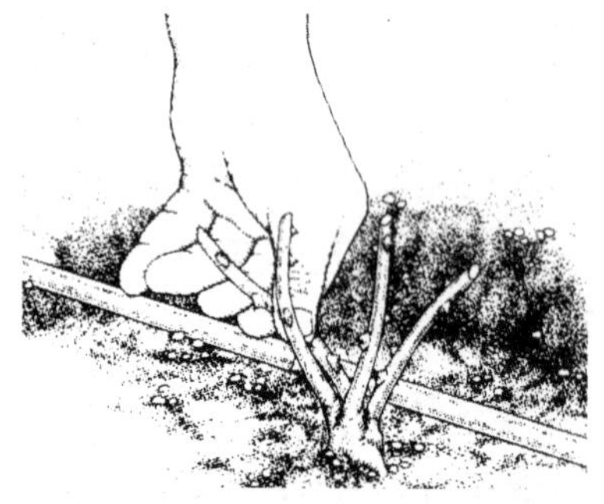

पौधों को थोड़ा हिला दें, ताकि मिट्टी जड़ों के बीच में भी भर जाये।

मिट्टी को पैर से दबायें एवं मिट्टी डालकर गड्ढे को भर दें।

छः से सात दिन के पश्चात् पानी सूख जाएगा और आप देखेंगे कि पौधों के चारों ओर दरार पड़ गई हैं। इन्हें खुरपे की मूठ से ठोक कर इनकी दरार को बंद करना चाहिए अन्यथा हवा जड़ों तक पहुंच कर जड़ों को सुखा देगी। क्यारी की हल्की निराई करके तीन-चार दिन मिट्टी को सूखने दीजिए। पुनः क्यारी को पानी से भर दीजिए। निराई एवं पानी का यह क्रम चलता रहेगा। अब आप देखेंगे कि आपके पौधे में 15-20 दिन पश्चात् अंकुरण होने लगेगा। तब तक एक बड़ा चम्मच अमोनियम सल्फेट या यूरिया पौधों में एक फुट की दूरी पर चारों ओर डाल दीजिए। ध्यान रहे कि रासायनिक खाद क्यारियों में पानी देने के पश्चात् ही देनी चाहिए।

प्रतिरोपण

यदि क्यारी की रूप-रेखा बदलनी हो या फिर क्यारी की मिट्टी उपजाऊ न रह गई हो तो पौधों को क्यारी से निकाल लीजिए, ध्यान रहे पौधे निकालने के पूर्व क्यारी को पानी से सींच दीजिए। तत्पश्चात् पौधों को उनके चारों ओर 30 से॰मी॰ खोद कर पौधों को मिट्टी की पिंडी सहित निकाल कर छाया वाले स्थान पर रख दीजिए। पौधों पर हल्का पानी छिड़क दीजिए जिससे ताजगी बनी रहे। अब क्यारियों को खोद कर एवं खाद डाल कर तैयार कर लें। पुराने पौधों की मिट्टी किसी नुकीली चीज से निकाल दें। पौधों की जड़ों को पानी से धो दें, एवं पुरानी, लंबी जड़ों को कैंची से काट दें। इसका ध्यान रखें कि रेशेदार जड़ों को हानि न पहुंचे। अब पौधों की जड़ों को पहले से तैयार किए गए गड्ढों में फैलाकर लगा दें। पौधों के चारों ओर मिट्टी भर कर पैरों से कुचल कर या खुरपी की मूठ से ठोक कर दबा दीजिए, जिससे जड़ों में हवा का प्रवेश न हो सके। पौधे लगाने के पश्चात् क्यारी को पानी से भर दीजिए। प्रतिरोपण का समय अक्टूबर मध्य से नवंबर माह के मध्य तक उचित रहता है।

सिंचाई

गुलाब के नए पौधों को अधिक सिंचाई की आवश्यकता नहीं पड़ती। ग्रीष्मऋतु में सप्ताह में कम से कम एक बार सिंचाई करनी चाहिए। पौधों की ऊपर की मिट्टी जब हलकी-हलकी सूखने लगे तो क्यारी की निराई-गुड़ाई करनी चाहिए। समय-समय पर मूलकांड से निकले अंकुरों को निकालते रहना चाहिए। अंकुरों को निकालते समय ध्यान रखना चाहिए कि चश्मे की गांठ से निकली नई शाखाएं न कट पाएं। शीतऋतु में पंद्रह दिन के अंतराल में सिंचाई करनी चाहिए। अन्य मौसम में पौधों की सिंचाई आवश्यकता अनुसार करनी चाहिए। सिंचाई के पहले क्यारियों व गमलों में लगे पौधों को फौव्वारे से धोने से उसमें ताजगी आ जाती है।

कटाई-छंटाई

उच्च कोटि के पुष्प प्राप्त करने के लिए गुलाब के पौधों की कटाई-छंटाई अति आवश्यक है। गुलाब की कटाई-छंटाई के लिए अक्टूबर माह के मध्य का समय सर्वोत्तम रहता है। सात से आठ सप्ताह पश्चात् दिसंबर माह तक पुष्प खिलने आरंभ हो जाते हैं। हमारे यहां गुलाब खिलने की अवधि कम ही होती है। अच्छे सुंदर पुष्प केवल तीन महीने तक ही अपने सौंदर्य से उद्यान को सुशोभित रखते हैं।

कटाई-छंटाई करनी है तो पहली अक्टूबर से क्यारियों में पानी देना बंद कर दीजिए। कटाई-छंटाई के पश्चात् क्यारियों की 15 से॰मी॰ गहरी गुड़ाई करिए, जिससे नीचे की मिट्टी उलट-पुलट जाए। पौधों की कटाई-छंटाई तीन प्रकार की होती है :

1. **ऊंची, 2. मध्यम (मीडियम), 3. हल्की (लाइट)** परंतु मीडियम (मध्यम) छंटाई ही अच्छी रहती है। छंटाई करते समय हमें कुछ बातों का ध्यान रखना आवश्यक है–

1. सर्वप्रथम कमजोर व सूखी टहनियों को काटकर अलग कर दें।
2. आपस में उलझी हुई टहनियों को पूरा काट दें।

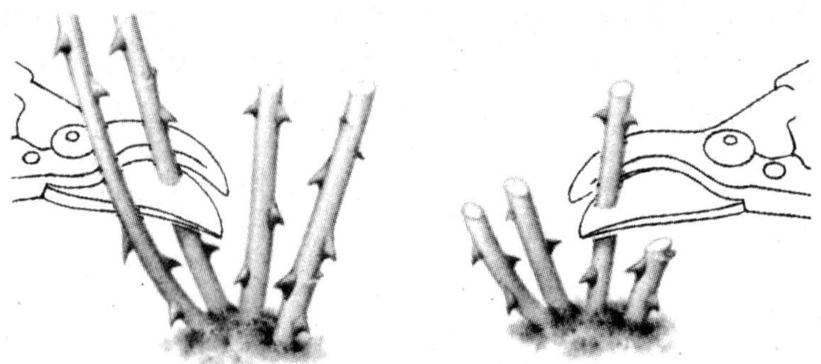

<u>हाईब्रिड टी के नये लगाये पौधों की छंटाई</u>

जमीन से 6''-10'' ऊपर से काटें। ध्यान रहे आंखें बाहर की ओर उभरी हों।

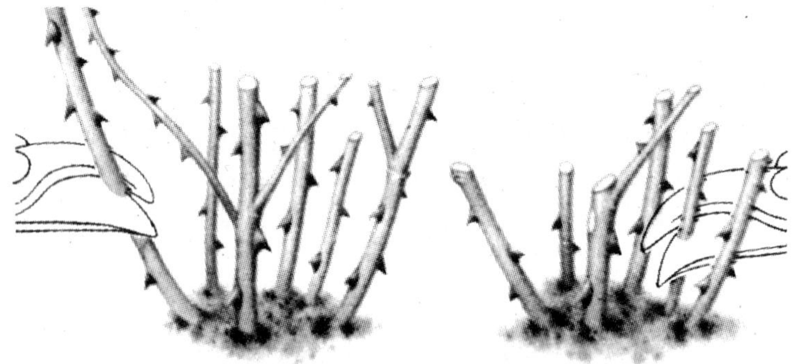

<u>फलोरीबंडा के नये पौधें की छंटाई</u>

हाईब्रिड टी के समान ही काटें। शाखों को जमीन से 12'' ऊपर से काटें।

3. पेड़ की बाहरी शाखों से अंदर की ओर निकलने वाली शाखों को पूरा काट दें।
4. शेष बची हुई स्वस्थ शाखों से केवल तीन या चार को छोड़कर सब को काट देना चाहिए। शाखों की कटाई-छंटाई कर पौधों को सुव्यवस्थित रूप देना चाहिए।

फ्लोरीबंडा किस्म के गुलाब में हल्की छंटाई की आवश्यकता होती है। इसकी छंटाई करते समय इस बात का ध्यान रखना चाहिए कि उसकी झाड़ी का सुंदर आकार बना रहे।

मिनिएचर किस्म के गुलाब में मरी व कमजोर शाखों को ही काटते हैं तथा थोड़ा ऊपर का सिरा भी छांट देते हैं। लतीय या लतर वाले गुलाब में पतली टहनियों को पूरा काट कर निकाल दीजिए, केवल स्वस्थ शाखों को रहने दीजिए। स्वस्थ शाख़ों के अगल-बगल अनेक छोटी-छोटी शाखें निकल आती हैं, उन्हें भी काट कर निकाल देना चाहिए। खिले हुए सूखे फूलों को भी काट कर अलग कर देना चाहिए।

पोलिएंथा की कटाई-छंटाई अधिक नहीं करनी चाहिए। केवल सघन या जिन शाखों में फूल निकल चुके हो, ऐसी शाखों को काट कर अलग कर देना चाहिए।

कटाई-छंटाई के पश्चात् पौधों का उपचार

कटाई-छंटाई के पश्चात् पौधों के चारों ओर 30 से॰मी॰ दूर तक 15 से॰मी॰ मिट्टी खोद कर निकाल लीजिए। ध्यान रखिए कि पौधों की जड़ें ऐसा करते समय कट न जाएं। अब प्रत्येक पौधे में गोबर की व पत्ती की मिली-जुली खाद की एक टोकरी,

प्रिस्टीन

मिनिएचर

गोल्डन आफटरनून

फूलों का राजा

गुलाब

लेडी एक्स

सुरेखा

प्रकृति का अद्भुत आकर्षण

डेलिली की
विभिन्न किस्में

दो मुट्ठी सुपर फास्फेट, दो मुट्ठी नीम की खली इन सबको मिलाकर चारों तरफ गड्ढे में भर दीजिए। पहले से निकाली हुई मिट्टी डालकर मिला दीजिए, उसके बाद क्यारी में पानी भर दीजिए। पानी क्यारी में मिट्टी की सतह से एक इंच ऊपर तक भर दीजिए। यदि अच्छे पुष्प का आनंद लेना हो तो सारे वर्ष पतली सूखी शाखों को निकालते रहना चाहिए। यदि पौधा अधिक ऊंचा हो रहा हो तो उसे भी छांट देना चाहिए।

प्रत्येक फसल के पश्चात् गुड़ाई करके हल्की खाद डाल कर पानी देना लाभदायक होगा। खाद का निम्न मिश्रण उपयोगी पाया गया है :

- 2.5 किलो मूंगफली की खली
- 3 किलो हड्डी का चूरा
- 1 किलो अमोनियम फास्फोरस
- ½ किलो अमोनियम सल्फेट
- 1 किलो सिंगल फास्फेट
- ½ किलो पोटेशियम सल्फेट

एक मुट्ठी प्रति पौधा डालना लाभदायक होगा। अक्टूबर से मार्च तक पौधों में खाद व फोलियर फीडिंग का कार्यक्रम रहता है। जब कलियां आने लगें, पंद्रह दिन में एक बार एक लीटर पानी में दो चम्मच यूरिया घोलकर उसका फोलियर स्प्रे (पत्तों पर छिड़काव) करने से बहुत लाभ होता है। ट्रेस एलिमेंट का छिड़काव पुष्पों को अच्छे रंग देने में सहायक होता है।

गुलाब की अच्छी बढ़वार के लिए उसकी मिट्टी हल्की अम्लीय (Acidic) या हल्की क्षारीय (Basic) होनी आवश्यक है। अर्थात् पी.एच. मान (5.6 से 6.5) तक होना चाहिए। इस कारण पौधों में खाद डालते समय एक मुट्ठी महीन (100 मेश) चूने का चूरा प्रति पौधा डालना चाहिए, इससे मिट्टी की अम्लीयता सुरक्षित रहेगी।

गुलाब यदि गमले में लगाने हों तो 12"-16" (30-40 से.मी.) वाले गमले लें। उसमें लगे पौधों को भी उनकी पुरानी व सूखी शाखों को काटकर बदला जा सकता है। गमलों के लिए मिट्टी का मिश्रण, तीन भाग गोबर की सड़ी खाद, एक भाग पत्ती की खाद तथा एक भाग लकड़ी के कोयले की राख उपयोगी पाई गई है। गमलों में लगाने के लिए ऐसी किस्मों का चुनाव करें जो गमलों को सुंदर रूप दे सके जैसे—फ्लेमिंग सनसेट, नीलाम्बरी, जोरीना, मृणालिनी, पैराडाइज, समरस्नो आदि।

प्रवर्धन

गुलाब के पौधों के प्रवर्धन के लिए ग्राफ्टिंग विधि हमारे मैदानी क्षेत्रों के लिए सर्वोत्तम विधि है। ग्राफ्टिंग करने के लिए साधारणतया वह गुलाब की किस्में जिसमें रोज एडवर्ड, दमस्क एवं रोजा मल्टीफोरा हैं, अधिक उपयुक्त किस्में हैं। ग्राफ्टिंग का सबसे उपयुक्त समय नवंबर से फरवरी माह का है। इस समय की गई ग्राफ्टिंग के परिणाम शत-प्रतिशत अच्छे होते हैं। जिस पौधे का ग्राफ्टिंग के लिए चयन किया गया है उस पौधे के अतिरिक्त टहनियों को काट देना चाहिए एवं जिस टहनी पर ग्राफ्ट करना है उसके कांटे भी चाकू से हटा दीजिए। अब जिस किस्म के गुलाब की ग्राफ्टिंग करनी है उसकी 20 से.मी. से 30 से.मी. लंबी टहनी काट लीजिए। इसका ध्यान अवश्य रखें कि उसमें विकसित होने वाली दो या तीन आंख (बड्स) अवश्य रहनी चाहिए।

अब इस आंख को तेज धार वाले चाकू या ब्लेड से काट कर अलग कर शीघ्र ही पानी में डाल दीजिए। सूख जाने पर यह ग्राफ्ट के योग्य नहीं रहेगी। अब आंख से जुड़ी हुई तने की लकड़ी को सावधानी से अलग कर दीजिए। आंख से जुड़ा उभरा हुआ भाग जो तने से जुड़ा रहता है, अलग नहीं होना चाहिए। पुनः आंख को पानी में डाल देना चाहिए। अब पौधे की टहनी पर जहां ग्राफ्ट करना है, T (टी) के आकार का चीरा लगाकर वहां की छाल को ढीला कर लें। अब आंख के ऊपर व नीचे की छाल को एक से.मी. दूरी से कैंची से काट लीजिए। अब आंख को तने में T (टी) के आकार की उभरी हुई छाल

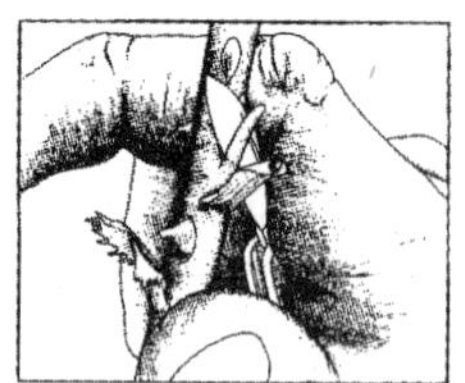

आंख को 2 सें.मी. ऊपर से ढाल के आकार में निकाल ले।

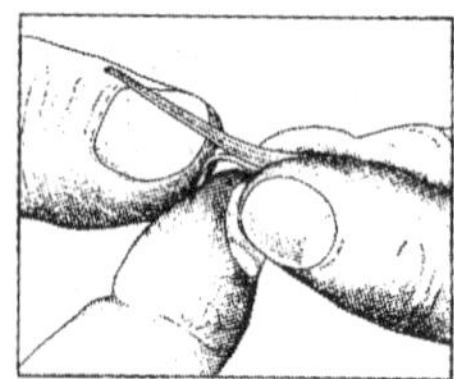

आंख से जुड़ी लकड़ी को छाल से अलग कर लें।

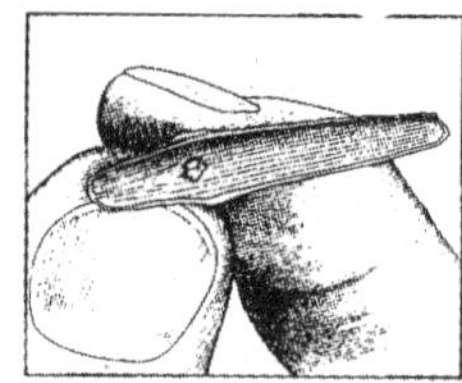

छाल के अंदर की ओर आंख का भ्रूण गोल दाने सा दिखाई देगा।

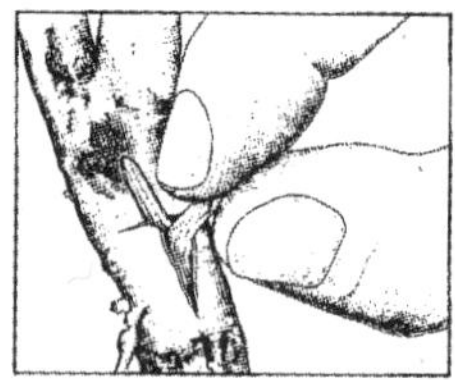

आंख से जुड़ी डंडी को पकड़कर मूलकांड में लगे T के आकार के चीरे के अंदर खिसका दें।

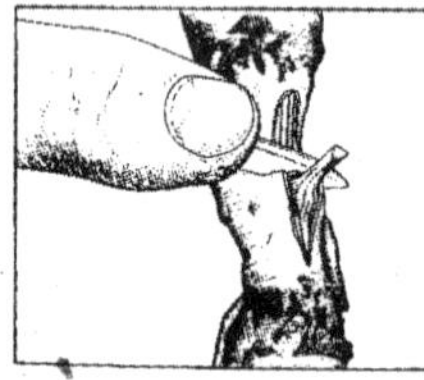

ऊपर लगी डंडी को नजदीक से काट दें।

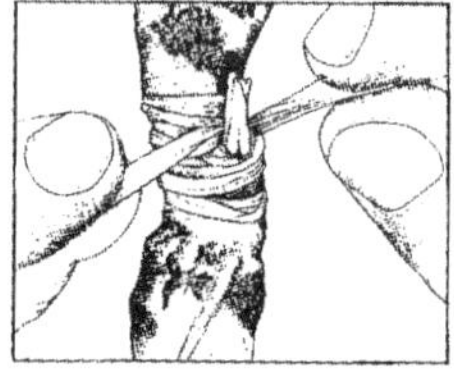

आंख को पोलिथीन की पट्टी से बांध दीजिये।

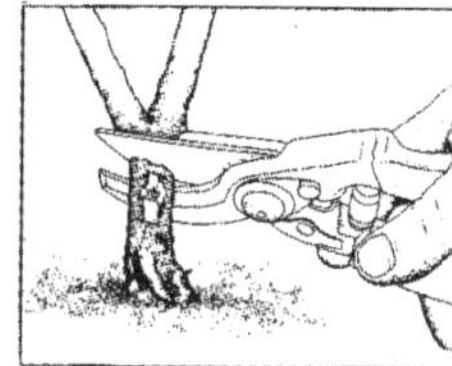

फरवरी माह के मध्य में मूलकांड के ऊपर की बाढ़ को काट दीजिये।

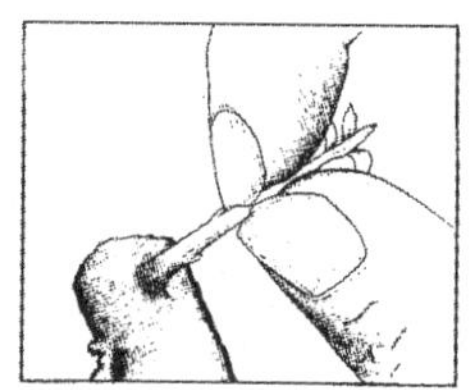

जब आंख बढ़कर 6 सें.मी. की हो जाये तो उसके शीर्ष की दो आंखें काटकर निकाल दें।

के अंदर सरका दीजिए। उसके पश्चात् पॉलीथीन की पट्टी से बांध दें। ग्राफ्टिंग करने के पश्चात् क्यारियों व गमलों में पानी देते रहना चाहिए। ग्राफ्टिंग करना भी एक कला है, जो आपके हाथों की कुशलता पर निर्भर करती है। ग्राफ्टिंग करने के पश्चात् 5-6 सप्ताह के बाद उन आंखों से नई पत्तियां निकलना आरंभ हो जाती हैं। ग्राफ्टिंग किए हुए स्थान से 5 से॰मी॰ ऊपर कटर से काट कर तने से अलग कर देना चाहिए एवं उस पर बंधी पालीथीन की पट्टी को ब्लेड से काट कर थोड़ी ढीली कर देना चाहिए अन्यथा उस स्थान पर तना पतला हो जाएगा। तने से निकले आंख वाले भाग को छोड़ कर अन्य भू-स्तरीय (सकर्स) को काट कर निकालते रहना चाहिए, क्योंकि सकर्स आंख का भोजन ले लेते हैं। उन पौधों से निकली कलियां व फूलों को तोड़ते रहना चाहिए। इससे पौधा मजबूत हो जाएगा। ग्राफ्टिंग करते समय ध्यान रखना चाहिए कि ग्राफ्ट होने वाली टहनी में टी के आकार का चीरा जमीन से 5-7 से॰मी॰ ऊपर ही होना चाहिए, अधिक ऊपर नहीं हो।

बीमारियों व कीटों का प्रकोप तथा उपचार

गुलाब के पौधे में साधारणतया निम्न कीटों का प्रकोप होता है। दीमक, लीफकटर, रेड स्केल, जैसिड, थ्रिप्स, लीफ कटिंग बी, डिगर वास्प व माइट।

दीमक : दीमक लगने से पौधे की जड़ें कमजोर हो जाती हैं और पौधा सूखने लगता है। इससे बचने के लिए रोपण के पूर्व गड्ढों को 5% एलड्रिन या 5% बी.एच.सी. उपचारित करें। यदि दीमक लग गई हो तो आधा चम्मच एलड्रिन प्रति वर्ग मीटर मिट्टी में छिड़क कर लोहे की छड़ से मिट्टी में मिला दें तथा एक मुट्ठी छनी हुई राख भी मिट्टी में मिला दें।

माइट : यह गुलाब के पौधे की पत्तियों में छोटे-छोटे छेद कर देते हैं। पौधों पर 2% डी.डी.टी. का छिड़काव करने से पौधों का बचाव हो सकता है।

रेडस्केल : इसके प्रभाव से पौधों पर बूंदों जैसे भूरे धब्बे दीखने लगते हैं एवं तना सूखने लगता है।

उपचार

पौधों को पानी से धोते रहिए। रोग ग्रसित भाग पर ब्रुश से फॉलीडॉल लगाने से लाभ होता है। यदि अधिक पौधे रोग ग्रसित हों तो उन पर छिड़काव करिए। दूसरा, तीन चम्मच मेलिथियान को पांच लीटर पानी में मिलाकर छिड़काव करने पर संक्रमित शाख स्वस्थ हो जाएगी, परंतु छिड़काव करते समय ध्यान रहे कि छिड़काव हवा के बहाव की दिशा में ही किया जाए।

माहू (एफिड) : यह पौधों के रस को चूस डालते हैं। यह आकार में अत्यंत छोटे एवं काले-काले धूल के कण लगते हैं। पत्तियों, कलियों एवं कोपलों पर अनगिनत संख्या में जमा हो जाते हैं।

उपचार

2% पाइरोडस्ट या फॉलीडॉल पाउडर का छिड़काव करना चाहिए।

थ्रिप्स : इसके कारण पौधे बदसूरत और कमजोर हो जाते हैं। इसकी रोकथाम के लिए 5% बी.एच.सी. का पाउडर या 0.2% डी.डी.टी. का छिड़काव करना चाहिए।

डिगरवास्प : कटाई-छंटाई के पश्चात् कुछ शाखाएं सूखने लगती हैं एवं उनकी लकड़ी में गहरे सूराख दिखने लगते हैं। इसकी रोकथाम के लिए डी.डी.टी. एवं बी.एच.सी. का (1:1) मिश्रण या कॉपर कार्बोनेट 4 भाग, रेड लेड 4 भाग, अलसी का तेल 5 भाग का मिश्रण कटे हुए भाग पर लगाने से इसकी रोकथाम की जा सकती है।

माइट : यह कीड़ा पत्तियों की निचली सतह पर समूह में चिपका रहता है। पत्तियां पीली पड़ कर सूख जाती हैं। इन पर 0.05% पैराथियान के घोल का छिड़काव अत्यंत प्रभावी होता है।

आप अपने मनपसंद गुलाब को लगाकर प्रफुल्लित हो सकते हैं। गुलाब के पौधे आपके प्यार एवं देखभाल से खिलते हैं, मुस्कराते हैं और आपको आनंद देते हैं।

बगिया की बहार एमाराइलिस लिली
(AMARYLLIS)

वाटिका में रात्रिकालीन तारों के सदृश इनके सुंदर व आकर्षक पुष्पों की बहार बस देखते ही बनती है। जब शीतप्रिय पुष्प समाप्त होने लगते हैं, तब इनके बड़े-बड़े सुंदर और मनमोहक पुष्प वाटिका में खिल कर पुनः अपनी सुंदरता से उद्यान को नवजीवन प्रदान करते हैं।

एमाराइलिस लिली

लिली के सुंदर पुष्प भोंपू के आकार के गहरे लाल, हल्के लाल, सफेद, नारंगी, किसी एक ही रंग में खिलते हैं किन्तु अब इसकी संकर किस्मों में सफेद पुष्प में बिंदियां, सफेद में लाल धारियां एवं लाल में सफेद धारियां भी पाई जाने लगी हैं। यह पुष्प सात से दस दिन तक अपनी छटा बिखेरता है। पुष्प विन्यास में इनके पुष्प तीन-चार दिन तक तरोताजा रह कर गृह की शोभा बढ़ाते हैं। ग्रीष्म ऋतु में पुष्पविन्यास के लिए यह अति उत्तम व सुंदर पुष्प है। पुष्प का रंग दिखने पर ही इसे काट लेना चाहिए, क्योंकि पानी में रहकर भी यह खिलते रहते हैं और वहां का वातावरण सुंदर बनाए रखते हैं।

यह पौधा उष्णकटिबंधीय भागों में सरलता से उगाया जा सकता है। यह हिपीस्ट्रम कुल का पौधा है, जो एमाराइलिस नाम से प्रचलित है। प्रारंभ में इसकी खेती इंग्लैंड में की जाती थी किन्तु अब व्यावसायिक दृष्टिकोण से इसकी खेती विश्व के कई देशों में की जाती है। हिपीस्ट्रम शब्द Hipevs (रात्रि) Astrum (तारा) शब्दों से लिया गया है।

एमाराइलिस के पुष्प सीधी, लंबी हरी डंडी के सिरों पर चार एवं कभी-कभी पांच के समूह में निकलते हैं। एक शाख में चार पुष्प मध्यम श्रेणी के एवं पांच पुष्प उत्तम श्रेणी के समझे जाते हैं। ''रेड लायन'' एमाराइलिस इनमें सबसे अधिक प्रचलित है। गहरे लाल रंग का ''रेड वेलवेट'' तथा ''लिबर्टी'' भी अत्यंत लोकप्रिय है। सफेद रंग में ''लुडविक डेजलर'' एवं ''मॉन्ट-ब्लैंक'' अत्यंत सुंदर पुष्प हैं।

बुआई

इनके कंदों की बुआई जनवरी के मध्य में या फरवरी के प्रथम सप्ताह में 10 से 15 से॰मी॰ गहरी हलकी उपजाऊ भूमि में करनी चाहिए। यदि गमले में लगा रहे हैं तो 30 से॰मी॰ के गमले में 2 कंदें 10 से॰मी॰ की दूरी पर गाड़ देनी चाहिए। इन पुष्पों को गमलों में उगाकर बरामदों, बारादरी एवं खिड़कियों के समीप रखकर उस स्थान का सौंदर्य बढ़ाकर हम प्रकृति का आनंद घर में ही ले सकते हैं। इसको अर्धछाया एवं धूपदार दोनों ही स्थानों में बोया जा सकता है। इसमें जल के निकास का विशेष रूप से ध्यान रखना चाहिए। बसंतऋतु में पत्तियों के निकलने पर प्रत्येक सप्ताह तरल खाद अवश्य देनी चाहिए एवं जल की मात्रा भी बढ़ा देनी चाहिए, इससे पुष्पों का रंग निखरता है। शीतऋतु में तो 15-20 दिन में एक बार ही पानी देना पर्याप्त होगा। जब इसके पुष्प एक साथ खिलते हैं तो दूर से ही उस स्थान का सौंदर्य एवं दृश्य बड़ा ही मनोहारी एवं आकर्षक लगता है। आंखें मानो वहां ठहर-सी जाती हैं।

प्रसारण

फरवरी माह में इसका प्रसारण कंदों व बीजों द्वारा होता है, किन्तु बीज से लगाना आसान नहीं होता है अतः कंदों के माध्यम से ही इसका प्रसारण सरल होता है। इन कंदों का जीवन अधिक लंबा होता है जिससे इनमें पुनः पौधों का प्रस्फुरण होने लगता है।

खाद

इसके लिए दो भाग रेशेदार कम्पोस्ट खाद (घूरे की), एक भाग पत्ती की खाद एवं एक भाग अच्छी तरह सड़ी गोबर की खाद उपयुक्त है। इसके अतिरिक्त थोड़ी हड्डी के चूरे की खाद देना भी उपयुक्त होगा।

फरवरी में इन कंदों को उखाड़ देना चाहिए एवं निर्जीव जड़ों को निकाल देना चाहिए। इनके छोटे कंदों की साफ गमलों में 3 इंच (7½ से.मी.) गहरी बुआई कर देनी चाहिए। इन कंदों द्वारा तैयार पौधों में दो से तीन साल में पुष्प आने लगते हैं। जब तक नई कोंपलें न आने लगें, पानी नहीं देना चाहिए। फूल खिलने की समाप्ति के पश्चात् इनमें सिंचाई क्रमशः धीरे-धीरे कम कर देनी चाहिए। फूल के सूखते ही डंडी काट देनी चाहिए जिससे बल्ब की ताकत बीज को पनपने में न लगे।

मैं तो पुष्प प्रेमियों से यही कहूंगी कि यदि ग्रीष्मऋतु में फूलों के सौंदर्य को देखना है तो इसे अपनी वाटिका में स्थान देकर इसका भरपूर आनंद अवश्य उठाएं।

डे लिली

उद्यानों में वाटिकाओं में रंग-बिरंगे पीले व नारंगी रंगों में अपनी सुंदरता की छटा बिखेरते लिली के ये पुष्प ग्रीष्मऋतु का वातावरण भी सजीव करने में सक्षम हैं। प्रति वर्ष अपने समयानुसार ऋतु आने पर ये पुष्प जागृत होकर अपने पुष्पों के अनोखे सौंदर्य से वाटिका में बहार ले आते हैं।

डे लिली

इनकी पत्तियां नाजुक, लंबी व फीते के समान झुकी हुई बड़ी ही सुंदर लगती हैं। इनके पुष्पों का जीवन काल केवल एक दिन का ही होता है, किन्तु समूह में ये लगातार खिलते रहते हैं। इसी कारण इसे डे लिली की उपाधि मिली हुई है। इनके पुष्पों की लोकप्रियता बढ़ती ही जा रही है। इनकी हेमेरोकेलिस फुलवा प्रजाति सबसे अधिक लोकप्रिय है, इसमें गुलाबी, पीले, आड़ू के रंग के, लाल, बैंगनी एवं तांबई रंगों में इकहरे व दोहरे प्रजाति के पुष्प उपलब्ध हैं। इनके पौधों की ऊंचाई 75 से॰मी॰ से 90 से॰मी॰ तक होती है एवं इनका फैलाव 30-60 से॰मी॰ तक होता है। इनके पुष्प मार्च माह से जुलाई माह तक खिल कर वाटिका की शोभा बढ़ाते रहते हैं।

मिट्टी

यों तो डे लिली (हेमेरोकेलिस) सूखी एवं नम दोनों प्रकार की मिट्टी में उगाई जा सकती है, किन्तु सड़ी हुई खाद एवं कम्पोस्ट जिसमें नमी धारण करने की क्षमता हो, अधिक उपयुक्त रहती है।

रोपण

इसको अर्धछाया एवं सूर्य के प्रकाश वाले दोनों ही स्थानों में बोया जा सकता है। इनके कंदों को चार के समूह में 60 से॰मी॰ के अंतराल में रोपण करना चाहिए। पगडंडियों के किनारे खिले लिली के पुष्पों का सौंदर्य बड़ा ही मनोहारी एवं आकर्षक लगता है।

खाद

शीतऋतु में इनके पौधे ऊपर से सूख जाते हैं, किन्तु फरवरी माह में अंकुरण होने पर इनमें खाद डालने से ये पुनः हरे-भरे हो जाते हैं।

सिंचाई

ग्रीष्मऋतु में इनमें प्रति दिन सिंचाई करनी चाहिए, किन्तु शीतऋतु में 15 से 20 दिन में एक बार सिंचाई पर्याप्त होगी।

प्रसारण

पुष्प खिलने के पश्चात् कंदों के विभाजन द्वारा इनका प्रसारण किया जाता है।

सावधानी

यदि पुष्प छोटे हो रहे हों एवं पौधों की बढ़वार कम हो रही हो तो इसका कारण पानी की कमी का होना है, अतः पानी देने का विशेष ध्यान रखना चाहिए।

विभिन्न जातियों की कुछ डे लिली

डैफ्फोडिल (नार्सिसस)

कंदीय पुष्पों में डैफोडिल का अपना एक विशेष स्थान है। घर की बगिया में डैफोडिल उगाकर उस स्थान की सुंदरता के साथ-साथ एक अनोखे वातावरण का निर्माण किया जा सकता है। नर्गिस एमाईरिलिएसी कुल का सदस्य है एवं इसका वैज्ञानिक नाम नार्सिस है, जो पौराणिक ग्रीक शब्दावली से बना है। यह पर्वतीय भागों का प्रमुख कंदीय फूलों वाला पौधा है। इसकी लगभग 63 कंदीय प्रजातियां हैं जो उत्तरी अफ्रीका, एशिया और विशेषकर पश्चिमी यूरोप की मूलक हैं।

नार्सिसस

अधिकतर डैफोडिल का अर्थ लोग अलग-अलग ढंग से लगाते हैं किन्तु साधारणतया नर्गिस के भोंपू जैसे पुष्प को ही डैफोडिल व नार्सिसस कहते हैं। इसका पौधा 45 से॰मी॰ से 60 से॰मी॰ लंबा होता है, किन्तु कुछ प्रजातियों का पौधा 8 से 10 से॰मी॰ का होता है। इसकी पत्तियां फीतेनुमा अथवा घास जैसी, पुष्प दंड पर्णविहीन व लंबवत् होते हैं। पुष्प एक लंबी टहनी पर लगता है। इसकी पराग नली छोटी और संकरी होती है। इसकी लंबाई, प्रजाति और किस्म पर निर्भर करती है। इसके पुष्प संभागी, उभयलिंगी, शंकुआकार जो अंत में दो तहों में 6 पंखुड़ी खंडों में बंट जाते हैं और पुष्प का मौलिक भाग नलीदार होता है। पुष्प आगे झुका हुआ एक प्याला या कोरोना पीले या श्वेत रंग का या कभी-कभी लाली लिए हुए होता है। यह भिन्न-भिन्न आकार का भोंपूनुमा प्याली की तरह अथवा चौड़ा भी हो सकता है। पुष्प दो भागों में विभक्त होता है। पीछे का भाग परिदल पुंज (Perianth) पंखुड़ी खंडों में बंटा होता है तथा सम्मुख प्रधान मंडल (Corona) नलिका प्याले या भोंपू के आकार का होता है। इसके किनारे मुड़े हुए, सपाट अथवा दांतेदार हो सकते हैं। इसकी एक टहनी पर केवल एक ही फूल खिलता है। पुष्पों का रंग पीला, सफेद अथवा लालिमायुक्त होता है। इसके फल अंडाकार और स्फुटनशील होते हैं जिनमें काले चमकीले बीज भरे होते हैं।

मुख्य किस्में

ट्रम्पेट डैफोडिल : इसकी लंबी टहनी पर पीले रंग का पराग कोष्ठ एवं प्याले वाला एक ही फूल खिलता है। टहनी की लंबाई लगभग 19.5 से 21.5 से॰मी॰ होती है। इसके प्याले 3.5 से॰मी॰ से 4 से॰मी॰ लंबे होते हैं; एवं पहाड़ी क्षेत्रों में यह फरवरी के अंत में खिलता है। इसके प्याले की लंबाई पंखुड़ियों की लंबाई से अधिक या बराबर होती है।

गोल्डन हार्वेस्ट : इसकी टहनी लगभग 13 से॰मी॰ से 15 से॰मी॰ होती है जिसमें टहनी पर एक ही पुष्प, पीले पराग कोस्ट में पीला प्याला होता है। इसके प्याले की लंबाई 2 से 3 से॰मी॰ होती है। पर्वतीय क्षेत्रों में फरवरी के आरंभ में एवं मैदानी क्षेत्रों में दिसंबर से मार्च तक खिलता है।

प्रवर्धन : डैफोडिल, बीज व कंद दोनों प्रकार से उगाए जा सकते हैं। इसका बीज द्वारा प्रवर्धन केवल पौध संकरणविदों के महत्त्व का है जिससे वे प्रजातियों को उगाते हैं तथा नई किस्मों का प्रजनन करते हैं। अधिकतर कंद का ही प्रयोग करते हैं ताकि उसी वर्ष पुष्प खिल सकें। छोटे कंदों को पुष्प देने में 1-2 वर्ष लग जाते हैं, क्योंकि उसी वर्ष फूलों का लगना संभव नहीं होता है।

बागवानी : प्रतिकूल मौसम सहने की क्षमता जितनी डैफोडिल में होती है उतनी अन्य फूलों में कम देखने को मिलती है। माली यदि अधिक गर्मी, अधिक सर्दी अथवा भारी वर्षा से फूलों का बचाव कर सके तो उस स्थान पर अत्यधिक सुंदर व आकर्षक पुष्प खिलते हैं। कंद बोने के एक माह पहले 30 से॰मी॰ गहरी जुताई कर देनी चाहिए जिससे जड़ों के विकास में बाधा न पड़े। बोने के 15 दिन पहले दूसरी व अंतिम जुताई करनी चाहिए। मिट्टी की तैयारी करते समय ही इसमें खूब सड़ी हुई जैविक खाद भूमि के क्षेत्रफल के हिसाब से मिला देनी चाहिए, क्योंकि जैविक खाद मिट्टी में नमी धारण करने की क्षमता को बढ़ाती है। यद्यपि इसके पुष्प को अधिक पोषक तत्त्वों की आवश्यकता नहीं होती, परंतु मिट्टी में पोटाश का प्रचुर मात्रा में होना आवश्यक होता है। प्रति वर्ग मीटर 58 ग्राम हड्डी का चूरा बुवाई के पूर्व डाल देना चाहिए। सुपर फास्फेट की ''टॉपड्रेसिंग'' पुष्प आने की अवस्था में लाभदायक होती है। अधिक नाइट्रोजन की खाद न दें, इससे पत्ते अधिक व पुष्प कम आते हैं। एक पौधे से दूसरे पौधे की दूरी 10 से 12 से॰मी॰ और पंक्ति की दूरी 20-30 से॰मी॰ होनी चाहिए। कंद 6 से 8 से॰मी॰ गहराई पर लगाएं। प्रति वर्ग मीटर 155 कंदियों को बोने से लगभग 133 पुष्प 30-35 से॰मी॰ डंडियों वाले मिल जाते हैं। बड़ी व गोल कंदों से ही अच्छे व सुंदर पुष्प मिलते हैं। बोने के तुरंत पश्चात् यदि हमें खर-पतवार से छुटकारा पाना है तो स्टॉम्प का उपयोग करना चाहिए। इसे 6 लीटर प्रति हेक्टेयर की दर से छिड़कना चाहिए। इस पुष्प के लिए मिट्टी का सदैव नम रहना आवश्यक होता है, अतः अच्छी फसल के लिए पानी हमेशा देते रहना चाहिए, चाहे पुष्पावस्था में हो अथवा फसल बढ़ रही हो। अच्छी जल निकासी वाली दोमट मिट्टी इसके लिए उपयुक्त है। यदि अधिक हलकी मिट्टी हो तो गोबर की खाद को एवं यदि चिकनी मिट्टी हो तो रेतीली मिट्टी को मिला देना चाहिए। इस पुष्प के लिए सूर्य का प्रकाश प्रचुर मात्रा में मिलना चाहिए, कम से कम प्रातः से दोपहर तक थोड़ी छाया की भी इसे आवश्यकता होती है।

कंदों को लगाना

कंदों को लगाने के लिए मैदानी व पहाड़ी दोनों ही क्षेत्र उपयुक्त हैं। उत्तरी मैदानी क्षेत्र में बुवाई का उचित समय अक्टूबर माह है एवं पहाड़ी क्षेत्रों में बुवाई सितम्बर में कर देनी चाहिए, वैसे मध्य नवम्बर तक भी इसकी बुवाई कर सकते हैं। मैदानी क्षेत्रों में पुष्प दिसंबर से मार्च तक एवं पहाड़ी क्षेत्रों में अप्रैल तक खिलते रहते हैं। कंदों को अत्यधिक तीखी धूप से हटाकर हलके छायादार स्थान पर लगाना उचित होगा। बुवाई के कुछ दिन पश्चात् [illegible] के निकल आने पर क्यारियों की निराई-गुड़ाई करनी आवश्यक होती है।

रोग व कीट प्रबन्ध : डैफोडिल में यों तो कीड़ों का प्रकोप कम ही होता है, किन्तु यदि हो तो 0.03% इण्डोसल्फान का छिड़काव किया जाए तो फसल अच्छी ली जा सकती है। यदि जल निकास ठीक नहीं है तो भी कुछ रोग पनप सकते हैं। इस कारण बोट्राइसिस, सड़न से बचाव के लिए जैसे ही पत्ते सड़ने लगें या सिकुड़ने लगें तो उन्हें तोड़ देना चाहिए। कंदों को धूप में खूब सुखाकर, सूखे स्थान पर जहां हवा का प्रवेश भी हो, रखना चाहिए। कभी-कभी पत्ते भी झुलसकर फूलों को प्रभावित करते हैं और पत्तों के सिरे पीले या भूरे हो जाते हैं। ऐसे में डाइथेन एम. 45 का 0.2% छिड़काव कर इसका उपचार किया जा सकता है। कंद, तना अथवा डिस्क भी हरी फफूंदी रोग से गल जाते हैं। किन्तु यदि हम कंदों को भंडारण के पूर्व अच्छी तरह सुखाकर एवं बोने के पहले 0.2% कैप्टान घोल में डुबोकर बोएं, तो इस रोग से बचा जा सकता है।

फूलों की तुड़ाई : फूलों को उचित अवस्था में तोड़ना चाहिए ताकि फूल भली-भांति खिल सकें। बहुपंखुड़ी युक्त किस्म के फूलों को जब इसके फूल पूर्ण रूप से खिल गए हों, तभी तोड़ना चाहिए एवं कम पंखुड़ी वाली किस्मों को रंग दिखलाई पड़ने लगें तब तोड़ना उचित होगा। तोड़ने के पश्चात् कुछ समय तक इन्हें पानी में रखना चाहिए।

कंद संग्रहण : यदि आप डैफोडिल व्यावसायिक तौर पर लगा रहे हैं, तो प्रति वर्ष कंदों को निकालने की आवश्यकता नहीं है, किन्तु यदि आप नई किस्में लगाने के इच्छुक हैं, तो इन कंदों को निकालकर भली प्रकार सुखाकर रखना चाहिए। कंदों को सायंकाल अथवा प्रातःकाल ही निकालें। सूर्य की तेज किरणों से कंदों पर दाग पड़कर उनके खराब होने की संभावना रहती है। मई के माह में पत्तों के सूखने व पीले पड़ने पर ही कंदों को निकालना चाहिए। पत्तों को बांधना नहीं चाहिए, इससे पौधों का सामान्य विकास ठीक नहीं हो पाता।

डैफोडिल यद्यपि मौसमी पुष्प है किन्तु विश्वभर में इसका स्थान पांचवें नंबर पर आता है। इंग्लैंड में तो यह प्रथम स्थान पर है। कहते हैं एक युवक सदैव अपनी सुंदरता के मद में मदहोश रहता था, ईश्वर ने उसे एक सुंदर पुष्प का रूप-रंग दे दिया। उसे ही नार्सिसस कहते हैं।

नार्सिसस पुष्प को उसके आकार एवं रंगों के अनुरूप ग्यारह समूहों में विभक्त किया गया है।

प्रथम समूहः इस समूह में भोंपू आकार के नारसिसी आते हैं। इस वर्ग में वह सभी किस्में आती हैं जिसमें एक साख में केवल एक ही पुष्प होता है। उनके भोंपू आकार के अग्रभाग (Corona), पिछले भाग (Perianth) की पंखुड़ियों के समान या थोड़े लंबे होते हैं। इनकी ऊंचाई 40 से॰मी॰ होती है। इनकी अनेक किस्मों में से कुछ पुष्पों का विवरण दिया जा रहा है।

1. **बियरशीबा (Beersheba) :** यह एकदम श्वेत होता है। अग्रभाग लंबे भोंपू आकार का व पिछले भाग की पंखुड़ियां भी लंबी होती हैं।
2. **कंटेन्ट (Content) :** पुष्प का अग्र   भोंपू आकार का हल्के पीले रंग का व पिछले भाग की पंखुड़ियां दूधिया श्वेत रंग की होती हैं।
3. **प्रियम्बिल (Preamble) :** पुष्प का अग्र भाग भोंपू आकार का हल्का पीला (नीबू के रंग के समान) लंबा व पिछला भाग सफेद रंग का होता है।

दूसरा समूह : इस समूह में बड़े प्याले के आकार वाले नारसिसी आते हैं। इनकी एक शाखा में एक ही पुष्प होता है। इसका अग्र भाग प्रथम समूह के पुष्प से अधिक बड़ा किन्तु पिछले भाग की पंखुड़ियों के आकार से कम होता है, इसकी ऊंचाई 40 से॰मी॰ होती है।

ईस्टर बॉनेट (Easter Bonnet) : इसके पिछले भाग की पंखुड़ियां हलकी लहरदार श्वेत होती हैं। अग्र भाग आड़ू जैसा पीलापन लिए नारंगी व किनारे चौड़े लहरदार गुलाबी होते हैं।

पॉलिन्ड्रा (Polindra) : पुष्प के पिछले भाग की पंखुड़ियां चिकनी, सफेद व अग्रभाग पीला व किनारे अधिक गाढ़े रंग के होते हैं।

बेलीसाना (Belisana) : पुष्प के पिछले भाग की पंखुड़ियां अंडाकार सफेद व अग्र भाग अत्यंत लहरदार पीले रंग का होता है। इसके किनारे चौड़े नारंगी रंग के होते हैं।

सिगनल लाइट (Signal Light) : पुष्प के पिछले भाग की पंखुड़ियां नुकीली अंडाकार दूधिया सफेद व अग्र भाग पीलापन लिए नारंगी व हलका लहरदार होता है।

टेनहाउसर (Tannhauser) : पुष्प का पिछला भाग चिकना, चौड़ा अंडाकार, पीले रंग का व अग्र भाग हलका लहरदार पीले रंग का होता है। इसके किनारे नारंगीपन लिए लाल रंग के होते हैं।

तीसरा समूह : इस समूह में छोटे प्याले वाले नारसिसी आते हैं। इनकी ऊंचाई 30-40 से॰मी॰ होती है। एक शाख में केवल एक पुष्प, जिसका अग्रभाग छिछले आकार में फैला हुआ एवं पिछले भाग की लंबाई का 1/3 भाग होता है।

चौथा समूह : इस समूह में दोहरे नारसिसी आते हैं। यह क्यारियों के लिए अनुकूल नहीं होते। पुष्प अपने भारी वजन के कारण झुक जाते हैं एवं अधिक वर्षा में अपने वजन के कारण इनके टूट जाने की संभावना रहती है।

कुछ प्रचलित किस्में

गोल्डन कासिल (Golden Caslle) : पुष्प के पिछले भाग का बाहरी भाग दूधिया सफेद एवं भीतरी भाग हल्का पीला होता है।

हॉलेन्डिया (Hollandia) : इसका अग्र भाग दोहरा नारंगी व पिछला भाग हल्का पीला होता है।

पांचवां समूह : इस समूह के अंतर्गत ट्रियानड्रस हाईब्रिड (Triandras Hybrid) आते हैं। सह सभी अपने वंश के गुण वाले होते हैं। इनमें एक ही शाख में 1 से 6 तक पुष्प लटके हुये होते हैं। पिछले भाग की पंखुड़ियां थोड़ी धनुषाकार, मुड़ी हुई होती हैं व अग्र भाग प्याले के आकार का होता है। पौधों की ऊंचाई 25-35 से॰मी॰ होती है। विभिन्न किस्मों के पुष्प भिन्न-भिन्न आकार के कुछ छोटे व कुछ बड़े होते हैं।

छठवां समूह : इस समूह में साईक्लामियस हाईब्रिड (Cyclamieus Hybrid) आते हैं।

सातवां समूह : जॉनकिला हाईब्रिड (Jonquilla Hybrid) इस समूह के अंतर्गत आते हैं। पुष्प सुनहरे पीले, इनका अग्र भाग लंबाई लिए पीले रंग का होता है। इनमें मीठे संतरे की महक होती है। इनके 1-3 पुष्प एक ही शाख में होते हैं।

टिटिल टैटिल (Tittle Tatle) : एक शाख में 2-3 पुष्प होते हैं। पिछला भाग हलका पीला व अग्र भाग छिछले प्याले के आकार का गाढ़े रंग का होता है।

आठवां समूह : इस समूह में टेजेटा हाईब्रिड (Tagetta Hybrid) आते हैं। इसकी एक शाख में 4-20 पुष्प तक होते हैं, जो 3-6 से॰मी॰ चौड़ाई (across) के आकार में होता है।

लॉरेन्स कॉस्टर (Lorens Koster) : इनके पौधों की ऊंचाई 60 से॰मी॰ होती है और 9 से॰मी॰ चौड़ाई में (across) होते हैं। पिछले भाग की पंखुड़ियां सफेद अंडाकार नुकीली एवं दोहरी होती हैं। अग्र भाग फैला हुआ पीले रंग का, जिसके किनारे गाढ़े गहरे लाल रंग के होते हैं। यह कटे पुष्पों के लिए अत्यंत उपयुक्त है।

नवां एवं दसवां समूह : इस समूह में केवल वानस्पतिक वर्ग के नारसिसी की किस्में आती हैं। यह आकार में छोटी होती हैं तथा बड़ी पुष्पों वाली नारसिसी की अपेक्षा शीघ्र फूलने लगती हैं।

अतः प्रायः यह रॉक उद्यान के लिए उपयुक्त हैं। यह अनेक किस्मों में पाई जाती हैं।

ग्लेडिओलस

ग्लेडिओलस विश्व भर में क्यारियों, पुष्प विन्यास एवं कट फ्लावर के लिए सबसे अधिक सुंदर एवं प्रचलित पुष्प है। इस पुष्प की छड़ियां अत्यंत आकर्षक एवं मनोहर होती हैं। इसके राजसी छड़ पर पुष्पों के विविध विशाल रूप, चटकीले रंग, आकर्षक आकार के पुष्प एवं विभिन्न विस्तार तो देखते ही बनते हैं। ग्लेडिओलस के पुष्प बगीचे, घरेलू सजावट, होटलों में, सरकारी या अन्य संस्थानों में सजावट के लिए भी अधिक उपयुक्त माने गए हैं, क्योंकि इनकी अधखिली छड़ी पानी में एक सप्ताह तक आसानी से तरोताजा रहती है एवं इनमें पुष्प खिलते रहते हैं। पुष्प विन्यास में इसके पुष्प अत्यधिक सुंदर लगते हैं।

अंतर्राष्ट्रीय एवं घरेलू बाज़ारों में बिकने वाले कटे हुए फूलों में ग्लेडिओलस सबसे अधिक महत्त्वपूर्ण फसल है। ग्लेडिओलस की अधिक मांग होने के कारण इसकी व्यावसायिक स्तर पर खेती करके काफी आय प्राप्त की जा सकती है तथा पुष्पोत्पादन के निर्यात से विदेशी मुद्रा प्राप्त की जा सकती है। इस पुष्प के निर्यात की कुछ अधिक संभावनाएं हैं। ट्यूलिप पुष्प के बाद ग्लेडिओलस ही सर्वाधिक आकर्षक पुष्प माना जाता है।

किस्में

विश्व भर में इस महत्त्वपूर्ण पुष्प की हजारों किस्में विकसित की जा चुकी हैं। ग्लेडिओलस के मुख्य रूप से चार प्रकार हैं :

ग्रेंडीफ्लोरा : यह बड़े पुष्पों वाली प्रजाति है। इनमें बड़े-बड़े पुष्पों का आकार क्यारियों में देखने वालों को अपनी ओर आकृष्ट किए बिना नहीं रहता है। इसके पुष्प विश्व में बहुतायत से बोए एवं उपयोग किए जाते हैं। पुष्प विन्यास के लिए ये पुष्प बहुत ही उपयुक्त हैं।

प्रिमुलिनस : ग्लेडिओलस की इस किस्म की ऊपर की पंखुड़ियां मुड़ी हुई होती हैं, जो सुंदर लगती हैं। इस किस्म के पुष्प छोटे होते हैं। इसकी डंडी पतली होती है।

बटर फ्लाई : जैसा कि इसके नाम से पता चलता है, यह तितली जैसा रंग-बिरंगा होता है। इसकी पंखुड़ियों पर छोटे-बड़े धब्बे होते हैं। देखने में इनके पुष्प तितलियों जैसे लगते हैं।

मिनिएचर : इसके सुंदर पुष्प छोटे-छोटे होते हैं। क्यारियों में खिले हुए इन पुष्पों की सुंदरता देखते ही बनती है।

एग्जोटिक ग्लेडिओलस (Exotic Gladiolus) एक ऐसी किस्म है जो आम ग्लेडिओलस जैसी नहीं लगती। इन मोहक किस्मों के लोकप्रिय नामों में यह नाम सम्मिलित हैं–बर्ड ऑफ पैराडाइज (Bird of Paradise), लेसिनिएटेड ड्रैगनस (Laciniated Dragons), कप ग्लैडिओली (Cup Gladioli), डबल (Double), डबलेट (Doublette), स्टार फ्लॉवर्ड (Star Flowered), ऑर्किड फ्लॉवर्ड (Orchid Flowered), रिफ्लेक्सड फ्लॉवर्ड (Reflexed Flowered)।

एन॰बी॰आर॰आई॰ ने भी ग्लेडिओलस की कुछ किस्मों का आविष्कार किया है जो अति सुंदर हैं, जैसे–अर्चना, अरुण, ज्वाला, मनहर, मनीषा, मनमोहन, मनोहर, मोहिनी, मुक्ता, संयुक्ता एवं त्रिलोकी।

इनकी तीन प्रमुख जातियां हैं :

1. प्रिम्यूलिंक हाईब्रिड (Primulink Hybrid), 2. कॉलविली (Colvillei), 3. मिनिएचर (Miniature)।

ग्लेडिओलस में काला एवं नीला रंग छोड़ कर सभी रंग आसानी से उपलब्ध हैं। वैसे तो ग्लेडिओलस में सुगंध नहीं होती, किन्तु लकी स्टार (Lucky Star) जैसी किस्मों में एक विशेष और मनोहर सुगंध होती है।

बिकने वाली अधिकांश किस्में अब भारत में विकसित हो चुकी हैं, इसमें महत्त्वपूर्ण नाम हैं–आरती, नजराना, मयूर, सुचित्रा, पूसा सुहागन, अग्नि रेखा, सपना और पूनम। ग्लेडिओलस पुष्पों की उत्तर भारत के लिए यह किस्में उपयुक्त हैं। अक्टूबर के प्रथम सप्ताह में लगने वाली किस्में हैं–फ्रेन्डशिप (Friend Ship) (गुलाबी), जियॉर्जी मेज्यूरी (Giorge Mazuree) (गुलाबी), हैपी एण्ड (Happy End) नारंगी, मेलॉडी (Melody) गुलाबी, मॉर्निंग किस (Morning Kiss), एवं रोज सुप्रीम (Rose Supreme) गुलाबी, सानकेरे (Sancerre) सफेद, स्नो प्रिन्सेस (Snow Princcess) सफेद। नवंबर के आरंभ में (मध्य मौसम) यलो स्टोन (Yellow Stone) पीला, बिसबिस (ईंट का रंग), पैट्रिशिया (Patricia) गहरा लाल, सुचित्रा (Suchitra) गुलाबी, विंक्स ग्लोरी (Vink's Glory) पीला, रोज़ स्पायर (Rose Spire) गुलाबी, रत्नाज़् बटर फ्लाई (Ratna's Butterfly) नारंगी गुलाबी।

नवंबर मध्य (पछेता) हन्टिग सॉन्ग (Hunting Song) नारंगी, मयूर (Mayur) बैंगनी, सिटैशिनस हाईब्रिड (Psittacinus Hybrid) नारंगी, व्हाइट फ्रैन्डशिप (White Friendship) सफेद, पूसा सुहागन (लाल) सिलविया (Sylvia) गाजर सा लाल रंग।

प्रसुप्ति : कभी-कभी मैदानी क्षेत्रों में घनकंदों की मांग की पूर्ति करने के लिए पहाड़ी क्षेत्रों से ताजे खोदे गए घनकंदों को बिना आवश्यक विश्राम कराए बेच दिया जाता है, इस कारण इन घनकंदों में पुष्प नहीं आते, क्योंकि घनकंदों को खोदने के पश्चात् एक से तीन माह तक तन्द्रावस्था में रखना आवश्यक होता है। पर इसका उपचार प्रसुप्ति के स्थान पर तीन-चार मिनट के लिए घनकंदों को 3% (Ethyl Chlorohydrin) इथाइल कोरोहाइड्रिन के घोल में डुबों दें एवं फिर इसे 24 घंटे तक दिन के तापमान पर ऐसे शीशे के बरतन में रखें, जिसमें हवा का प्रवेश न हो सके। ऐसा करने से पुष्प आ सकते हैं।

भूमि एवं मौसम

यह पुष्प प्रत्येक प्रकार की भूमि में उगाया जा सकता है, किन्तु अच्छी निकासी वाली रेतीली भूमि इसके लिए अधिक उपयुक्त होती है। उत्तर भारत के मैदानी क्षेत्रों में ग्लेडिओलस पुष्प को शीतऋतु में उगाया जाता है। बंगलोर जैसी जलवायु में ग्लेडिओलस पुष्प, वर्ष भर उगाया जा सकता है।

क्यारियां व गमले

इस पुष्प का पौधा दोनों में सफलतापूर्वक उगाया जा सकता है। कंद (बल्ब) बोने के पहले भूमि की खुदाई व घास-फूस की सफाई अच्छी तरह करनी चाहिए एवं बुवाई की अंतिम तैयारी से पहले, एक वर्ग मीटर क्षेत्र के लिए 5-10 किलोग्राम गोबर की सड़ी हुई खाद एवं पत्ती की खाद को भली-भांति मिला लेना चाहिए। प्रत्येक एक वर्ग मीटर के लिए 50 ग्राम बोनमील लाभदायक सिद्ध होता है। इसका विशेष रूप से ध्यान रखना आवश्यक है कि खाद की मात्रा अधिक न हो अन्यथा नाइट्रोजन से फूलों की छड़ें लंबी व पतली हो जाएंगी एवं फूलों के रंगों पर भी इसका प्रभाव पड़ेगा।

कंद लगाने का समय

ग्लेडिओलस में बुवाई का विशेष महत्त्व है। सामान्यता इसकी बुवाई सितंबर से नवंबर माह तक करनी चाहिए, लेकिन व्यावसायिक दृष्टि से इसकी बुवाई एक अक्टूबर से 15 नवंबर तक 15 दिनों के अंतर से करते रहना चाहिए, जिससे कि बाजार में लगातार इसके लंबी छड़ों वाले फूल मिलते रहें तथा उत्पादन से अधिक आय प्राप्त हो सके। मैदानी क्षेत्र में पुष्प दिसंबर से मार्च-अप्रैल तक फूलते हैं। पहाड़ी क्षेत्रों में ग्लेडिओलस का रोपण फरवरी मार्च में होता है एवं पुष्प मई या जून से लेकर अगस्त-सितंबर तक निकलते रहते हैं।

प्रसारण

ग्लेडिओलस को कंदों द्वारा तैयार किया जाता है। बुवाई के लिए 3.5 से॰मी॰ से 4.5 से॰मी॰ का कंद उपयुक्त रहता है। प्रायः घनकंदों का रोपण 10-15 से॰मी॰ गहराई में किया जाता है। क्यारियां 20-30 से॰मी॰ की दूरी पर बनाकर 10-20 से॰मी॰ की दूरी पर घनकंद को बोना चाहिए। दूरी का निर्णय घनकंदों के आकार पर निर्भर रहता है।

मिट्टी चढ़ाना

प्रायः रोपण के छः से आठ सप्ताह पश्चात् पौधों पर मिट्टी चढ़ानी चाहिए, क्योंकि तेज हवा से पौधों के गिर या टूट जाने की संभावना रहती है, अतः पौधों को बांस की डंडियों से बांध कर सहारा दिया जा सकता है। यदि खेती सघन है तो सहारा देने की आवश्यकता नहीं होती। मिनिएचर, बटरफ्लाई एवं प्रिमूलिनस जैसी छोटे फूल वाली ग्लेडिओलस किस्मों को बांधना आवश्यक नहीं है।

सिंचाई

रोपण के पूर्व खेत की सिंचाई कर लेनी चाहिए ताकि इससे मिट्टी में नमी बनी रहे। 2-4 पत्तियों के निकलने के पश्चात् ही हल्की सिंचाई की जा सकती है। सामान्य मौसम में 10-12 दिन के अंतराल में सिंचाई लाभप्रद होती है।

फूलों की कटाई, पैकिंग एवं मार्केटिंग

रोपण के 65 से 120 दिनों पश्चात् ग्लेडिओलस की फसल तैयार हो जाती है। छड़ी पर प्रथम पुष्प का रंग दिखने पर इन्हें तेज धार वाली कैंची या चाकू से प्रातःकाल काट लेना चाहिए। कटाई के पश्चात् बाजार में भेजने के लिए ठीक प्रकार से ग्रेडिंग एवं पैकिंग की आवश्यकता होती है। छड़ को काटने के पश्चात् उनकी गुणवत्ता के अनुसार ग्रेडिंग करके 20 या 25 फूलों का गुच्छा रंग के अनुसार बना लेना चाहिए। यदि किसी स्थानीय स्थान पर भेजना हो तो उनको तुरंत पानी में डाल देना चाहिए। यदि निर्यात करना हो तो उसके ग्रेडिंग किए हुए समूह को 100 से॰मी॰ लंबे 50 से॰मी॰ चौड़े तथा 30 से॰मी॰ ऊंचे गत्ते के डिब्बे के अंदर जिसमें तीन या चार छिद्र हों, पैक करके भेजना चाहिए। छड़ को अधिक समय तक रखने के लिए उसको मौलिक हाइड्रोजाइड या बी-9 नामक रसायन के घोल (300 मि॰ग्रा॰ प्रति लीटर) में डालना चाहिए।

कंद उत्पादन

छड़ काटने के पश्चात् एक माह तक फसल को पानी देते रहना चाहिए, जिससे कंद का आकार बढ़ सके। कंद को भूमि से 2 माह पश्चात् उस समय निकालना चाहिए जब पौध की पत्तियां हलके पीले रंग की हों या पौधों का रंग भूरा होने लगे। कंदों को खुदाई करके निकाला जाता है। निकालने के पश्चात् 0.2% प्रतिशत बाविस्टीन से उपचारित करने के बाद कंद को 10-15 दिन छायादार स्थान पर रखें। इनके सूखने पर इन्हें टोकरों या हवादार बोरियों में भर कर छायादार स्थान में रखें। जहां कंद रखें उस स्थान पर नमी नहीं होनी चाहिए एवं हवा का संचार होना भी आवश्यक होता है, अन्यथा बंद स्थान पर घनकंदों के सड़ने की संभावना रहती है।

फसल सुरक्षा

ग्लेडिओलस के अंदर फ्यूजेरियम विटर नामक बीमारी अधिक लगती है। इसकी रोकथाम के लिए 0.2% प्रतिशत कैप्टान या बाविस्टीन से कंदों को उपचारित करना चाहिए। थ्रिप्स व एफिड की रोकथाम के लिए मिथाइल पैराथियान 0.04 प्रतिशत का स्प्रे करना चाहिए।

आर्थिक दृष्टि से ग्लेडिओलस की खेती अत्यंत लाभप्रद है। महानगरों में ग्लेडिओलस की खेती अन्य पुष्पों से सरल एवं लाभदायक है।

Arabian Night
एरेबियन नाईट

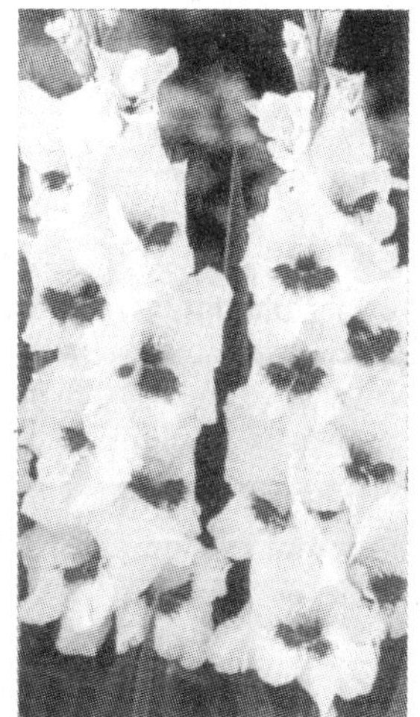

Jester
जेस्टर

Violetta
वायोलेट

Leonore
ल्योनोर

Holland Pearl
हॉलेण्ड पर्ल

Richmond
रिकमांड

बर्ड ऑफ पैराडाइज़

यह अत्यधिक मनोहारी एवं सुंदर पुष्प है, जिसे स्वर्ग का पक्षी कहा जाता है क्योंकि इसके पुष्प एक अलौकिक स्वर्गीय चिड़िया की याद दिलाते हैं। इसके अद्भुत पुष्प समूह (ब्रेक्ट) लगभग 20 से॰मी॰ नाव के आकार में कई सप्ताहों तक खिल कर उस स्थान के सौंदर्य को द्विगुणित कर देते हैं। इनके पुष्पों को देखकर ऐसा आभास होता है, मानो कोई सुंदर पक्षी गहरे नारंगी रंग के पंख फैलाकर अपनी अद्भुत छटा से सबको मोहित कर रहा हो।

बर्ड ऑफ पैराडाइज़

इसके पुष्प का मध्य भाग 15 से॰मी॰ से 20 से॰मी॰ लंबा तथा 2.5 से॰मी॰ चौड़ी जीभ का आकार लिए हुए नीला या बैंगनी रंग का होता है। पौधे की ऊंचाई लगभग 80-85 से॰मी॰ होती है। पत्तियां मटमैली, हरी लगभग 25-30 से॰मी॰, 8-12 से॰मी॰ चौड़ी एवं ऊपर गोल व केले के पत्ते के आकार की होती हैं। यह पत्तियां मुख्य पौधे के दोनों ओर एकांतर क्रम में पौधे के आधार से विकसित होती हैं एवं एक पक्षी के बिखरे हुए पंख का स्वरूप धारण करती हैं। स्ट्रेलिटजिया रेगीना को विभिन्न नामों से जाना जाता है, जैसे–बर्ड ऑफ पैराडाइज़, क्रेन फ्लावर एवं क्रेन लिली।

पौधों के रोपण के 6 वर्ष पश्चात् ही पुष्प आते हैं तदुपरान्त प्रत्येक वर्ष बसंतऋतु में अथवा ग्रीष्मऋतु के आरंभ में आते हैं। इनके पौधों को जमीन में व गमलों में भी लगाया जा सकता है।

गमलों की मिट्टी

1. एक भाग स्टरलाईज्ड मिट्टी
2. एक भाग पत्ती की खाद
3. एक भाग मोटी बालू
4. एक भाग गोबर की सड़ी खाद का मिश्रण होना चाहिए।

ग्रीष्म ऋतु में इसे प्रत्येक 2 हफ्ते में हड्डी का चूरा एवं (स्टेरामिल) का एक बड़ा चम्मच डालते रहना चाहिए। यों वर्ष भर इसमें खाद डालने की आवश्यकता नहीं है।

पौध रोपण

नये पौधों का रोपण बसंतऋतु में करना चाहिए। इनके पुराने पौधों के समूह में से जिनमें 2-3 पत्ती व कुछ जड़ें भी हों, पृथक् कर लेना चाहिए। उपरोक्त मिट्टी के मिश्रण को भरकर पहले 12 से 15 से॰मी॰ के गमलों में नये पौधों को लगाना चाहिए। लगाने के पश्चात् इन्हें ऐसे सुरक्षित स्थान पर रखिए जहां सूर्य का प्रकाश छन कर आता हो। नये पौधों को सूर्य के सीधे प्रकाश में नहीं रखना चाहिए। नये पौधों में किसी प्रकार की खाद नहीं देनी चाहिए, पानी भी कभी-कभी ही देना चाहिए। जब छोटे गमलों की मिट्टी आधी सूख जाए, तभी पानी देना चाहिए। 6 सप्ताह पश्चात् इसमें नई जड़ें आना आरंभ होती हैं। प्रत्येक वर्ष बसंतऋतु में इन्हें थोड़े बड़े गमले में स्थानांतरित कर देना चाहिए। इन्हें तब तक स्थानांतरित करते रहिए जब

पिंक सेंसेशन
राजसी पुष्प ग्लेडियोलस
ब्लू डायमंड
डी आरटागनान

सुंदरता बिखेरती
नार्सिसस

बड़े प्याले वाली नारसिसी -
टेन हाउसर (पीला),
सिगनल लाईट (सफेद-नारंगी),
बेलीसाना (सफेद-पीला)

साईल्कामेनस किस्म -
जुब्ली (2-3 पुष्प),
जेनी (हलकापीला)
पीपिंग टॉम (गाढ़ा पीला)

भोंपू (ट्रम्पेट) नारसिसी -
बियर शेबा (सफेद),
कंटेन्ट (पीला-सफेद),
प्रियम्बिल (हलका पीला-सफेद)

दोहरे नारसिसी -
हॉलेन्ड्यिा (नारंगी पीला),
गोल्डेन कासिल (हलका नीला-पीला)

जरबेरा
खिली खिली पंखुड़िया
और खूबसूरत रंग
पिंक ब्यूटी
डेविल
फूरी
डेज़ी पिंक
लेमन ब्यूटी
वाइट नामेड

बर्ड ऑफ पैराडाइज

अनूठी बनावट, अनूठे फूल

हेलिकोनिया की विभिन्न किस्में

तक ये 25 से 30 से॰मी॰ तक के गमलों में स्थापित न हो जाएं। प्रत्येक बसंतऋतु में पुराने पौधों के गमलों में ऊपर से नई खाद का मिश्रण देना चाहिए। खाद डालते समय पौधों की जड़ों को नहीं छेड़ना चाहिए अन्यथा पौधों में 2-3 वर्ष तक पुष्प नहीं आएंगे। अतः यदि इनके अलौकिक पक्षी को देखना है तो इनकी जड़ों से छेड़छाड़ कदापि न करें। यदि आपको पौधे लेने हों तो पुराने पौधे ही खरीदें। पुराने 7-8 पत्ती वाले, 2-3 साल पुराने पौधों में ही फूल आते हैं। जड़ों के विभाजन करने पर कुछ वर्षों तक उसमें फूल नहीं आते।

सिंचाई

बाढ़ के समय पौधों को हल्का पानी देना चाहिए जिससे गमले की मिट्टी संपूर्ण रूप से भीग जाए। दोबारा पानी देना तभी उचित होगा जब गमले की मिट्टी 2.5 से॰मी॰ तक सूख जाए। सर्दियों में इसकी मिट्टी को सूखेपन पर रखें एवं पानी कभी-कभी ही दें। क्योंकि इस समय ये पौधे सुप्तावस्था में रहते हैं। ग्रीष्मऋतु में पानी प्रतिदिन दें और मिट्टी गीली रखें।

रख-रखाव

बर्ड ऑफ पैराडाइज़ को कम-से-कम 3-4 घंटे सूर्य के प्रकाश की आवश्यकता होती है, अन्यथा इसमें पुष्प नहीं आते। पौधों के बढ़ने के समय दो सप्ताह के अंतराल में तरल खाद देनी चाहिए।

रोग

इनकी पत्तियों के नीचे के मध्यशिरा के पास कभी-कभी पौधों में कीड़े आदि लगने की संभावना रहती है। यदि रोग लग गया हो तो किसी कीटनाशक दवा का छिड़काव उपयोगी सिद्ध होगा।

प्रकृति का अनुपम उपहार हेलिकोनिया

हेलिकोनिया का पुष्प एवं पौधा प्रकृति की बड़ी ही निराली व अनुपम देन है। इसके असाधारण मिश्रित नारंगी, लाल व पीले पुष्पों के गुच्छों की विचित्र बनावट देखते ही बनती है और इसी कारण इसकी अपनी विशिष्ट पहचान है।

हेलिकोनिया

इनके फूलों का अत्यंत सुंदर गुच्छों का बाहरी भाग (आवरण) आड़ा-टेढ़ा निकल कर नाव की आकृति बनाता है। यही इस पुष्प की अनोखी विशेषता है। हेलिकोनिया केले के परिवार "म्यूजेसी" का एक अत्यधिक सुंदर पौधा है। इसमें केले की भांति फल तो नहीं आते किन्तु इनके पुष्पों का लुभावना आकर्षण सबको मुग्ध किए रहता है। लगता है, काश, इसके पुष्प सदैव ही पौधे पर शोभायमान रह कर सब के मन को आनंद से भरते रहते। आइए, हम भी इस पुष्प को अपनी बगिया में लगाकर प्रकृति की इस अनुपम एवं अनूठी देन का भरपूर आनंद लें।

हेलिकोनिया का पौधा फूलों की क्यारियों एवं बड़े आकार के गमलों के लिए उपयुक्त रहता है। हेलिकोनिया का पौधा सामान्यतया 125-150 से॰मी॰ की ऊंचाई तक बढ़ता है एवं एक बार स्थापित हो जाने पर यह फैलता भी बहुत है। इसकी पत्तियां केले की पत्तियों के समान चिकनी, गहरे हरे रंग की या भूरे रंग की होती हैं। इसकी पत्तियों के डंठल से अत्यधिक सुंदर नारंगी, लाल व पीले रंग का फूलों का गुच्छा निकलता है। एक पुष्प के गुच्छे में 20 से 25 नाव के आकार की नारंगी लाल आकृति बनती है, जिनके किनारे हरे रंग की धारियों से सुशोभित रहते हैं। इन्हीं नाव के समान आकृति में छोटे श्वेत व पीले रंग के पुष्प भी दिखाई देते हैं, किन्तु इनका कोई विशेष महत्त्व नहीं होता वरन् नाव के आकार का सुंदर पीला-लाल पुष्पों का गुच्छा ही अत्यधिक आकर्षक व मनमोहक होता है। इस प्रकार यह पुष्प, पुष्पों की दुनिया में अपना एक विशिष्ट स्थान एवं अपनी अलग ही पहचान बनाए हुए है। आप इस पुष्प की अनोखी छटा का आनंद 25 से 35 दिन तक अपनी बगिया में ले सकते हैं। मुरझाने पर इस पुष्प के गुच्छे को काट देना चाहिए। यह पुष्प वर्ष में एक या दो बार खिल कर उद्यान की शोभा बढ़ाता रहता है। इसका खिलना इसकी किस्म पर निर्भर करता है। बसंतऋतु के आस-पास अर्थात् फरवरी-मार्च में इस पौधे की बढ़त का उपयुक्त समय है। इसी समय यह खिल कर अपने सौंदर्य से सबको मुग्ध किए रहता है।

पौधों का प्रसारण : हेलिकोनिया का विस्तार इनके राईजोम द्वारा किया जाता है अर्थात् इनके जमीन के अंदर तने से लगी गांठों को निकाल कर नया पौधा बनाया जाता है। वर्षाऋतु इसके लिए उपयुक्त समय है, क्योंकि इस समय तने से जड़ें अधिक निकलती हैं जो पौधों को नए स्थान पर स्थापित करने में सहायक होती हैं। हेलिकोनिया को अधिक खाद की आवश्यकता नहीं होती, किन्तु उचित धूप एवं अधिक नमी हो तो पौधों की बढ़वार अच्छी होती है। इसमें नमी रहने से एक तो पुष्प अधिक मिलते हैं, दूसरे उस अवस्था में यह चटक गहरे लाल-नारंगी रंग प्रदान करता है। हेलीकोनिया में नमी की कमी से पुष्प छोटे आकार के तथा हल्के रंग के होते हैं।

कई लोग हेलिकोनिया की जमीन से ऊपर निकलने वाली पत्तियों के डंठल को तना समझने की भूल करते हैं, यह तना नहीं होता वरन् इस पौधे का तना सदैव जमीन के अंदर ही बढ़ता है और इसका रंग भी हल्का पीला अथवा भूरे रंग का होता है।

पौधे की देखभाल

यदि आप चाहते हैं कि आपका पौधा सुचारु रूप से बढ़ता रहे तो इसके लिए खुला स्थान, उचित नमी एवं मिट्टी के साथ पीटमॉस का मिश्रण देना आवश्यक होगा। इससे पौधे में नमी बनी रहेगी एवं पीटमॉस पानी को सोखने की क्षमता भी रखता है। आवश्यकतानुसार कभी-कभी आधा चाय का चम्मच सुपर फास्फेट देने से पौधे की बढ़वार अच्छी होगी। शीतऋतु में पानी कम देना चाहिए, किन्तु ग्रीष्मऋतु में पानी दोनों समय अथवा आवश्यकतानुसार देना उचित होगा। इस पौधे का विभाजन जब तक पौधा तीन-चार वर्ष तक का न हो जाए, नहीं करना चाहिए, अन्यथा इसके मरने की संभावना रहती है।

हेलिकोनिया की जातियां : हेलिकोनिया की अनेक प्रजातियां हैं, पर सामान्यतया अँगस्टी फोलिया ही बगीचों में लगाया जाता है। वैसे तो हेलिकोनिया की लगभग 150 विभिन्न प्रकार की किस्में उपलब्ध हैं, किन्तु ये विभिन्न देशों में जंगली रूप में फैली हुई हैं। हेलिकोनिया की कुछ किस्में ऐसी हैं जिनके फूलों का डंठल सीधा खड़ा रहता है, अन्यथा अधिकतर किस्मों में पुष्प नीचे की ओर झुका रहता है। हेलिकोनिया की लोकप्रिय जातियां इस प्रकार हैं–हेलिकोनिया रिवोल्यूटा, मारजीनेटा, एक्यूमिनेटा, केरीबिया, रेसटेटा, मेरी डिस्टेन्सा तथा जैन्यूनिल आदि। इनकी कुछ उन्नत किस्में भी विकसित की गई हैं जिन्हें गमलों में लगाकर हम इस सुंदर पुष्प का आनंद ले सकते हैं। पुष्प के साथ इनकी चितकबरी पत्तियां विशेष आकर्षण का केंद्र होती हैं।

अभी तक यह पुष्प केवल दक्षिण भारत तक ही सीमित था, किन्तु अब विभिन्न स्थानों पर बसे लोग अपने साथ इस पौधे को भी ले आए। अब दिन-प्रतिदिन इसकी लोकप्रियता बढ़ रही है। लोग इसके फूलों के गुच्छों से अनायास आकर्षित होकर अपने उद्यान में स्थान देकर प्रसन्न हो रहे हैं। प्रकृति ने इसके पुष्पों के रंगों की इतनी सुंदर सौगात दी है, जो अन्य फूलों में देखना संभव नहीं है।

ऑर्किड

ऑर्किड : ईश्वर की सुंदरतम रचनाओं में ऑर्किड के अत्यंत सुंदर, अनोखे व अद्‌भुत पुष्प बरबस ही सबको आकर्षित किए बिना नहीं रहते। ऑर्किड प्रकृति में पाए जाने वाले सबसे सुंदर फूलों में से एक है।

ऑर्किड

ऑर्किड के फूलों की मनमोहक सुंदरता, चमकीले रंग-रूप, आकार, सुगंध एवं आकृति की विविधताएँ, अद्‌भुत हैं। इनमें अपनी ओर आकृष्ट करने की विशेषता है एवं प्रकृति में व्यापक रूप से वितरित होने के कारण विश्व भर में यह पुष्प अत्यंत सराहनीय बना हुआ है। संपूर्ण पादप जगत में ऑर्किड ही ऐसा वर्ग है जिसके पुष्प मनमोहक रंग व भिन्न-भिन्न आकृतियों में खिले अत्यंत सुंदर लगते हैं। ऑर्किड अत्यंत विकसित एक-दलपत्रीय, शाखीय पौधे हैं, जो अत्यधिक शुष्क, अत्यधिक ठंडे क्षेत्रों को छोड़कर विश्व भर में पाए जाते हैं। अधिकांश ऑर्किड वृक्षों की टहनियों या चट्टानों पर भी उगते हैं। अतः वे लंबी अवधि तक शुष्क अवस्थाओं में अनवरत रहने की क्षमता रखते हैं।

भारत में वैदिक काल से ही ऑर्किड के विषय में जानकारी प्राप्त है, जिसका प्रारंभ में संस्कृत भाषा में नाम ''निघन्टु'' रहा है। ''अमरकोश'' में भी इसका विवरण मिलता है। ''सुश्रुत संहिता'' तथा ''चरक संहिता'' (600-200 ईसा पूर्व) में इन पौधों का उल्लेख है।

ऑर्किड की विश्व भर में लगभग 35,000 प्रजातियां पाई जाती हैं जो 735 वर्गों के अंतर्गत आती हैं। यह फूल वाले पौधों का संभवतः सबसे बड़ा कुल है। भारत में ऑर्किड की लगभग एक हजार से भी अधिक प्रजातियां पाई जाती हैं।

ऑर्किड प्रजातियां भारत वर्ष में हिमालयी क्षेत्रों में अन्य क्षेत्रों की तुलना में अधिक पाई जाती हैं। ये पादप जगत के सर्वाधिक विकसित पौधों में से है। भारत को ऑर्किड के उद्‌भव का मूल द्वितीयक केंद्र माना जाता है। हमारे देश में सजावटी ऑर्किड बहुतायत में पाए जाते हैं। भारत में उत्तर-पूर्वी पहाड़ों, केरल, पश्चिमी घाट व कुछ कश्मीर में पाए जाते हैं। यह नमी से भरपूर उष्णकटिबंधीय जंगलों में स्वतः उगते हैं। ऑर्किड मुख्यतया उष्णकटिबंधीय जलवायु में उगाए जाते हैं।

ऑर्किड की कुछ प्रजातियों में एक पौधे पर एक ही पुष्प लगता है, जबकि कुछ में लंबा पुष्पक्रम होता है।

सुंदरता के दृष्टिकोण से ऑर्किड ने अन्य फूलों को बहुत पीछे छोड़ दिया है। अपनी कुछ विशेषताओं, जैसे पुष्पों का लंबी अवधि तक रहने का गुण, सिम्बीडियम वर्णसंकर के पुष्प जो एक ही टहनी में प्रचुरता से खिलते हैं, अपने रंगों, आकार तथा आकृति की विविधता के कारण पुष्प-सज्जा के व्यवसाय की दृष्टि से अत्यंत लाभदायक सिद्ध होते हैं। सिम्बीडियम

के पुष्प का जीवन वृक्ष पर दो माह एवं फूलदान में लगभग एक माह तक बना रहता है। इस कारण पुष्प-सज्जा प्रेमियों को यह पुष्प अत्यंत प्रिय है।

जलवायु

कुछ ऑर्किड ठंडी जलवायु पसंद करते हैं तो कुछ मध्यम शुष्क जलवायु। कुछ ऐसे भी ऑर्किड हैं जिन्हें गर्म नम जलवायु अधिक पसंद है।

अधिकांश ऑर्किड के लिए वायुमंडल में 50% नमी का होना आवश्यक है। 50% से कम नमी में पौधों के मर जाने की संभावना रहती है। 70% से अधिक नमी में शाखें मोटी न होकर, जड़ों के पास से नर्म व पतली उत्पन्न होने लगती हैं, जिनमें रोग लगने की संभावना अधिक होती है। अतः वाटर कूलर लगाने से नमी पर नियंत्रण किया जा सकता है।

तापक्रम

साधारणतया ऑर्किड की उपज के लिए दिन का तापमान 16°-20° से.ग्रे. व रात्रि में 13°-16° से.ग्रे. होता है, किन्तु ऑर्किड की सभी प्रजातियां इतना अधिक ताप सहन नहीं कर पातीं। खेती की दृष्टि से तीन मूल प्रजातियां हैं :

1. ठंडी प्रजाति, 2. मध्यम (शीतोष्ण) प्रजाति, 3. गर्म (उष्णकटिबंधीय) प्रजाति।

ठंडी प्रजाति	**प्रकार**
गर्मी में दिन तापमान 16°-21° से.ग्रे.	सिमबिडियम (Cymbidiums)
रात्रि तापमान 13° से.ग्रे.	ओडॉन्टोग्लॉसम (Odontogtossums)
जाड़े में दिन तापमान 13°-16° से.ग्रे.	पेफियोपेडीलमस (Paphiopedilums)
रात्रि तापमान 10° से.ग्रे.	जाइगोपेटालमस (Zygopetalums)
मध्यम प्रजाति	
गर्मी में दिन तापमान 18°-24° से.ग्रे.	केटलेयास (Cattleyas)
रात्रि तापमान 16°-18° से.ग्रे.	ऑन्सीडियम (Oncidiums)
जाड़े में दिन तापमान 16°-21° से.ग्रे.	डेन्ड्रोबियमस (Dendrobiums)
रात्रि तापमान 10° से.ग्रे.	
गर्म प्रजाति	
गर्मी में दिन तापमान 21°-29° से.ग्रे.	फेलेनॉपसिस (Phalaenopsis)
रात्रि तापमान 18°-21° से.ग्रे.	फेफियोपेडीलन्स (Phaphiopediluns)
जाड़े में दिन तापमान 21°-29° से.ग्रे.	ऐवरग्रीन (Evergeen)
रात्रि तापमान 18°-21° से.ग्रे.	डेन्ड्रोबियम्स (Dendrobiums)

स्थान व रोपण

कुछ ऑर्किड की प्रजातियां ऐसी भी हैं जो पर्याप्त धूप लगने पर अच्छे ढंग से पनपती हैं, किन्तु धूप के साथ-साथ उनकी जड़ों के आस-पास पर्याप्त नमी की आवश्यकता भी होती है। दूसरे प्रकार के ऑर्किड हल्के छायादार स्थानों पर अच्छे पनपते हैं। ऑर्किड को प्रायः लकड़ी के छोटे लट्ठों, कटी हुई टहनियों या वृक्षों की शाखाओं पर भी उगाया जा सकता

है। इसके अतिरिक्त उन्हें लकड़ी या तार की टोकरियों, विभिन्न प्रकार के गमलों तथा पात्रों तथा भूमि पर भी उगाया जा सकता है।

स्थलीय ऑर्किडों का रोपण

इन ऑर्किड को गमलों, तसलों या टोकरियों एवं भूमि पर उगाया जा सकता है। इन पात्रों में ईंटों के चूरे, मृदा मिश्रण चारकोल के टुकड़े, भली-भांति सड़ी पत्तियों की खाद का मोटा चूरा व रेशेदार लोमी मिट्टी भर दी जाती है और उसके ऊपर मॉस या नारियल की जटा की एक परत बिछाई जाती है।

खाद डालना

पौधों में नियमित समय निर्धारित कर तरल खाद (द्रवरूप) देने की प्रक्रिया निश्चित कर लेनी चाहिए। उर्वरक घोल का गाढ़ापन (तनुता) एवं उसका हमें कितनी बार प्रयोग करना है, यह ऑर्किड की जाति एवं पौधों की आयु पर निर्भर करता है।

रोपण

पौधों के चयन के पश्चात् ही उचित खाद का मिश्रण उपयोग में लाना चाहिए। एपिफाइटिक ऑर्किड जैसे वान्डा या डेन्ड्रोबियम लगाते समय इसका ध्यान रखें कि उनकी लटकने वाली जड़ें टूटने न पाएं। गमलों में इन्हें लगाते समय पहले 1/3 ऊंचाई तक ही खाद का मिश्रण भरें। पुराने बड़े बल्बों को गमले के किनारे लगाएं एवं छोटे बल्बों को गमले के मध्य में लगाएं जिससे नई शाखों व बल्बों को बढ़ने के लिए पर्याप्त स्थान मिल सके। धीरे-धीरे खाद का मिश्रण भरते जाइए। मिट्टी को लकड़ी की सहायता से दबाते जाना चाहिए। इसका ध्यान रहे कि मिट्टी को गमले की बाहरी सतह से अंदर की ओर दबाना चाहिए।

मॉनोपोडियम ऑर्किड, जैसे वान्दा, रिनेन्थेरा को गमलों में लगाना चाहिए।

पुनर्रोपण

किसी विशेष कारण के बिना ऑर्किड का पुनर्रोपण नहीं करना चाहिए। गमले की खाद की उपयोगिता समाप्त होने पर ही पुनर्रोपण करना चाहिए। यदि खाद में पोषक तत्त्व प्रचुर मात्रा में उपलब्ध हों तब एक वर्ष की अवधि तक उसे रहने देना चाहिए। इसकी सावधानी रखनी चाहिए कि नए अंकुरण व शाखाएं एक-दूसरे के ऊपर न आएं।

वार्षिक रोपण

कलेन्थी (Calanthe), डेंड्रोबियम (Dendrobium), फैलिओनापूसिस, फेफिओपेडीलन्स और पैफिओपैडिलम इन सभी का प्रति वर्ष रोपण आवश्यक है।

द्विवार्षिक रोपण

कैटेलीयाज, ओन्सीडियम, ओडॉन्टोग्लॉसम इन सभी का दो वर्ष में एक बार पुनः रोपण करना उचित है।

त्रिवार्षिक रोपण

वान्डा एवं सिम्बीडियम को प्रत्येक तीन वर्ष पश्चात् रोपण करना उचित है। व्यावसायिक दृष्टि से भारतीय परिस्थितियों में पर्वतीय क्षेत्रों को छोड़कर अन्य स्थानों पर ऑर्किडों को प्रायः नियंत्रित दशाओं के अंतर्गत कांचघरों में उगाया जाना संभव होता है। ऑर्किड के लिए विशेष रूप से बने इन कांच घरों में वातन की अच्छी व्यवस्था का होना अनिवार्य होता है। यहां पर्याप्त आर्द्रता बने रहना एवं शुद्ध हवा का आवागमन पौधों के लिए आवश्यक है। इन स्थानों पर तापमान अपेक्षाकृत कम होना चाहिए। इसका भी ध्यान रखना आवश्यक है कि गर्म हवा के निकास की समुचित व्यवस्था हो।

पात्र व खाद

ऑर्किड के लिए मिट्टी के गमले, बास्केट, लकड़ी के लट्ठे, फर्न के पेड़ एवं नारियल की जटा आदि उपयुक्त हैं। मिट्टी के गमले साधारणतया ऑर्किड लगाने के लिए व्यवहार में लाए जाते हैं। गमले 20" (50 से.मी.) आकार तक के हो सकते हैं। इसका ध्यान रखना आवश्यक है कि इन गमलों में अनेक छिद्र होने चाहिए जिससे पानी का निकास एवं हवा का संचार सुचारु रूप से होता रहे।

कॉम्पोस्ट

कॉम्पोस्ट भरते समय दो मुख्य बातों का ध्यान रखना आवश्यक है :

1. अच्छी खनिज खाद, 2. हवा का संचार एवं जल का निकास।

यदि आप गमले में ऑर्किड लगा रहे हैं तो गमले में प्रथम मिश्रण ईंटों के टुकड़े, पत्थर के टुकड़े, फिर कोयला 1:1:1 के अनुपात में भरना चाहिए। गमलों के लिए निम्न मिश्रण उपयुक्त पाया जाता है :

ईंटों के टुकड़े, लकड़ी के कोयले के टुकड़े, पीटमॉस या जैली, फर्न के रेशे, गोबर की सड़ी खाद, पीटमॉस व वर्मीक्यूलाइट (नम मैग्नीशियम सिलिकेट, लोहा, एल्यूमिनियम का मिश्रण)।

क्यारियों की मिट्टी

क्यारियों के लिए 1:1:1 के अनुपात में बालू, मिट्टी व सड़े गोबर की खाद उपयुक्त होगी।

पौधों की वृद्धि के समय ही अतिरिक्त खाद देनी उपयुक्त होगी। जल में घुलनशील खाद का छिड़काव अधिक लाभदायक होता है।

कार्बनिक खाद : कार्बनिक खाद (Organic Nutrition) ऑर्किड का प्राकृतिक भोजन है, किन्तु कभी-कभी पौधों की आवश्यकता का पता चलना संभव नहीं होता इसलिए कुछ कार्बनिक खाद मछली व समुद्री काई से बनी बाजार में मिलती हैं, जो ऑर्किड के पौधों के लिए उपयुक्त पाई जाती है।

अकार्बनिक खाद : इसके आवश्यक तत्त्व नाइट्रोजन 2% N, 0.2% से 0.5% P&K (फास्फोरस व पोटाश) साधारणतया पुष्प पर नियंत्रण रखते हैं। इनको 1.5 पी.पी.मि.लि. 15 दिन में एक बार पुष्पन के पूर्व छिड़काव करना चाहिए।

सिंचाई व जल की गुणवत्ता

ऑर्किड की सफलता के लिए अच्छे जल के निकास का होना परम आवश्यक है। साधारणतया डिआयोनाइज्ड डिस्टिल जल या वर्षा का जल उपयुक्त होता है। सिंचाई का मापदंड वातावरण में नमी व कॉम्पोस्ट के मिश्रण पर निर्भर करता है। अतः वातावरण में यदि नमी कम है तो गमले में कॉम्पोस्ट में नमी का होना आवश्यक है। एपीफाईटस के लिए कभी-कभी सूखा लाभकर होता है। प्रतिदिन सिंचाई नहीं करनी चाहिए। अधिक सूख जाने पर गमलों को पानी में डुबाया भी जा सकता है।

संवर्धन पद्धतियां

विभिन्न प्रकार की जलवायु, पर्यावरण परिस्थितियों में ऑर्किड को उगाया जा सकता है। स्थलीय ऑर्किड अधिकतर शीतोष्ण जलवायु में ही पाए जाते हैं। प्रकृति में ऑर्किड पेड़ों, चट्टानों, हरे घास के मैदानों या दलदली मैदानों में भी उगते हुए पाए जाते हैं। स्थलीय ऑर्किड की पैदावार जमीन पर होती है एवं इन्हें अन्य पौधों की तरह ही सामान्य पानी की मात्रा की आवश्यकता होती है और भोजन भी उनकी मांसल जड़ों से प्राप्त होता रहता है। सिक्किम में सिम्बीडियम ऑर्किड इस प्रकार की खेती के लिए सबसे उत्तम है। किन्तु व्यावसायिक खेती के लिए नियंत्रित संरचनाओं का प्रयोग करके फसल

को जलवायु कारकों, जैसे—तापमान, प्रकाश, आर्द्रता, हवा एवं भारी वर्षा आदि के दुष्प्रभावों से रक्षा की जा सकती है। इसके लिए स्थानीय परिस्थितियों के अनुसार पौध घर या सुरक्षात्मक संरचनाएं भिन्न-भिन्न प्रकार की हो सकती हैं।

प्रसारण

प्रकृति प्रदत्त ऑर्किड के सौंदर्य का प्रवर्धन अत्यन्त कठिन होता है। ऑर्किड में अधिक उत्पादन के लिए पौधों का प्रवर्धन शाखाओं के बंधन या कलमों द्वारा विकसित किया जाता है। परंतु इस विधि में प्रवर्धन की प्रक्रिया की गति काफी कम होती है। वर्तमान में व्यवसाय की दृष्टि से ऑर्किड का अधिक मात्रा में उत्पादन ऊतक (Tissue) संवर्धन की तकनीक से किया जाता है।

इससे मूल पौधा भी सुरक्षित रहता है एवं ऊतक संवर्धन के द्वारा कम समय में ही अनेक पौधे उगाए जा सकते हैं। इन विधियों में अलग-अलग प्रजातियों के लिए भिन्न-भिन्न माध्यमों का प्रयोग किया जाता है। क्रडसन "सी" माध्यम का

विभिन्न प्रकार के ऑर्किड

D. Waipahu Beauty
डी. वाईपाहु ब्यूटी

BLC. Toshie Aoki
बीएलसी. टोशी आओकी

EPLC. Maebly 'Emy'
इपीएलसी. मेबली 'एमी'

C. Pink Diamond
सी. पिंक डायमण्ड

BLC. Mara Kota Thai
बीएलसी मारा कोटा थाई

D. Kiyomi Beauty
डी. कियोम ब्यूटी

LC. Talana
एलसी. तलाना

प्रयोग सिम्बीडियम ऑर्किड के लिए किया जाता है। साधारणतया पत्तियों की ऊंचाई 8-15 मि.मि. हो जाए तब इनको माध्यम से निकाल कर नियंत्रित संरचनाओं के अंदर गमलों में लगा देते हैं, जिसमें प्रत्येक एक गमले में लगभग 100 पौधे लगाए जाते हैं। पूर्ण रूप से गमलों में स्थापित होने तक इनकी सुचारु रूप से देखभाल करनी चाहिए। इसके पश्चात् छः माह या एक वर्ष बाद इन पौधों को लगभग 10 पौधे प्रति गमलों की दर से पौधे गमलों में स्थानांतरित कर दिया जाता है एवं छः माह पश्चात् यह पौधे अलग-अलग गमलों में लगाए जा सकते हैं। गमलों में प्रतिरोपित करने के पश्चात् हल्का पानी देना चाहिए, जब तक कि उसमें वृद्धि आरंभ न हो जाए।

ऑर्किड का पौधा कम सक्रिय या निष्क्रिय हो अथवा जब फूल आ रहे हों उस स्थिति में पौधे से खिलवाड़ नहीं करना चाहिए। पौध लगाने का सबसे उपयुक्त समय उनके पुष्पन के बाद का होता है। इसका विशेष रूप से ध्यान रखना चाहिए कि पौधा लगाने या फूल काटने वाले औजार जीवाणुहीन हों। स्थलीय ऑर्किड को साधारणतया भुरभुरी दोमट मिट्टी सारन्ध्र माध्यम जिसमें दोमट और पर्याप्त मात्रा में कार्बनिक पदार्थ (गोबर + पत्ती की खाद) बराबर मात्रा में मिले हों, रोपना चाहिए। सिम्बीडियम के लिए सरन्ध्र मिश्रण की आवश्यकता होती है जो दोमट मिट्टी, पेड़ के कटे टुकड़े, फर्न अथवा नारियल के रेशों को समान मात्रा में मिलाकर बनाया जाता है।

सफाई एवं देख-रेख

यह आवश्यक है कि हम ऑर्किड के पौधों की सफाई पर पूर्ण रूप से ध्यान दें। हमें लकड़ी, टहनी या गमलों, टोकरियों आदि की स्वच्छता पर भी ध्यान देना आवश्यक है। किसी पौधे पर फफूंदी तो नहीं लग रही, इसका भी हमें ध्यान देते रहना चाहिए। पौधे के अस्वस्थ भाग को तुरंत काट देना चाहिए। पीली पड़ गई, सूखी व रोगी पत्तियों को तुरंत काट देना चाहिए। पौधों की वृद्धि के समय उनके पोषण व पानी का विशेष रूप से ध्यान रखना चाहिए। इसका भी ध्यान रखना चाहिए कि सुप्तावस्था में पानी की अधिकता न हो जाए। हमें बाहर से ऑर्किड के पौधे सुप्तावस्था में ही मंगाने चाहिए। नये पौधों को स्पंज के द्वारा साफ करके कुछ दिनों तक ठंडे स्थान पर रखकर तत्पश्चात् इन्हें छोटे गमलों में प्रतिरोपित करना चाहिए।

रोग

बीमारियों को दूर रखने के लिए यह आवश्यक है कि हम पौध घर की सफाई तथा उचित देखभाल और उपयुक्त संवर्धन विधियों द्वारा इन्हें स्वस्थ रखें। थ्रिप्स, माइट, स्केल कीट, हरी मक्खी, मीलीबग और एफिड ऑर्किड पौधों के लिए हानिकारक हैं। ऑर्किड में मिट्टी से भी समस्याएं आती हैं, अतः इनके माध्यम को जीवाणुरहित कर लेना चाहिए। कीटों की रोकथाम के लिए पैराथिआन या मैलाथिआन कीटनाशकों का प्रयोग करना लाभदायक होता है। फफूंदी से उत्पन्न रोग जैसे ब्लैक रॉट, सूटी-मोल्ड, हई रॉट, लीफ स्पॉट या लीफ ब्लाइट आदि ऑर्किड पौधों को मुख्य रूप से हानि पहुंचाते हैं। इन पर नियंत्रण करने के लिए कॉपर फफूंदीनाशक या व्यापक प्रभाव वाले फफूंदीनाशकों का प्रयोग करना चाहिए।

व्यापारिक रूप से महत्त्वपूर्ण होने के कारण इसकी अनेक जातियों को घरेलू बाग-बगीचों में उगाने के साथ-साथ अनेक स्थानों पर ऑर्किड फार्म स्थापित किए गए हैं। ये देश की मांग की आपूर्ति करने के पश्चात् आज दुबई, कुवैत के साथ-साथ इंग्लैंड, इटली, जर्मनी, जापान, अमेरिका एवं नीदरलैंड जैसे पारंपरिक उत्पादकों की मांग भी पूरी करने में समर्थ हैं। भारत में ऑर्किड के निर्यात का भविष्य अत्यन्त उज्ज्वल है।

जरबेरा

जरबेरा के सितारों की भांति रंग-बिरंगे सुंदर व मनमोहक पुष्पों को देख भला कौन आकर्षित न होगा? जितने रंगों की विविधता इस पुष्प में पाई जाती है, अन्य किसी पुष्प में नहीं पाई जाती। जरबेरा के पुष्प लाल, गुलाबी, पीले, सफेद, केसरिया, हल्का पीला, टेराकोटा, मैरून आदि अनेक रंगों व शेड्स में होते हैं। इसके पुष्पों में लगभग 350 रंग व शेड्स उपलब्ध हैं, जिनकी पंखुड़ियों की कतार एक या एक से अधिक पाई जाती है।

जरबेरा

जर्मन प्रकृतिविज्ञ ट्राउगाट जरबर के सम्मान में इस पुष्प का जरबेरा नाम पड़ा। जरबेरा के अन्य नाम ट्रांसवाल 92 और बारबरटॉन डेजी (Transvaal 92 & Barberton Daisy) हैं। जरबेरा कम्पोजिटी कुल का एक अत्यंत लोकप्रिय पौधा है। यद्यपि इसका जन्म स्थान साउथ अफ्रीका है, किन्तु विश्व के सभी उन्नत देशों में यह पौधा उपलब्ध है। निर्यात की दृष्टि से विश्व के 10 उत्तम पुष्पों में जरबेरा की हाईब्रिड वैरायटी भी सम्मिलित है। व्यापारिक दृष्टिकोण से यह एक बहुत ही सक्षम पौधा है। पुष्पविन्यास के लिए तो यह आदर्श पौधा है, क्योंकि सुंदरता के साथ-साथ पुष्पविन्यास में लंबी अवधि अर्थात् 7 दिन तक इसके पुष्प तरोताजा रहकर किसी भी स्थान के सौंदर्य को द्विगुणित व जीवंत रखते हैं। इन पुष्पों के डंठल को अधिक समय तक गहरे पानी में छोड़ दिया जाए तो ये कमजोर हो जाते हैं। इस कारण पुष्प-विन्यास करते समय पुष्प-विन्यास के पात्र में 2"-3" पानी भरना ही पर्याप्त होगा। जब जरबेरा पुष्प के बाह्य दलपुंज खिलने लगें तब इन फूलों को तोड़ना चाहिए। इनके कोमल फूलों को सीधे रखना चाहिए, झुकाकर नहीं।

यह एक बहुवर्षीय, किन्तु तृणीय पौधा है जो गुच्छों में उगता है। जरबेरा पौधे की ऊंचाई लगभग 30-45 से॰मी॰ तक बढ़ती है एवं पौधा 30 से॰मी॰ तक फैलता है। सदाबहार रहने के साथ-साथ वर्षों तक यह सुंदर पुष्प अपनी पत्तियों सहित आपकी उद्यान की शोभा व हरियाली बनाए रखता है। इसके पुष्प इकहरे व दोहरे दोनों प्रकार के होते हैं। जरबेरा पुष्प की कोमल टहनियों पर पत्तियां नहीं होतीं, किन्तु रोएं अधिक होते हैं। इसकी पत्तियां नीचे की ओर झुकी रहती हैं एवं पुष्प ऊपर लंबी शाखाओं में खिलते हैं। जरबेरा पुष्प खुले स्थान व प्रातः सूर्य के प्रकाश में अच्छा चलता है। अधिक तेज धूप इसके लिए उपयुक्त नहीं क्योंकि अधिक धूप में फूल शीघ्र मुरझा जाते हैं एवं पत्तियां भी झुलस जाती हैं। इसके लिए 8 घंटे की धूप एवं 17 डिग्री तापमान बड़े महत्त्व का है। जब तापमान 25 डिग्री से ऊपर हो जाता है तो इसके पुष्प अच्छे नहीं होते।

मिट्टी का मिश्रण एवं उर्वरक

भारत में यह वर्षाऋतु में सरलता से लगाया जा सकता है। गमलों में पत्तियों की खाद, बालू, सड़ी हुई गोबर की खाद तथा दोमट मटियार मिट्टी का मिश्रण 1:1:1 के अनुपात में भरते हैं। उत्तम उपज के लिए जरबेरा को फास्फोरस व पोटाश की अत्यधिक आवश्यकता होती है। 60 ग्राम प्रति वर्ग मीटर के हिसाब से अमोनियम सल्फेट 2 भाग, तथा सिंगल सुपर फोस्फेट

एक भाग मिलाकर दिया जाए तो अच्छे परिणाम आते हैं। इसके पश्चात् प्रतिमाह केवल नाइट्रोजन वाली खाद देनी पर्याप्त होती है।

रोपण

जरबेरा के पौधों को लंबी, आयताकार, चौरस क्यारियों, बॉर्डर, गमलों व रोक गार्डन (शैल उद्यान) में लगाया जा सकता है। गमलों में लगाने के लिए यह एक अत्यंत सुंदर पौधा है। वे गमले जो 25 से 30 से.मी. आकार के होते हैं इनके लिए उपयुक्त हैं। यदि इन्हें गमलों में लगा रहे हैं तो इनकी देखभाल भली-भांति करनी होगी। गमलों में लगाने के पश्चात् तुरंत पानी देते हैं। जरबेरा के गमलों में पानी का निकास सुचारु रूप से होना चाहिए अन्यथा इनका विकास उचित रूप से नहीं होता। यदि इनकी पत्तियां पीली दिखाई दें, तो इनको गमलों से निकाल कर गमले की खाद को पलट कर पुनः लगाना चाहिए, क्योंकि गमलों की तली में पानी रुकने की संभावना हो सकती है।

पौधा लगाने के पश्चात् पुष्प 30-45 दिनों में खिलना आरंभ हो कर सबका मन मोह लेते हैं। समय पर निराई-गुड़ाई व खाद देकर इनसे लंबी अवधि तक फूल लिए जा सकते हैं। इस पुष्प की बहार फरवरी से अप्रैल माह तक देखते ही बनती है। यदि उचित रूप से इसकी देखभाल की जाए तो एक-एक पौधे में दस-दस तक फूल खिलकर उद्यान की शोभा बढ़ाने में अपना अद्भुत योगदान दे सकते हैं। जरबेरा के पौधे को एक स्थान पर लगा देने पर यह कई वर्षों तक पृथ्वी की कोख में (जमीन के अंदर ही अंदर) अपनी जड़ों तथा रूपांतरित तनों को बढ़ाता रहता है।

प्रसारण

जरबेरा के पूर्ण विकसित पौधों को क्यारी या गमलों में से निकालकर जड़ व तने को विभाजित कर नए पौधे तैयार किए जा सकते हैं। पौधा 2 या 3 वर्ष में पूर्ण विकसित हो जाता है। पौधा निकालते समय यह ध्यान रखना आवश्यक है कि विभाजन करते समय पत्तियों पर अधिक दबाव न पड़े अन्यथा एक-एक करके सारी पत्तियां गिर जाएंगी और पौधा सुचारु रूप से पनपेगा नहीं।

रोग

जरबेरा के डंठल एवं मूल जड़ में सड़न रोग लगता है जिससे संपूर्ण पौधा सड़ जाता है। यह एक मृदाजनित रोग है, जिससे पौधे सड़ जाते हैं। चूर्णी फफूंद तथा पत्तियों में धब्बे पैदा करने वाले रोग भी पाए जाते हैं। इन सभी को प्रति पखवाड़े 0.2 प्रतिशत, थाइराइड, कैप्टान या वेविस्टिन 0.1% के घोल या डायथेन एम. 45 के घोल के छिड़काव से काबू पाया जा सकता है।

आज के वैज्ञानिक युग में जरबेरा के पुष्प को प्रयोगशाला में टिश्यूकल्चर की तकनीक से सरलता से बढ़ाया जा सकता है। प्रयोगशाला में तैयार पौधे रोग रहित, कम व्यय में तैयार किए जा सकते हैं। यहां अल्प समय में ही लाखों की संख्या में पुष्पों का उत्पादन किया जा सकता है। व्यावसायिक दृष्टि से भी देखें तो जरबेरा का पुष्प अत्यंत लाभदायक है। इसी कारण इसका व्यावसायिक उत्पादन हॉलैंड, इज़राइल एवं भारत में हो रहा है। भारत में इसकी खेती कर्नाटक, महाराष्ट्र एवं आंध्र प्रदेश में बहुतायत में सफलतापूर्वक हो रही है, क्योंकि वहां की जलवायु इस पुष्प के लिए अनुकूल है। यदि इसकी खेती वैज्ञानिक ढंग से की जाए तो यह गुलाब, कारनेशन, गुलदाऊदी, ग्लैडिओलस, ऑर्किड, ट्यूलिप, ऐंथुरियम जैसे अन्तर्राष्ट्रीय कटे फूल (कर्तन पुष्पों) से किसी प्रकार भी कम स्तर का नहीं होगा वरन् भारत इस पुष्प के लिए स्वर्ग साबित होगा।

ऐंथुरियम

ऐंथुरियम अपने अद्‌भुत सौंदर्य एवं आकर्षक रंगों के लिए अत्यंत लोकप्रिय है। ऐंथुरियम अरबी कुल का सदाबहार पौधा है, इसलिए इन सभी पौधों को एरायड्स कहा जाता है। इसे अंग्रेजी में ''टेल फ्लावर'' भी कहते हैं, क्योंकि ऐंथुरियम ग्रीक भाषा के ''ऐंथस'' (फूल) तथा ''अउरा'' (पूंछ) शब्दों से बना है। इसके सुंदर रंगों के कारण ''पेन्टर्स पेलेट'' एवं फूल के आकार के कारण इसे फ्लैमिंगो प्लांट भी कहते हैं। ऐंथुरियम फूलों के काटने के पश्चात् अन्य पुष्पों की अपेक्षा अधिक समय तक ताजा रहने की क्षमता रखता है। पुष्पविन्यास के लिए यह पुष्प अत्यंत महत्त्वपूर्ण है। आर्थिक दृष्टि से यह एक अत्यंत उपयोगी पौधा है। इनके फूलों की मांग देश व विदेश दोनों में है।

ऐंथुरियम

विवरण

ऐंथुरियम की लगभग 500-600 प्रजातियों में से आर्थिक रूप से दो प्रजातियां अत्यंत महत्त्वपूर्ण हैं। ऐंथुरियम शेरजेरियानम जो ग्वाटेमाला व कोस्टारिका के मूलक हैं। इसके स्पेथ का रंग सफेद व पीला व गुलाबी से गहरा लाल तथा स्पेडिक्स ऐंठा हुआ व सफेद, पीला, संतरी या लाल होता है। अन्य प्रजाति हैं–ऐंड्रियानम, जो मूलतः कोलंबिया की है। इसके स्पेथ का रंग संतरी या गहरा लाल तथा स्पैडिक्स का रंग हलका पीला सफेद होता है। ऐंथुरियम दो प्रकार के होते हैं–सुंदर फूल वाले तथा सुंदर पत्तियों वाले। इनके स्पेथ का रूप हृदयाकार जैसा होकर लंबी पूंछ के रूप में बदल जाता है।

जलवायु

ऐंथुरियम की सम एवं नम तापमान पर ही अच्छी वृद्धि होती है। अतः यह आवश्यक है कि ऐंथुरियम की उन्नत उपज के लिए, यह जहां भी उगाया जाए वहां का तापमान सम हो। इसके चहुं ओर आर्द्रता का एक स्तर बना रहना चाहिए एवं इसका विशेष रूप से ध्यान रखना होगा कि तापमान 16° से.ग्रे. से कभी भी कम न हो। अच्छी वृद्धि एवं विकास के लिए 18° से 20° से.ग्रे. तथा पुष्प लगाने के लिए 21° से 25° से.ग्रे. का तापमान बहुत ही उपयुक्त होता है। पौधों की बाढ़ के लिए अर्धछाया अत्यंत उपयुक्त है। सीधे सूर्य के प्रकाश से इसकी पत्तियां झुलस जाती हैं। पौधों की बाढ़ एवं पुष्पों का विकास उपयुक्त छाया पर निर्भर करता है। समान छाया के लिए नेटलॉन सबसे उपयुक्त है।

मिट्टी

पौधे की अच्छी बाढ़ के लिए मिट्टी का पी.एच. मान 6०7 यानी थोड़ा अम्लीय हो इसके लिए उपयुक्त है, साथ ही मिट्टी में वायु संचार अच्छा हो, पानी का निकास भी अच्छा होना चाहिए।

पौध लगाना

ऐंथुरियम ऊंची क्यारियों में अर्थात् जमीन से 30 से॰मी॰ ऊंची होनी चाहिए एवं दो क्यारियों के मध्य 50 से॰मी॰ का अंतर होना चाहिए। पौधों को 45 से॰मी॰ से 30 से॰मी॰ के अंतराल में लगाना उपयुक्त होगा। गमलों की सतह में दो परत गमले की टूटन भरना चाहिए। मिट्टी के मिश्रण को गमलों में भरने के पूर्व 2% कप्तान छिड़क कर छाया में सुखा लेना उपयुक्त होगा। पौध लगाने के पश्चात् अच्छी तरह पानी देना चाहिए।

ऐंथुरियम के लिए खाद व उर्वरक की मात्रा

पौध रोपण के लिए 1 भाग मोटी बालू +1 भाग पत्ती की खाद +1 भाग हड्डी का चूरा, 2 भाग गोबर की खाद तैयार करनी चाहिए। इस प्रकार तैयार खाद प्रति टोकरी मिश्रण (30 कि॰ग्राम) में 20-25 ग्राम जिंक सल्फेट तथा 10-15 ग्रा॰ फेरस सल्फेट मिलाएं। पौधों को 2-3 महीने के अंतर पर नीम की खली से तैयार तरल खाद से सिंचाई करनी चाहिए। एक वर्ग मीटर जमीन में 10 पौधे लगाए जाते हैं। सप्ताह में एक बार एन.पी.के. मिश्रण 20:20:30 या 17:17:17 के अनुपात में देना चाहिए।

प्रसारण एवं रोपण

वर्षा ऋतु के पश्चात् पौधे लगाने चाहिए। इसका प्रवर्धन कलम या लेयरिंग द्वारा भी किया जाता है। गमलों से पुराने पौधों के सर्कस निकालकर इनसे छोटे-छोटे पौधों को अलग करके नये पौधे बनाए जा सकते हैं। इन पौधों को खूब अच्छी एवं नई कॉम्पोस्ट में लगाकर इन्हें नम रखते हैं ताकि पौधे भली प्रकार लगान ले लें। इन्हें टिश्यू कल्चर से भी तैयार किया जाता है।

सिंचाई

ऐंथुरियम को अधिक पानी की आवश्यकता होती है, अतः इन्हें दिन में एक बार पानी अवश्य देना चाहिए। ग्रीष्म ऋतु में प्रातः एवं संध्याकाल दोनों समय पानी देना चाहिए।

ब्रेक्ट की कटाई

ब्रेक्ट को काटते समय इसका ध्यान रखना चाहिए कि फूल तभी काटें जब स्पेंथ का कोई तीन चौथाई भाग पूर्णतया विकसित हो जाए या जब स्पेडिक्स के एक चौथाई पुष्प विकसित हो गए हों। काटने के पश्चात् पुष्पों के कटे भाग को पानी में डाल देना चाहिए। यह व्यावसायिक रूप से एक अत्यंत सक्षम पौधा है। इसके पुष्पों को दूर भेजने में भी आसानी रहती है। हवाई जहाज से फूलों के निर्यात का 50 प्रतिशत भाग ऐंथुरियम द्वारा ही होता है।

रोग एवं उपचार

माइट, एफिड, मिली बग, सफेद मक्खी, स्केल थ्रिप्स, टिड्डे या झिल्लियां इन्हें नुकसान पहुंचाती हैं जिन्हें 0.2 प्रतिशत मैलाथियान, मेटासिस्टाक्स, रोगोर, मेटासिड-50, सुमिथियान आदि द्वारा काबू में कर सकते हैं।

निम्नलिखित औषधियों से पौधों पर छिड़काव करते रहने से बीमारियों से रोकथाम की जा सकती है :

1. कप्तान या कारवेन्डाजिम, एक मि.ली./प्रति लीटर पानी के घोल का माह में एक बार पौधों पर छिड़काव करना चाहिए।

2. 0.2 ग्रा॰ प्रति लि॰ स्ट्रेप्टोसाइक्लिन का छिड़काव माह में एक बार करते रहना चाहिए अथवा डाइकॉल डयूनेट, मॉनोक्रोटोफॉस और टेफेथियान को 1 मि॰लि॰ प्रति लि॰ की दर से पुराने पौधों पर माह में एक बार छिड़काव करना चाहिए। छोटे पौधों में रसायन की दर 0.5 मि॰लि॰ प्रति लि॰ प्रभावी होती है।

पॉली हाउस (ग्रीन हाउस)

मानव का मस्तिष्क निरंतर नई-नई खोजें करके प्रतिकूल परिस्थितियों को भी अनुकूल बना कर ही दम लेता है। दृढ़ संकल्प में वह शक्ति है, जो सफलता की सीढ़ी पर पहुंचा ही देती है। वनस्पति जगत में किस प्रकार से अत्यंत छोटा वट-बीज समय पाकर धीरे-धीरे विशाल वट-वृक्ष बन जाता है, जिसमें असंख्य पत्र-फल एवं जटा-जूट आदि प्रस्फुटित हो जाते हैं। एक सूक्ष्म बीज प्रस्फुटित, पुष्पित, पल्लवित एवं फलित होकर हमें अपनी प्रच्छन्न विशालता से आश्चर्यचकित कर देता है। किस प्रकार एक अमर जीव रूपी कोषाणु अपने मूल प्रतिष्ठान के गुण-दोष, स्वभाव, अंग-प्रत्यंग, प्रवृत्तियों, विषमताओं आदि का सन्तति में प्रवहन कर उसके कोषाणु को भी अमर कर देता है। है न आश्चर्य?

ग्रीन हाउस

मानव ने प्रकृति पर भी अपना यह प्रयोग किया। प्रकृति में बहुत से पौधे, फूल और सब्जियां अत्यंत कोमल होते हैं। वे अधिक गर्मी या अधिक सर्दी सहन नहीं कर पाते। हमारे देश की जलवायु में विभिन्नता है, जिसमें किसी विशेष फूल, फल और सब्जी आदि का पूरे वर्ष उत्पादन करना संभव नहीं होता, पर मन तो करता है कि हम सुंदर आकर्षक फूल, स्वास्थ्यवर्धक व स्वादिष्ट सब्जियों व फलों का आनंद वर्ष भर क्यों नहीं ले सकते? इसके लिए इन सबकी उपलब्धता वर्ष भर सुचारु रूप से बनाए रखने के लिए पॉली हाउस की तकनीक बहुत ही उपयोगी सिद्ध हुई है। यह एक ऐसी आधुनिक संरचना है, जिसमें पौधों के लिए आवश्यकतानुसार वातावरण को नियंत्रित किया जा सकता है। पॉली हाउस ऐसी संरचनाएं हैं जिनके उपयोग से सूर्य की अधिक से अधिक गर्मी प्राप्त करके या कृत्रिम रूप से इसके अंदर के तापमान व वातावरण को नियंत्रित करके पौधों को अनुकूल वातावरण उपलब्ध कराया जाता है, जिससे उनकी संतोषजनक वृद्धि होती है। यह सब कुछ खुले वातावरण में कदापि संभव नहीं है। पॉली हाउस में बेमौसमी फूल-फल, पौधे व सब्जियां सरलता से उगाकर आप इनका आनंद वर्ष भर ले सकते हैं।

उपयोगिता

अपने देश के उत्तरी भाग, जहां पारंपरिक खेती होती है एवं खेती के लिए कुछ ही महीने अनुकूल रहते हैं, वहां पॉली हाउस बना कर फसलोत्पादन किया जा सकता है। इसी प्रकार उत्तर-पूर्वी क्षेत्रों में जहां अधिक वर्षा होती है, वहां भी पॉली हाउस बनाकर विशेषकर फूल व सब्जियों का फसलोत्पादन वर्ष भर किया जा सकता है। इतना ही नहीं रेगिस्तान जैसे शुष्क क्षेत्रों में भी इस तकनीक द्वारा फल-सब्जी व फूलों का उत्पादन कर हम वहां भी हरीतिमा ला सकते हैं।

प्रारंभ में पॉली हाउस का उपयोग केवल ठंडी जलवायु वाले क्षेत्र तक ही सीमित था, किंतु अब तो अतिवृष्टि, रेतीले व गर्म प्रदेशों में भी इसका प्रयोग किया जाने लगा है। इसके परिणाम भी बहुत ही संतोषजनक मिले हैं।

भारतवर्ष में पॉली हाउस का प्रचलन अब बढ़ गया है, क्योंकि इसे बनाकर हम प्राकृतिक प्रकोप से बच सकते हैं। अधिक गर्मी, अधिक सर्दी, अधिक वर्षा, पाला अथवा ओलों से हम अपने पौधों का बचाव पॉली हाउस बनाकर कर सकते हैं।

पॉली हाउस

पॉली हाउस एक ऐसी संरचना है जिसमें सूर्य के प्रकाश, ताप व आर्द्रता पर कृत्रिम रूप से नियंत्रण कर पौधों के अनुकूल वातावरण उपलब्ध कराते हैं, जिससे उनकी संतोषजनक वृद्धि होती रहती है। बाहर के खुले वातावरण में ऐसा करना संभव नहीं होता। पॉली हाउस के अंदर पौधों व फसलों पर कीड़े-मकोड़ों की रोकथाम खुले वातावरण की अपेक्षा अधिक सरलता से की जा सकती है। पॉली हाउस की संरचना द्वारा वातावरण पर बेमौसमी फल, फूल व सब्जी सरलतापूर्वक पैदा की जा सकती है।

फूलों का वह आनंद जो हमें केवल शीतऋतु में ही मिलता है, वह भी हम पॉली हाउस में फूलों को अनुकूल वातावरण देकर उसके सौंदर्य का, उसके आकर्षण का आनंद उठा सकते हैं। इसी प्रकार पॉली हाउस में गुलाब, कार्नेशन, गुलदाऊदी, बिगोनिया, जरबेंरा एनथूरियम का उत्पादन वर्ष भर सफलतापूर्वक कर सकते हैं। इसके अतिरिक्त पॉली हाउस का उपयोग फूल व सब्जियों की गुणवत्ता युक्त स्वस्थ पौध-उत्पादन में भी बहुत लाभकारी है।

पॉली हाउस में फल, वृक्ष प्रवर्धन भी सफलतापूर्वक किया जा सकता है। स्ट्रॉबेरी, अंगूर, संतरा आदि फलों का उत्पादन भी संभव है।

इसके अतिरिक्त वातावरण के अनुकूल बीजों को उपलब्ध कराकर, उनकी मुख्य मौसम से एक-डेढ़ माह पूर्व खेतों में बुवाई कराके जन-जीवन को व किसानों को शीघ्र उत्पाद भेजे जा सकते हैं। पॉली हाउस में वर्ष भर सिर्फ उत्पादन ही संभव नहीं है, वरन् फसल की उत्पादकता सामान्य से कई गुना बढ़ाई भी जा सकती है। पॉली हाउस हमारे किसानों के लिए वरदान सिद्ध हो सकते हैं। यदि सरकार निर्माण की लागत में इनकी सहायता करे तो किसानों का भविष्य उज्ज्वल हो सकता है।

खीरे व टमाटर में लता रोहण के लिए उर्ध्वाधर लतारोहण विधि उपयुक्त है। खीरे में दो पर्वसंधियों के बाद प्रूनिंग करते हैं। टमाटर में पार्श्व शाखाओं को निकालते हुए एक मुख्य तना ही रखते हैं।

पॉली हाउस/ग्रीन हाउस की संरचना व आकार

1. **पॉली हाउस जो यांत्रिकी सिद्धांत पर आधारित होते हैं :** ग्रीष्म काल में पॉली हाउस के एक ओर छिद्रित पैड लगाए जाते हैं, जिनके ऊपर से पानी प्रवाहित कर गीला बनाए रखते हैं, व दूसरी ओर हवा को बाहर निकालने वाले पंखे लगाते हैं। इससे पॉली हाउस की हवा खिंचती है, इस कारण पैड द्वारा ठंडी हवा अंदर आती है और पॉली हाउस के अंदर का तापमान गिर जाता है। उपयुक्त आर्द्रता प्राप्त करने के लिए एक अलग उपकरण लगा रहता है। इसके अतिरिक्त पॉली हाउस के अंदर कार्बन डाइ-ऑक्साइड की मात्रा पर नियंत्रण रखने के लिए भी उपकरण लगे होते हैं। शीतकाल में पैड के स्थान पर हीटर भी लगाए जाते हैं तथा दूसरी ओर पंखे चलते हैं जिससे उपयुक्त तापक्रम उत्पन्न किया जा सकता है। पॉली हाउस में सूर्य के प्रकाश की तीव्रता को कम करने के लिए 50 प्रतिशत छाया का नेट प्रयोग किया जाता है। फसल को आवश्यकतानुसार पानी उपलब्ध कराने के लिए नियंत्रित ड्रिप, स्प्रिंकलर सिस्टम का भी प्रयोग कर सकते हैं।
2. **पॉली हाउस जो यांत्रिकी सिद्धांत पर आधारित नहीं होते :** जिन पॉली हाउसों में पैड, आर्द्र संयंत्र, हीटर व पंखे नहीं लगे होते, वह साधारण पॉली हाउस कहे जाते हैं। इनमें वातावरण पर नियंत्रण केवल सूर्य के प्रकाश तथा छिद्रित दीवारों द्वारा हवा के प्रवाह से ही किया जाता है।

ऐन्थूरियम का
अनोखा सौंदर्य
बगिया की बहार
एमाराईलिस

पॉली हाउस (पौधों की आश्रयस्थली)

आकार

यह मूलतः तीन प्रकार के आकारों में बनाए होते हैं, सीधा, खड़ा, आयताकार एवं चौकोर, परंतु आर्थिक दृष्टि से चौकोर या आयताकार ही उपयोगी होते हैं। इनकी ऊंचाई 4.5 मी॰ से 6.5 मी॰ तक रखी जाती है। छत अर्ध-गोलाकार ढलानदार बनाई जाती है, क्योंकि सीधी छत पर धूल व पत्तियां एकत्रित हो जाती हैं, जिससे सूर्य के प्रकाश में अवरोध उत्पन्न होता है। ढलानदार छत सूर्य के प्रकाश को अधिक आकर्षित करती है। सूर्य का प्रकाश जब छत पर समकोण होकर टकराता है तो अधिकतम प्रकाश पॉली हाउस में प्रवेश करता है।

संरचना व ढांचा

ढांचा बनाते समय तीन बातों का ध्यान रखना आवश्यक है। ढांचे के आकर्षक होने के साथ-साथ उसका टिकाऊपन व मजबूत होना परम आवश्यक है। ढांचे के लिए एल्यूमिनियम, गेल्वेनाइज़्ड लोहे का सरिया, पाइप, काष्ठ व बांस का उपयोग किसान अपनी आर्थिक दृष्टि के अनुरूप करता है। काष्ठ या बांस व्यवहार में लाने से पूर्व उसे एलड्रीन से उपचारित कर उसमें चूने का लेप लगा देना चाहिए, जिससे दीमक लगने का भय न हो।

उपरोक्त ढांचे को 200 माइक्रोन मोटी पॉलीथीन से ढका जाता है, ऐसा करने से पॉली हाउस के लिए समुचित सूर्य प्रकाश व ऊर्जा उपलब्ध होती है। पॉली हाउस में बाह्य दीवार छिद्रित पॉलीथीन या नेटलॉन की बनाते हैं, जिससे आवश्यकतानुसार प्राकृतिक रूप से हवा का प्रवाह हो सके व उचित तापमान भी रह सके। पॉली हाउस जो लंबी सुरंग के आकार के होते हैं, जिसमें लंबाई की एक ओर से अंदर जाने का दरवाजा होता है एवं दूसरी ओर खिड़कियां होती हैं, ऐसे पॉली हाउस शीतकाल के लिए अधिक उपयुक्त होते हैं, किंतु गर्मियों के लिए नहीं।

पॉली हाउस के निर्माण से पूर्व कुछ बातों का ध्यान रखना आवश्यक होता है, जैसे—आपको वहां क्या तैयार करना है? क्या पॉली हाउस वहां के अनुरूप है? क्या आपकी भविष्य की आवश्यकताओं की पूर्ति यहां संभव है? यदि आपको लंबे बढ़ने वाले पौधे तैयार करने हैं, तो गोल व दो ढाल वाले पॉली हाउस ठीक नहीं रहेंगे, क्योंकि इसमें ऊंचाई कम मिलेगी। इस कारण पॉली हाउस की संरचनाएं फसलों पर निर्धारित होती हैं। कई लोग पॉली हाउस में अंदर जाने के लिए मार्ग भी बनाते हैं, तो ऐसी स्थिति में पॉली हाउस की चौड़ाई बढ़ानी उचित होगी। यह आप पर निर्भर है कि आप अपना पॉली हाउस कैसा बनाना पसंद करते हैं।

सावधानियां

पॉली हाउस को बनाने से पूर्व प्रकाश की स्थिति व हवाओं के बहने की दिशा को ध्यान में रखें, क्योंकि हवा पृथ्वी पर पूर्व-पश्चिम दिशा में ही चलती है। पॉली हाउस को समतल ही बनाना लाभदायक होगा जिससे पानी की निकासी का प्रबंध ठीक से हो सकेगा। यह भी ध्यान देने योग्य बात है कि हम पॉली हाउस ऐसे स्थान पर बनाएं जहां बिजली व पानी का प्रबंध सरलता से हो सके एवं उनके अंदर रखे पेड़-पौधों की देखभाल भी सरलता से हो सके। सिंचाई के साथ-साथ आवश्यक पोषक तत्त्वों को पानी के साथ घोल कर ड्रिप इरिगेशन (टपक पद्धति) द्वारा करना चाहिए।

लाभ

पॉली हाउस में फसल उत्पादन लाभकारी के साथ-साथ उत्तम व अच्छी होती है। पॉली हाउस में आप नर्सरी तैयार करके पौधे को अच्छे मूल्यों पर बेच सकते हैं। फूलों व फलों का वृक्ष प्रवर्धन और उत्पाद करके भी उचित लाभ कमाया जा सकता है। पॉली हाउस तकनीक द्वारा उत्पन्न पौधों, फूलों, फलों व सब्जियों की गुणवत्ता उत्तम होती है, इसलिए विदेशों में जहां फूल नहीं रहते, इसकी विशेष रूप से मांग होती है। इस तरह हम विदेशों में फूलों का निर्यात कर विदेशी मुद्रा का भारत में आयात भी कर सकते हैं।

इसी प्रकार पॉली हाउस में सब्जियों का उत्पादन, विशेषकर बेमौसम सब्जियों का उत्पादन उत्तम व लाभकारी सिद्ध हुआ है। पॉली हाउस में सब्जियों की देखभाल भी सरलता से की जाती है। वातावरण के दुष्प्रभाव व प्रतिकूल प्रभावों से, जैसे–वर्षा, तापमान आदि, से इनकी रक्षा हो सकती है। इस कारण अच्छी व गुणवत्ता वाली सब्जियां प्राप्त होती हैं, साथ ही प्रतिकूल परिस्थिति होने के कारण पॉली हाउस में सब्जियों के तोड़ने का समय भी बढ़ाया जा सकता है।

फूलों, फलों व सब्जियों के बीज पॉलीथीन की थैलियों (10 से॰मी॰ × 6 से॰मी॰) में जल्दी बोकर हम इनकी उपज मौसम से पहले भी ले सकते हैं। माध्यम के लिए मिट्टी, कम्पोस्ट व बालू को बराबर-बराबर मात्रा में मिलाकर बीज बोने के पहले बीज को किसी रोग नाशक दवा जैसे कैल्कसिन, कैप्टन, वावस्टिन के 0% घोल से शोधन कर बोना चाहिए। बीज शोधन से बीज जनित रोग का भय कम रहता है।

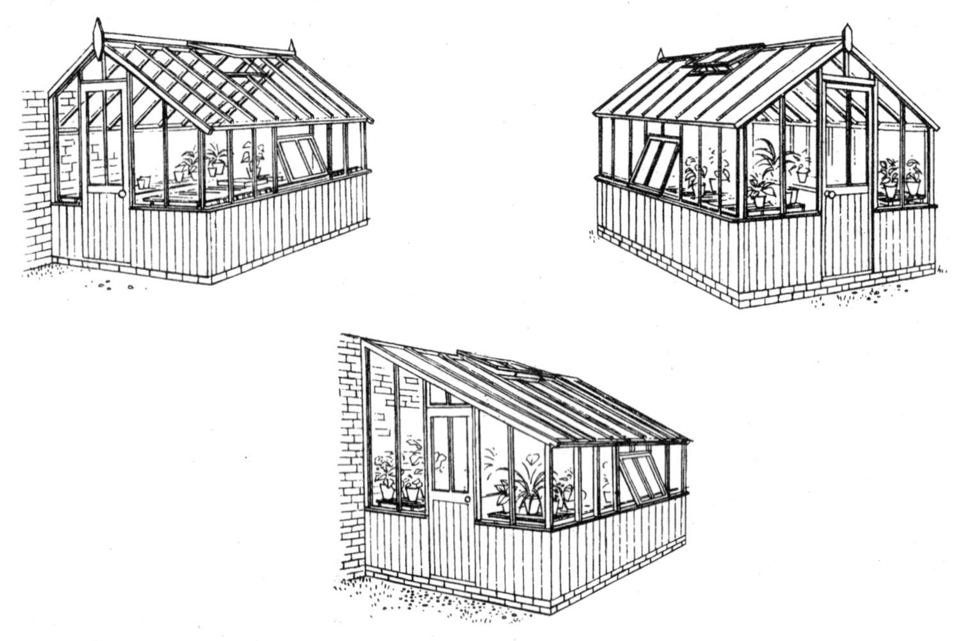

पॉली हाउस की आकृतियां

कीट व्याधियों का प्रकोप पॉली हाउस में न हो इसके लिए कुछ सावधानियां रखनी चाहिए, जैसे कि पॉली हाउस का द्वार सदैव बंद रखा जाए। कूलिंग पैड को एक प्लास्टिक की महीन जाली से ढक देना चाहिए जिससे कीटों का प्रवेश पॉली हाउस में न हो सके। नमी की अधिकता व तापमान के कम होने के कारण कुछ बीमारियों का व कीट पतंगों का आक्रमण पौधों पर होने की संभावना बनी रहती है। कुछ फूलों व सब्जियों की प्रजातियां ऐसी होती हैं जिनके बीजों को उगने में अधिक समय लगता है। विशेषकर शीतऋतु में बीज जमने का नाम ही नहीं लेते, किंतु यदि इन बीजों को हरित पॉली हाउस में बोया जाए तो इनका जमाव शत-प्रतिशत होता है और इनसे एक अच्छी व स्वस्थ पौध तैयार होती है। यहां पुष्पों की भी अनेक किस्में तैयार की जा सकती हैं, जिनका पुष्प शीघ्र व बड़े आकार का उपलब्ध होगा। हमें पुष्प-सज्जा के लिए भी पुष्प शीघ्र प्राप्त हो सकेंगे। एनथूरियम, डहेलिया, ग्लैडिओलस, एनीमोन, नरगिस, लिली, गुलदाऊदी, पेंजी, कारनेशन, जिरेनियम आदि और भी अन्य अनेक प्रकार के फूल पॉली हाउस में आसानी से तैयार किए जा सकते हैं। इसमें बोई गई सब्जी भी 2-3 हफ्ते पहले फल देना प्रारंभ कर देती है। इसमें अनेक प्रकार की सेम, चुकंदर, गाजर, खीरा, प्याज, टमाटर, ब्रोकली, ब्रुसेलस्प्राउटस, सलाद, धनिया, पोदीना, मटर, मूली, पालक तथा शलगम आदि सरलता से उगाए जा सकते हैं। पॉली हाउस में सब्जियों की खेती में प्रजाति का चयन भी अत्यंत महत्त्वपूर्ण होता है। टमाटर की खेती के लिए इंडिटरमिनेट प्रकार की

प्रजातियां जैसे–पूसा हाइब्रिड-2 एवं नवीन आदि श्रेष्ठ सिद्ध हुई हैं। खीरे की उत्तम गुणवत्ता व अधिक उपज के लिए बीज रहित एफ-1 संकर प्रजाति के बीज सर्वोत्तम होते हैं। इनके लिए प्वाइनसेट व प्रिया प्रजातियां उत्तम हैं। शिमला मिर्च के लिए कैलीफोर्निया वंडर व के.टी.-1 प्रजातियां उत्तम उत्पादन देती हैं।

शहरों में रहने वाले लोग, जो प्रकृति प्रेमी हैं, जिन्हें हरे-भरे पौधों व फूलों से प्यार है, जो प्रकृति के मध्य रहकर आनंद व मानसिक शांति पाने के इच्छुक हैं, वे इस प्रकार का सुविधाजनक छोटा-सा पॉलीथीन का पॉली हाउस अपने घरों के एक छोटे कोने या फिर छतों पर बनाकर बगीचे में रहने का आनंद ले सकते हैं। इस प्रकार हरे-भरे पौधे, फूल, फल एवं सब्जियां पॉली हाउस में उगाकर अपनी रुचि के अनुसार प्रसारण की तकनीक से अनेक प्रकार के पौधे भी तैयार कर सकते हैं। मानसिक संतुष्टि के साथ-साथ वे प्रकृति के सौंदर्यमय मनोरम रूप के साथ रहकर आनंदमय जीवन व्यतीत कर सकते हैं। आवश्यकता तो इस बात की है कि गांवों में रहने वाले किसान भाई इसे अपनाएं और इसमें अपनी रुचि दिखलाएं। इन तकनीकों के लाभ व आर्थिक महत्त्व को उन्हें समझाना होगा ताकि वे आगे आएं एवं देश के निर्माण में अपना सहयोग देकर विदेशों में निर्यात करके आर्थिक महत्त्व को भी समझें। इस कार्य में सरकार भी उन्हें आर्थिक सहयोग दे सकेगी।

कटाई-छंटाई और संधाई

कटाई, छंटाई और संधाई उद्यान के विशिष्ट कार्य हैं। पौधे की कटाई-छंटाई किसी निश्चित उद्देश्य से की जाती है। छंटाई व संधाई पौधों को सुंदर, सुडौल तथा आकर्षक बनाती है। प्रायः सभी पौधे समान गति से तथा समान अनुपात में नहीं बढ़ते हैं। यही कारण है कि इन कार्यों के लिए सामान्य नियम नहीं बनाए गए हैं। प्रत्येक पौधे में इन कार्यों के करने के लिए विशिष्ट विधि अपनानी पड़ती है। इन कार्यों को करने के लिए एक विशेष मौसम भी निर्धारित करना पड़ता है। कटाई-छंटाई किसी पौधे के आकार-प्रकार व स्वरूप को नियंत्रित करती है और उसे एक विशेष दिशा में बढ़ने के लिए प्रोत्साहित करती है। पौधों को एक निश्चित आकार-प्रकार देकर उसे प्राकृतिक रूप से बढ़ने दिया जाता है। इससे पौधों की सुंदरता बढ़ती है। इस तरह पौधे की अनावश्यक शाखाओं को अलग कर दिया जाता है।

कटाई-छंटाई के उद्देश्य

1. वांछित स्वरूप या आकार प्रदान करने के लिए उन सभी वर्धनशील भागों को काट देते हैं जो उनकी आकृति बिगाड़ते हैं। कुछ पेड़ बिना शाखाएं दिए सीधे बढ़ते जाते हैं। ऐसे पेड़ों को ऊपर से काट देना चाहिए। ऐसा करने से नीचे से अनेक शाखाएं निकलने लगती हैं। इसी प्रकार कुछ पेड़ों में नीचे से ही अनेक शाखाएं निकलने लगती हैं। यदि ये शाखाएं सुविधानुसार उचित हैं तो इन्हें रखते हैं अन्यथा इन्हें भी छांट देते हैं और वृक्ष की आकृति को निश्चित रूप देते हैं। कर्तन के समय यह ध्यान रखना आवश्यक होता है कि पेड़ की विशिष्ट शाखाएं कितनी हों जिससे पेड़ की वृद्धि सुचारु रूप से हो एवं अधिक फल आने पर वजन आदि के कारण पेड़ टूट या फट न सके। इस प्रकार कर्तन क्रिया से पौधों की समुचित वृद्धि होती है एवं उनका जीवन काल भी बढ़ जाता है।

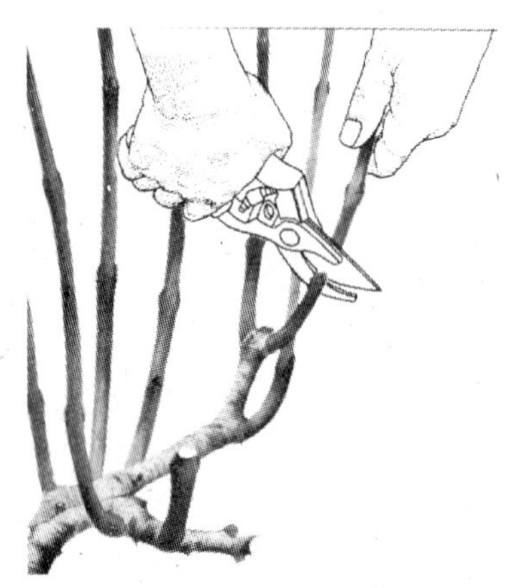

कटाई-छंटाई

2. **रोग तथा कीट व्याधियों का निवारण :** जिन वृक्षों की पत्तियों तथा शाखाओं में रोग और कीड़े लग जाते हैं या वह अधिक पुरानी हो जाती हैं, उनको काटकर अलग कर देना चाहिए जिससे उनके स्थान पर नई शाखाएं निकलना आरंभ हों। इससे पौधे सुदृढ़ हो जाते हैं एवं पौधों की वृद्धि अच्छी होती है।
3. व्यर्थ की घनी, पतली एवं कमजोर शाखाओं को काट देना चाहिए जिससे पेड़ की वृद्धि तीव्र हो तथा पेड़ में प्रकाश सफलतापूर्वक जा सके।
4. पौधों की वृद्धि पर नियंत्रण रखना चाहिए ताकि फूल अधिक संख्या में आएं, वे बड़े आकार के हों तथा अच्छे गुण वाले भी हों।
5. कुछ पेड़ों की शाखाएं पृथ्वी के समानांतर लंबाकार बढ़ती हैं, इस कारण एक पेड़ से दूसरे पेड़ की दूरी काफी रखनी पड़ती है। इसके अतिरिक्त कुछ पेड़ों की शाखाएं सीधी जाती हैं और उसके चारों ओर भी छोटी-छोटी शाखाएं फैलती हुई बढ़ती हैं। ये पेड़ मजबूत तो होते हैं किंतु बगीचे के दृष्टिकोण से इनसे नुकसान भी होता है। अधिकतर ये पेड़

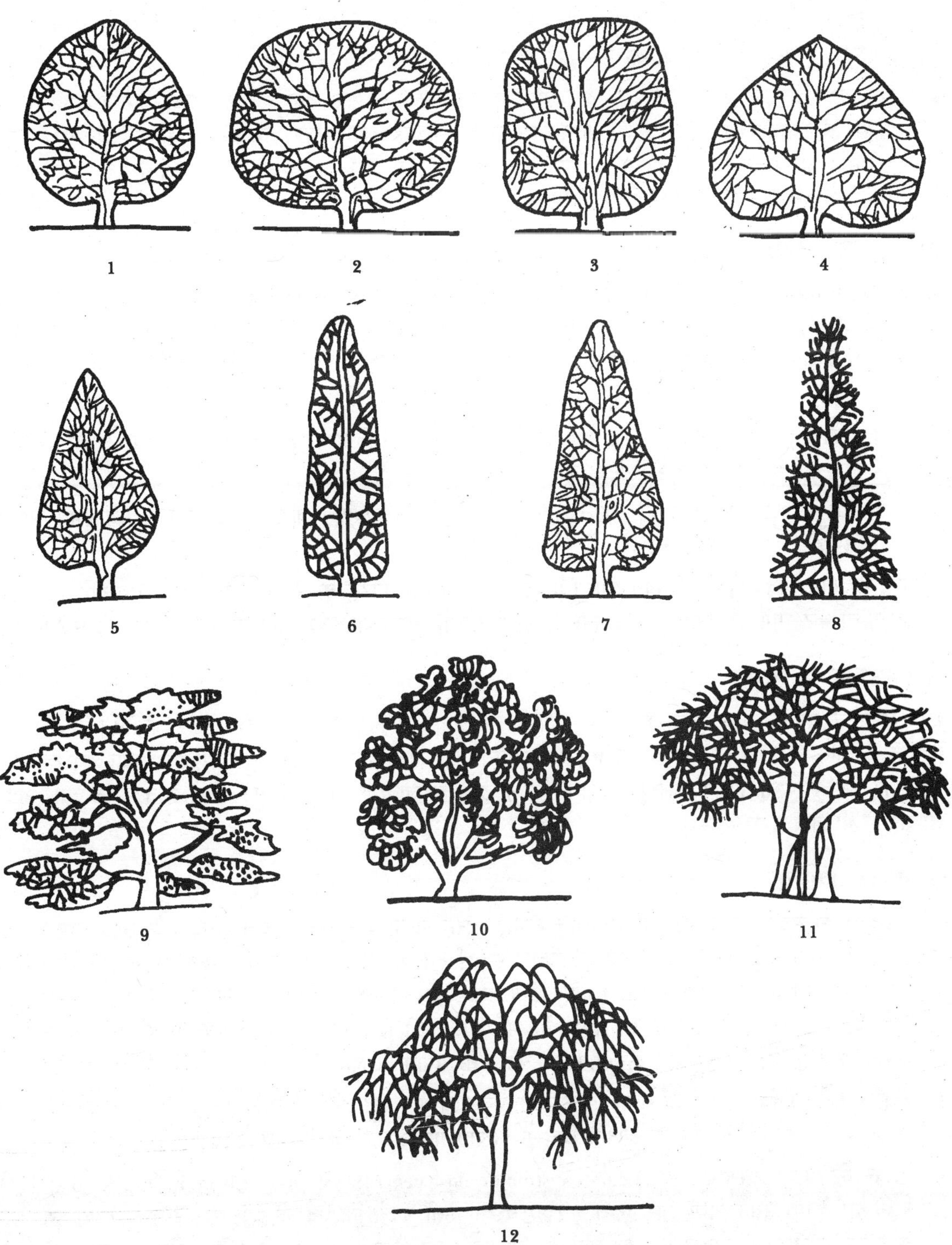

विभिन्न आकार वाले वृक्ष : 1. गोल, 2. चौड़ा, 3. वर्गाकार, 4. फैलावदार, 5. शंक्वाकार, 6. स्तंभाकार, 7. शुंडाकार (tapering), 8. तीरनुमा, 9. धरातल के समानान्तर शाखाओं वाला, 10. व्यावर्तित (contorted), 11. बहुतनी (multitrunk) तथा 12. लटकती शाखाओं वाला

लंबे हो जाते हैं इस कारण काट-छांट जरूरी है, क्योंकि फल तोड़ने में, कीटनाशक आदि छिड़कने पर परेशानी होती है। अतः समय-समय पर पौधों की वृद्धि को काट-छांट से नियंत्रित करना चाहिए।

6. पौधों को सांधने का एक उद्देश्य यह भी रहता है कि पौधे के मध्य भाग तक अधिक प्रकाश और वायु का संचरण हो और सूर्य के प्रकाश में पत्तियों की अधिकतम सतह खुली रहे। पौधे प्रकाश व वायु का भरपूर उपयोग कर सकें जिससे वे अधिक सुदृढ़ व ओजवान हो जाएं। कर्तन क्रिया से पौधे की प्रमुख शाखाओं पर फूल उत्पन्न करने वाले अंगों में समान वितरण को बढ़ावा मिलता है।

कटाई, छंटाई तथा संधाई से संबंधित कुछ विशेष बातें

1. कटाई (Pruning) बिल्कुल साफ होनी आवश्यक है। इस कार्य के लिए प्रयुक्त चाकू अथवा सिकेटियर (पौधों को काटने वाली कैंची) का तेज धार का होना परम आवश्यक है, अन्यथा काट के साफ न होने पर घाव हो जाता है जिसे भरने में अधिक समय लगता है, इससे बढ़वार धीमी हो जाती है एवं रोगों व कीटों के आक्रमण की संभावना भी बढ़ जाती है।
2. कटाई सही ढंग से होनी चाहिए अर्थात् यही काट थोड़ी तिरछी, 45 डिग्री के कोण पर होनी चाहिए। शाखा को कली से 4 से 6 मि॰मी॰ की ऊंचाई से काटना लाभदायक है।
3. स्मरण रहे कि मुख्य शाखाओं को काटते समय ठूंठ नहीं छोड़ने चाहिए। शाखाओं को तनों से यथासंभव अधिक समानांतर ही काटना उचित होगा।
4. कटे हुए भाग को किसी भी उपयुक्त रोग-रोधी पदार्थ से ढक देना चाहिए जैसे रेडलेड ऑक्साईड। ऐसा यदि नहीं किया जाता तो कटे भाग पर रिसाव होने लगता है जिससे कवक जनित रोगों के आक्रमण की संभावना हो सकती है।

कटाई-छंटाई के लाभ

कटाई-छंटाई के पश्चात् पौधा सुंदर लगने लगता है। इससे उसका आकार संतुलित रहता है और अवांछित विकास नहीं हो पाता। क्योंकि पौधे की अनावश्यक शाखाएं एवं टहनियां कट जाती हैं, अतः पौधे का लाभप्रद भाग ही शेष रह जाता है। कटाई करने से पौधा अधिक फल-फूल देता है एवं सुदृढ़ भी हो जाता है। फल भी मोटे व बड़े आते हैं एवं दवाई आदि छिड़कने में भी सुविधा रहती है।

कृन्तन की विधियां

1. यह पौधे को सुंदर व आकर्षक बनाने वाली कटाई है। इसमें पौधा काटने के पश्चात् फूलदान के सदृश दिखाई देता है। इसमें पहले पौधे के मुख्य तने को अनिश्चित ऊंचाई तक बढ़ने दिया जाता है तत्पश्चात् लगभग 2 मीटर की ऊंचाई पर ऊपर से काट दिया जाता है। सफाई के लिए भूमि से लगभग एक मीटर की ऊंचाई पर आस-पास की 3-4 मुख्य शाखाओं को लगभग 25 से॰मी॰ के अंतर पर बढ़ने दिया जाता है। सुंदर व आकर्षक बनाने के लिए कटाई-छंटाई करते रहने पर पौधे का आकार फूलदान के समान हो जाता है।
2. **संयुक्त केंद्रीय विधि :** इस विधि से कटाई करने के पूर्व पौधे के प्रमुख तनों को बढ़ने देते हैं। फिर इसकी इस प्रकार से कटाई की जाती है कि उसका आकार चित्र में दिखाए गए आकार के अनुसार बन जाए।
3. **परिवृत्त केंद्रीय या अग्रणीय विधि (Leader system or close central system) :** अग्रणीय विधि से प्रमुख तनों को बढ़ने देते हैं एवं उसके चारों ओर दूसरी शाखाएं बढ़ती रहती हैं जो कि एक हीं आधार से निकलती हैं। इस तरह के वृक्ष सीधे झाड़ी के आकार में बढ़ते जाते हैं। इस प्रकार की वृद्धि के कारण वृक्ष अधिक लंबे तथा सघन हो जाते हैं। इस विधि से वृक्ष का तना अधिक सुदृढ़ हो जाता है। फलों के वृक्षों पर सूर्य का प्रकाश सुचारु रूप से पड़ता रहे तो उन फलों में चमक आती है। इस विधि से सूर्य का प्रकाश वृक्षों में भली प्रकार पड़ता है।

कटाई-छंटाई तथा संधाई का उपयुक्त समय

संधाई का कार्य अधिकांश पौधों की वृद्धि की प्रारंभिक अवस्था में ही करना चाहिए। रोगी एवं सूखी शाखाओं को तो तुरंत आधार से ही काट देना उचित होता है। टेढ़ी-मेढ़ी (अनियमित) शाखाओं को भी काट देना चाहिए, क्योंकि ये पौधे के आकार को बिगाड़ती हैं। इनको हटाने के लिए किसी उपयुक्त मौसम की प्रतीक्षा नहीं करनी चाहिए। कटाई-छंटाई का समय पुष्प खिलने के मौसम, शाखाओं की आयु, शाखाओं की वृद्धि दर जैसे कारकों पर निर्भर रहता है। संधाई का काम 1-2 वर्ष में पूरा कर लेना चाहिए। संधाई से तना भी साफ रहता है।

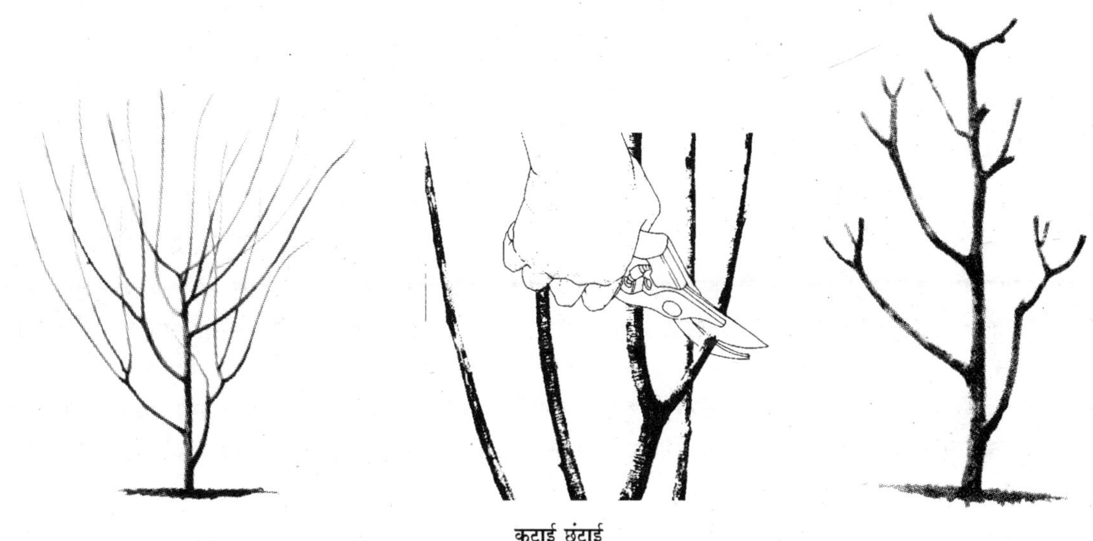

कटाई छंटाई

पर्णपाती झाड़ियां : जब पौधा सुषुप्तावस्था में रहता है तब पर्णपाती झाड़ियों की कटाई-छंटाई पत्तियां झड़ने के एक माह बाद कर देनी चाहिए। एक वर्ष पुरानी शाखाओं पर ही बसंतकालीन तथा ग्रीष्मकालीन पुष्प आते हैं, अतः पुष्प आने के पश्चात् मौसमों में फूलने वाले वृक्षों की कटाई-छंटाई कर देनी चाहिए जिससे भविष्य में पुष्पनकाल तक नई शाखाएं विकसित हो सकें। इसका ध्यान रखें कि वृद्धिकाल में छंटाई करना उचित नहीं होता। सर्वप्रथम रोगी व मृत शाखाओं को हटा देना चाहिए, तत्पश्चात् पतली एवं कमजोर शाखाओं को काट देना चाहिए। क्योंकि पुरानी शाखाओं की वृद्धि धीमी व कमजोर होती है, अतः उन्हें भी आधार से काट देना चाहिए।

झाड़ीदार पौधे : इस प्रकार के पौधे प्रति वर्ष भारी कटाई-छंटाई को सहन करने में सक्षम होते हैं। अतः ऐसे पौधों की कटाई-छंटाई वर्ष में 2-3 बार की जा सकती है, विशेषकर ऐसी झाड़ियां जो अधिक बढ़ती हों, की ऊंचाई का आधा एवं दूसरी बार में तीन चौथाई हिस्सा काट देना चाहिए। ऐसा करने से निचली शाखाओं को समान आकार दिया जा सकता है।

झाड़ीदार पौधों की छंटनी करनी आवश्यक है जैसे–पोइनसेटिया, सावनी, एल्कीफा, इक्ज़ोरा, पेंटास, मुसण्डा, हाईविस्कस, चांदनी आदि।

पोइनसेटिया की कटाई-छंटाई मार्च के आरंभ में 30 से 40 से॰मी॰ तक काट देनी चाहिए। 4 से 5 माह की अवधि में इनकी शाखाएं बढ़कर डेढ़-दो मीटर लंबी हो जाती हैं और यदि इसकी ऊंचाई कम रखनी हो तो जुलाई माह में पुनः इसकी कटाई-छंटाई की जा सकती है। एल्कीफा को वर्षाऋतु के पूर्व काटा जा सकता है। एरेंथिमम तथा ऐरेलिया की कटाई-छंटाई जून माह में करनी चाहिए। इक्ज़ोरा का पौधा भारी कांट-छांट सहन करने की क्षमता रखता है, अतः पुष्पन के पश्चात् हल्की कांट-छांट की जा सकती है। बौना प्रजाति के इक्ज़ोरा में पुष्पन के पश्चात् हल्की काट-छांट की जाती

है। पेंटास की सभी जातियों में बढ़वार तीव्र गति से होती है, अतः वर्षाऋतु में पौधे को 25-30 से॰मी॰ की ऊंचाई से काट देना चाहिए। वर्षाऋतु में बेलोपीरोन की भी काफी अधिक कटाई-छंटाई करना लाभदायक है। मुसण्डा की कोटामोसा तथा क्रम्बोसा जातियों में जाड़ों में पत्तियां झड़ने के बाद छंटाई की जाती है। हाईविस्कस म्यूटाविलिस में पुष्प के समाप्त होने के पश्चात् इन शाखाओं को एक मीटर की ऊंचाई से काट दिया जाता है। मेग्नोलिया में केवल सूखी व उलझी हुई शाखाओं को ही निकाला जाता है। जैसमिनम प्यूबैसन्स की बढ़वार सुंदर व सही रखने के लिए ग्रीष्मऋतु में पुष्प समाप्त होने पर कटाई-छंटाई की जानी चाहिए। जैसमिनम सैम्बैक को वर्षाऋतु के अंतिम दिनों में उस समय काटा-छांटा जाना चाहिए जब पौधों पर लगे अंतिम पुष्प हल्के पड़ने लगें।

वृक्ष : वृक्षों की तो सामान्य ढंग से ही कटाई-छंटाई होती है किंतु इनमें भी कुछ वृक्षों की भिन्न तरह से कटाई-छंटाई की जाती है। सर्वप्रथम हमें इस बात का विशेष रूप से ध्यान रखना आवश्यक है कि वृक्ष को किस उद्देश्य से उगाया जा रहा है। जैसे यदि वृक्ष आप सड़क के किनारे लगा रहे हों तो उन्हें भूमि की सतह से 3-4 मीटर की ऊंचाई तक शाखाओं से मुक्त रखना उपयुक्त होगा। बढ़वार के आरंभिक काल में वृक्षों को सुंदर रूप देना परम आवश्यक होता है। प्रथम वर्ष में तो केवल दो-तीन शाखाओं को ही विकसित होने देना चाहिए किंतु पांच वर्ष का हो जाने पर उसकी इस प्रकार कटाई-छंटाई करनी चाहिए जिससे उसका मध्य भाग खुला-खुला रहे और पौधा एक सुंदर व आकर्षक रूप धारण कर सके।

आरोही पौधे : आरोही पौधों का विभिन्न आकृति वाले ढांचे अथवा भिन्न-भिन्न प्रकार के खंभों पर चढ़ाने के लिए उपयोग किया जाता है। जिस प्रकार का ढांचा होता है, आरोही पौधों को उसी आकृति के अनुसार आरंभ से ही साधना पड़ता है। सुंदर आकार प्रदान करने के लिए ऐसे आरोही पौधों को समय-समय पर उनकी अवांछित शाखाओं को काटना-छांटना नितान्त आवश्यक होता है। समय-समय पर इसकी सफाई व सुंदर रूप देना उद्यान प्रेमी धैर्यपूर्वक करते हैं।

बिगोनिया वेनेस्टा : इसके पौधों की उनके पुष्पों के समाप्त होने पर छंटाई की जा सकती है, परंतु इसकी परप्यूरिया जाति की कटाई-छंटाई नहीं करनी चाहिए।

क्लेरोडेन्ड्रॉन स्प्लेडेन्स : इसके पौधे को वर्ष भर में कम-से-कम दो बार काटने-छांटने की आवश्यकता होती है।

बोगनवेलिया : बोगनवेलिया की सभी प्रजातियों की कटाई-छंटाई प्रति वर्ष मई माह में करना उचित होता है। बोगनवेलिया की आपस में उलझी हुई सभी पुष्पित रोगी एवं सूखी हुई शाखाओं को काट देना चाहिए। वर्ष में एक बार पौधों को 75 से॰मी॰ की ऊंचाई से काट देने से पौधों को नया जीवन मिल जाता है। गमलों के पौधों की भी नियमित सफाई होना आवश्यक है। क्लिमेंटिस पेनीकुलाटा को पत्तियां झड़ जाने पर जमीन की सतह के पास से काट देना चाहिए। जैस्मिनम की आपस में उलझी हुई एवं ऐसी शाखाओं को हटा देना चाहिए जिसमें फूल नहीं खिलते।

धनवर्जिया ग्रेंडिफ्लोरा : यह अधिक तेजी से बढ़ने वाला आरोही पौधा है, अतः वर्षा ऋतु से पूर्व इसकी काफी अधिक कटाई-छंटाई कर देनी चाहिए।

फलदायी वृक्ष की कटाई

फलदायी वृक्ष की अधिक कटाई नहीं करनी चाहिए, इससे टहनी के विकास और फल आने के बीच का संतुलन बिगड़ने की संभावना रहती है एवं फल भी 3-4 वर्ष विलंब से आते हैं, लेकिन फल टहनी का सदैव नवीनीकरण सुनिश्चित करने के लिए प्रत्येक वर्ष एक सीमा तक कटाई करना आवश्यक होता है। यह वृक्ष की फल आने के प्रकृति पर निर्भर करता है। सामान्यतया कटाई कम ही करनी चाहिए किंतु जब भी आप कटाई करें तो उसमें सभी मध्यवर्ती शाखाओं, निष्क्रिय टहनी एवं रोगी टहनियों को काट कर अलग कर दें। वृक्ष की कुछ जातियां ऐसी भी होती हैं कि यदि कई वर्ष तक उनकी कटाई न की गई हो तो वे प्रत्येक वर्ष फसल देते रहेंगे। अतः यह स्पष्ट है कि फल के आकार और गुणवत्ता को नियंत्रित करने के लिए नियमित कटाई से इच्छित परिणाम लिए जा सकते हैं। इसी प्रकार यदि किसी शाखा को कटाई किए बिना छोड़ दिया जाए, तो उस पर गुच्छों या समूह में अधिक फल विकसित होंगे, जिससे उनका विकास अवरुद्ध हो जाने से फल

आकार में छोटे हो जाते हैं। किंतु ठीक से काटी गई शाखाओं में सीमित फल आएंगे एवं वार्षिक विकास के साथ वृक्षों में फलों के आकार भी बड़े होंगे।

अपरिपक्व वृक्ष की कटाई

इनकी कटाई कम होनी चाहिए। यदि अपरिपक्व वृक्षों की कटाई अधिक हो जाती है तो वे लंबी अवधि के लिए गैर फलदायी व रोगों से ग्रसित हो सकते हैं। अधिक कटाई-छंटाई करने से फलों का विकास कम हो जाता है एवं फल आने के अवसर भी कम हो जाते हैं। इसका ध्यान रखना आवश्यक है कि फल आने की अवस्था में कटाई नहीं की जानी चाहिए।

पौधों का उपहार—उपहार के पौधे

उपहार लेने व देने के क्षण हमारे जीवन के अत्यंत मधुर क्षण होते हैं, जिनकी स्मृति हमारे मानस पटल पर सदैव के लिए अंकित रहती है। उपहार के रूप में अपनों का प्यार पाना व प्यार देना जीवन के लिए सुखद अनुभूतिपरक होता है और इसी के वशीभूत होकर हम सब अपने प्रियजनों को अपने प्यार की अभिव्यक्ति कर कुछ-न-कुछ देकर अपनी प्यार-भरी भावनाओं को अभिव्यक्त करते हैं। फिर यदि यह उपहार चिर-स्थायी रहे और इन्हें हम फलता-फूलता भी देखें तो ऐसे उपहारों की महत्ता कई गुना बढ़कर हमारे आनंद को द्विगुणित कर देती है। तो आइए, क्यों न हम अपनी मानसिकता में परिवर्तन लाएं और अनेक प्रकार के फूलदार-फलदार एवं हरीतिमा लिए हुए पौधे उपहार में दें? पौधों को उपहार में देने की परंपरा रखते हुए लोगों में पेड़-पौधों के प्रति जागरूकता जगाएं। पौधों का उपहार सम-सामयिक अधिक उपयोगी, अधिक समय तक स्मृति पटल पर अंकित रहने वाला उपहार होगा। ऐसा उपहार हमें प्रकृति के सान्निध्य का सुख व आनंद देने वाला होगा। इस तरह उपहार के आदान-प्रदान से एक तो पर्यावरण सुंदर व स्वच्छ होगा एवं ये पौधे वातावरण को अलंकृत करने में भी सहायक सिद्ध होंगे। इससे लोगों में हरियाली के प्रति रुचि उत्पन्न होगी। ये उपहार व्यक्ति के लिए ही नहीं वरन् समाज को भी एक नई दिशा दिखाएंगे।

यों तो विश्वभर में उपहार देने की परंपरा अनादि काल से चली आ रही है। जीवन के मांगलिक अवसरों जैसे विवाह, जन्मदिन, दीपावली, दशहरा, दुर्गापूजा, रक्षाबंधन, तीज, विवाह की वर्षगांठ, रजतजयंती, स्वर्णजयंती, मुण्डन, नामकरण संस्कार आदि त्योहार जो जीवन में एक स्फूर्ति, आनंद लाकर हमारे जीवन को रसमय बनाते हैं। हमारे ये त्योहार जन-जीवन में प्रफुल्लता व उल्लास का समावेश कर उत्साह और उमंग का संचार करते हैं। ऐसे में प्रियजनों को उपहार देकर हमें अपनी प्यार-भरी भावनाओं की अभिव्यक्ति में निश्चित ही आनंद प्राप्त होगा। इसी प्रकार रजतजयंती, स्वर्णजयंती आदि अनेक अवसरों पर उपहार दिए जाते हैं। अधिकतर लोग ऐसे अवसरा. पर सजावट का सामान, रुपये, मिष्ठान, चांदी-सोने का उपहार, बर्तन, कटलरी, पुस्तकें आदि अनेक वस्तुएं उपहार स्वरूप देते हैं।

क्यों न हम इस रीति-रिवाज व परंपरा में परिवर्तन लाएं एवं इन अवसरों पर अवसरोनुकूल पेड़-पौधे उपहार में दें? जिनकी स्मृति हमारे हृदय पटल पर अधिक दिनों तक स्थायी रूप से अंकित रहेगी। हमें लकीर के फकीर न होकर जीवन में कुछ बदलाव भी करना चाहिए जो अधिक सामयिक हो। यह समय की, सामाजिक आवश्यकताओं की एवं प्रकृति को सुरक्षित रख कर पर्यावरण को संतुलित रखने की आज की मांग भी है।

हरियाली, सौंदर्य व आकर्षण तो विश्वविख्यात है। हरा-भरा परिवेश मन को शांत व प्रसन्न रखता है एवं तन को स्वस्थ। हमारे ऋषि मुनि वृक्षों की पूजा करते थे-एवं इन्हें लगाना गौरवास्पद माना जाता था।

उपहार देने का आरंभ बच्चों से करते हैं।

छोटे बच्चे : जो शैशवावस्था में हों—इन बच्चों में पौधों के प्रति आकर्षण का अभाव तो रहता है, किन्तु प्रकृति से ही संबंधित फूल, चिड़ियां, तितली, तोते, झरना, नदी में नाव और नदी में खेलती एवं विचरती बतखों के प्रति विशेष आकर्षण रहता है और उनका भोला मन इसमें रम जाता है। बाल्यावस्था से ही वे इनके साथ खेलकर प्राकृतिक दृश्य देखकर आनंदित होते रहते हैं। अतः उन्हें हम फूल, तितलियों, पक्षियों, नदियों, झरनों, पर्वतों के सुंदर व आकर्षक चित्रों को उपहार

में देकर आरंभ से ही प्रकृति के प्रति इनका लगाव पैदा कर सकते हैं। रंग-बिरंगे फूल भला किसे नहीं भाते? बच्चे तो इन्हें देखकर अत्यधिक प्रसन्न होते हैं।

दस-बारह वर्ष या इससे अधिक की आयु में बच्चों में विवेचनात्मक शक्ति का प्रादुर्भाव होने लगता है। वे फूल-फल व प्रकृति के सुंदर आकर्षक दृश्यों से अभिभूत हो उठते हैं। पहाड़ों पर घूमना, हरे-भरे वृक्षों को निहारना, पिकनिक पर जाना और वहां के सुंदर, शुद्ध वातावरण में मित्रों के साथ विचरण करना उन्हें बेहद भला लगता है। नदी, नाले, पहाड़ों से पिघल कर गिरती बर्फ़, कल-कल निनाद करते झरने देखकर वे झूम उठते हैं। इनके पानी की बौछारों से भीगकर उनका अन्तर्मन आनंद की हिलोरें लेने लगता है। प्रकृति के उन्मुक्त वातावरण में परिभ्रमण करने से उन्हें अपूर्व आनंद मिलता है। इस अवस्था के बच्चों को गुलाब, रजनीगंधा, लिली, गुलदाऊदी, गेंदा, बेला या फिर हरे-भरे पौधे दिए जा सकते हैं। इन्हें वे गमलों में लगाकर और पौधों को बढ़ता देखकर उनकी देखभाल करके आनंदित होते हैं। अपने हाथ से लगाए पौधों को फलता-फूलता देख उनमें स्वयमेव प्रकृति व पेड़-पौधों के प्रति अनुराग उत्पन्न होगा। मुझे याद है मेरी छोटी-सी पोती जन्म दिन के 'वेक प्रेजेन्ट' में एक गेंदा के फूल का पौधा लाई थी और उसने उसे बड़े ही जतन से सहेज कर रखा था। वह प्रतिदिन उसमें पानी देती थी व उसे बढ़ता देख बड़ी प्रसन्न होती थी। उसमें जब एक फूल खिला तो उसने सबको दिखाया एवं खुशी से झूम उठी। बच्चों के जन्मदिन पर, उनकी उपलब्धियों पर, उन्हें पुष्पों के गुलदस्ते, पुष्पमाला, हरे-भरे सुंदर पौधे उद्यान संबंधि पुस्तकें उपहार में देकर उनका उत्साहवर्धन करना चाहिए। पुष्पों को पाकर वे उन्हें सजाकर रखने की कला, पुष्पसज्जा भी सीखेंगे। वे अनुभव करेंगे कि किस तरह पुष्पसज्जा से घर का वातावरण सजीव, मनोरम व सुंदर लग सकता है। पुष्पों के सौंदर्य का आकर्षण भला किसे अच्छा नहीं लगता? इस प्रकार किशोरावस्था व युवा वर्ग में सौंदर्य-चेतना, वातावरण को सुंदर स्वच्छ रखने की भावना एवं अपनी कल्पना का सहारा लेकर वाटिका लगाने की प्रेरणा भी उन्हें मिलेगी।

किसी युग का सबसे बड़ा बसंत उसका तारुण्य होता है, उसकी नई पीढ़ी। जब वह प्रकृति के प्रति जागरूक होगी तो सब कुछ जीवंत हो उठेगा। बसंत ऋतु में प्रकृति में कितना सौंदर्य, कितनी सुषमा होती है। जहां देखो इस ऋतु में भूमि में फूल ही फूल बिखरे रहते हैं। स्वर्णिम सुंदरता का प्रवाह लेकर प्रकृति आती है। इसी प्रकार हमारा युवा वर्ग भी प्रकृति के प्रति आकर्षित होगा एवं एक नया भारत बनाएगा जो प्रदूषण मुक्त होगा।

धीरे-धीरे आती है प्रौढ़ावस्था। इस अवस्था के आते-आते मनुष्यों की सूझ-बूझ प्रौढ़ होने लगती है। प्रौढ़ावस्था में मानव प्रकृति में शुचिता अनुभव करने लगता है। प्रकृति का सुख उसके मन में स्फुटन व आनंद की उद्‌भावना भरने लगता है और उसका अवचेतन मन प्रकृति के सान्निध्य में ही सुख पाने लगता है। इनके मांगलिक अवसरों पर इन्हें उपरोक्त पौधों के अतिरिक्त अलंकृत पौधों के बीज, अलंकृत फूलदार पौधे, सदाबहार हरे-भरे पौधे, दीर्घकालीन फलदार पौधे जैसे–आम, नीबू, किन्नू, संतरा, लीची, चीकू, माल्टा आदि उपहार में देना अधिक उपयुक्त होगा। ये ऐसे उपहार हैं जो हर अवस्था के लोगों को दिए जा सकते हैं। जब पेड़ बड़ा होगा और उससे प्रत्येक वर्ष सुंदर मीठे, रसीले, खट्टे-मीठे फल प्राप्त होंगे तो बरबस हमें उपहार देने वाले व्यक्ति की याद अवश्य आएगी।

हमारे यहां ऐसे अनेक और भी मांगलिक पर्व एवं अनुष्ठान हैं जिन्हें अब लोग उत्सव का रूप देते हैं। जैसे 25 वर्ष में रजत जयंती, 50 वर्षों में स्वर्ण जयंती, एवं 75 वर्षों में हीरक जयंती। रजत जयंती पर आप सुंदर फूलों की लटकने वाली टोकरियां, विभिन्न प्रकार के पौधों से बनाई मिनी ट्रे, कलात्मक व सुंदरता से बनाए अनेक प्रकार के पुष्प-विन्यास, बारहमासी हरे-भरे पौधे, अनेक प्रकार के पाम के सुंदर पौधे दे सकते हैं, जिन्हें लगा कर घर हरियाली से भर उठेगा। हरियाली एवं फूलों के सौंदर्य से मानव के अवचेतन मन में एक मनोवैज्ञानिक प्रभाव पड़ता है एवं वह सर्वत्र आनंद व माधुर्य का अनुभव करने लगता है। प्रकृति के साथ वह सहज व शांत होकर सुंदरता से जीना भी सीखने लगता है।

इसी प्रकार स्वर्ण व हीरक जयंती पर उपरोक्त पौधों के अतिरिक्त आप बोनसाई के अनेक सुंदर पौधे, सकुलेन्ट, सदाबहार हरे-भरे पौधे जैसे ऑरोकेरिया, रबड़ प्लान्ट, मॉन्सटेरा, फिलोडेन्ड्रॉन उपहार में दीजिए, सुंदर फूल वाले शोभाकार वृक्ष जैसे–पीले ढाक, पीले अमलतास, नारंगी रंग के गुलमोहर, गुलाबी कैसिया, सफेद, गुलाबी व नीले रंग के कचनार,

सेमल, श्रीकृष्ण का वृक्ष कदम्ब, सीताअशोक आदि के पौधे भी आप उपहार में दे सकते हैं। दैवी गुणों के साथ-साथ रासायनिक, औषधीय और वैज्ञानिक गुणों से अति समृद्ध तुलसी के पौधे उपहार में दीजिए। तुलसी अनेक प्रजाति की होती है–श्री तुलसी, श्यामा तुलसी, कपूर तुलसी, गुलाब तुलसी आदि जो वातावरण को शुद्ध व निरोग रखती है। तुलसी से उनका आंगन सुख व समृद्धि से भर उठेगा। इनके अतिरिक्त अनेक फलदार वृक्ष उपहार में देकर आप प्रकृति के सरस व सुंदर रूप के प्रति इन लोगों के मन में अनुराग जाग्रत कर सकते हैं। प्रकृति के साहचर्य में ये शांति का अनुभव करेंगे। हमारे पूर्वज सौंदर्य के उपासक थे। वे वृक्षों से प्यार करते थे। अपने बुजुर्गों को यदि उपहार में आप फूल एवं फलदार पौधे दें, तो वे आपको निश्चित ही प्रसन्न होकर शुभाशीष देंगे, जो वृक्ष के साथ-साथ उनके प्रति आपके आदर को भी दर्शाएगा।

इसी प्रकार परिणय पर्व के मांगलिक अवसर पर गुलदस्ते, पुष्प-विन्यास पुष्प व मालाओं के अतिरिक्त अनेक सुगंधित पौधे जैसे–चम्पा, चमेली, जूही, हरसिंगार, रात की रानी, गंधराज, बेला, मोगरा उपहार स्वरूप में दे सकते हैं, जिनकी सुमन सुरभि नासिका को सुवासित कर हृदय को आकर्षित करती है। जिन पौधों में रंगों की बहार रहती है जैसे–बोगनवेलिया, गुलाब, जटरोफा, केलीयन्ड्रा (पाउडर पफ), गुड़हल, पॉइन्सिटिया आदि फूलदार रंग-बिरंगे पुष्पों के पौधे दे सकते हैं। इससे लोग फूलों के सौंदर्य व उनके मनमोहक रूप से सम्मोहित होंगे, फिर सुंदर फूल-पंक्तियों को देखकर भला किसका मन आनंदित न होगा।

हमारा भारतवर्ष, पर्व-त्योहारों का देश है। यहां अनेक त्योहारों को बड़े उत्साह, उल्लास व प्रेमपूर्वक मनाने की परंपरा है। होली, दीवाली, दशहरा आदि त्योहारों पर कुटुम्बियों एवं शुभचिन्तकों के यहां वस्त्र, मिष्ठान, मेवे आदि दिए जाने की परंपरा भारतीय समाज में है। क्यों न हम अपने विचारों में बदलाव लाकर उपहार पाने वाले व्यक्तियों की अभिरुचि, स्वभाव व उम्र आदि के अनुसार पौधों का चयन कर उन्हें उपहार में दें, तो अधिक प्रभावशाली होगा। यदि आपके पास छोटा या बड़ा उद्यान है और आपने ये पौधे स्वयं तैयार किए हैं, तो क्या कहने? इन्हीं पौधों को आप अपने प्रियजनों को उपहार में दीजिए। इससे आत्मसंतुष्टि के साथ-साथ आपके समय का सदुपयोग भी होगा। स्वयं पौधे सृजन करने का आनंद ही अलग होता है। जिसे बनाने वाला ही जानता है। इसके अतिरिक्त उपहारों में व्यक्ति विशेष की अभिरुचि को देखकर पौधों से संबंधित पुस्तकें व अन्य साहित्य भी उपहार में दिए जा सकते हैं।

किसी भी अवसर विशेष की स्मृति को चिरस्थाई करने के लिए उस दिन यदि आपने अपने उद्यान में अथवा सार्वजनिक स्थान या पार्क में कोई पौधा रोपा और वह कुछ वर्षों बाद वृक्ष के रूप में परिवर्तित हुआ तो आपको जो सुख मिलेगा उसकी आप कल्पना भी नहीं कर सकते।

आजकल हमने वृक्ष-रोपण को राष्ट्रीय नीति के रूप में अपना लिया है। ऐसी अवस्था में यह आवश्यक है कि लोगों में वृक्षों के प्रति प्रेम व श्रद्धा की भावना जगाई जाए। इससे निश्चय ही लोग वृक्ष लगाने को एक धर्म रक्षा के रूप में लेकर वृक्षारोपण कर पर्यावरण को प्रदूषण मुक्त एवं शुद्ध करने में सहायक होंगे।

पौधे प्रकृति की अनमोल थाती हैं। पौधों को उपहार में देना एक नया विचार है, अतः इस विचार को हम मान्यता देकर इसका प्रचार करें तो मानव में एक नई चेतना जागृत होगी। यह समय की मांग, पर्यावरण को संतुलित रखने का उपाय एवं प्राकृतिक दुरावस्थाओं को समाप्त करने का अति उत्तम कदम है। तो आइए हम सब भी वृक्षारोपण करें व इन्हें उपहार में देकर लोगों में प्रकृति के सौंदर्य एवं उसकी उपयोगिता की ओर उनका ध्यान आकर्षित करें। इससे हमारे मन को आत्मिक शान्ति का अनुभव होगा क्योंकि पेड़-पौधों की सेवा करना, देखभाल करना ईश्वर की सर्वोपरि भक्ति है। भारतीय संस्कृति में इन्हें पैदा करना धार्मिक कर्तव्य माना गया है।

क्या ही अच्छा हो यदि प्रत्येक क्षेत्र से संबंध रखने वाले लोग, विशेष रूप से भारत के संत-महात्मा भी इस पवित्र धरती पर पर्यावरण की रक्षा के लिए ठोस कदम उठाएं और हर परिवार के प्रत्येक सदस्य से कम-से-कम एक फूलदार या फलदार वृक्ष लगाने का आग्रह करें। इस प्रकार समाज के प्रति अपना कर्तव्य पूरा कर जीवन को सफल बनाएं।

कनक से दिन मोती सी रात
सुनहरी सांझ गुलाबी प्रातः
मिटाता रंगता बारम्बार
कौन जग का चित्राधार।

–महादेवी

लघु ट्रे उद्यान

सुंदरता में बेजोड़ पेड़-पौधे, फूल तथा हरियाली तो हमारे जीवन के अंग हैं। इनके बिना हमारे जीवन में नीरसता बनी रहती है। सरसता तो हरियाली से पूर्ण प्रकृति के सौंदर्य में ही है। ये जितना हमें लुभाते हैं उतनी अन्य कोई वस्तु हमें आकर्षित नहीं करती।

अपने मन को स्वस्थ, प्रफुल्लित, उत्साहित व शांत रखने के लिए हमें प्रकृति के समीप जाना ही होगा। क्योंकि हरियाली मन को आनंदित व शांति प्रदान करती है। पुष्प वाटिका एवं हरे-भरे पौधों का महत्व एवं उसकी उपयोगिता आज के युग में दिन-प्रतिदिन बढ़ती ही जा रही है। लोगों की रूचि परिस्कृत हो रही है। आज प्रत्येक क्षेत्र से जुड़े लोग यह सोचने पर विवश हैं कि पेड़-पौधे लगाना मात्र शौक ही नहीं वरन मनोवैज्ञानिक व मानसिक दृष्टि से वातावरण तथा पर्यावरण को सुंदर रखने के लिए नितांत आवश्यक है। किसी भी स्थान पर रखे पेड़-पौधे, पुष्प, लघु ट्रे उद्यान, वहां के वातावरण को सुंदर, सजीव व उल्लासपूर्ण बनाने में सक्षम हैं और देखा गया है कि प्रकृति के सुंदर वातावरण में रहने से लोगों की कार्य क्षमता प्रभावित होती है, और वे प्रसन्नचित्त भी रहते हैं।

एक समय था जब लोगों के पास स्थान का कोई अभाव न था। लोगों के पास बगीचे, ऊंचे-ऊंचे वृक्ष एवं हरियाली से अच्छादित आवास हुआ करते थे। वे प्रकृति के साथ रहने का भरपूर आनंद उठाते थे किंतु आजकल अधिकतर लोग फ्लेटों में रहते हैं। जिनके पास दो या तीन कमरे ही होते हैं। अब जनसंख्या बढ़ रही है उसके साथ-साथ आवास की समस्याएं भी बढ़ रही हैं। ऐसे में लोग प्रकृति के आनंद से वंचित हैं। प्यारी सी बगिया के लिए अब स्थान ही कहां रहा? जैसे-जैसे धरती से वृक्षों की कटाई करके उनके स्थान पर भवन व सड़कें बनाई जा रही है वैसे-वैसे बहुमंजलीय फ्लैटों में रहने वालों के मन में घरों के अंदर पेड़-पौधों के प्रति आकर्षण बढ़ता जा रहा है।

मनुष्य ने भी हार नहीं मानी वे सदा ही अविश्कारी रहा है **'जहां चाह वहां राह'** वाली कहावत यहां चरितार्थ होती है। उसने अपने ढंग से प्रकृति के साथ रहने की अनेक योजनाएं बनानी आरंभ कर दी।

यदि हमारे पास जमीन नहीं है तो निराश होने की आवश्यकता नहीं है। आप गमलों में, पेटियों में, खाली डिब्बों में, सीमेंट से बने छोटे गमलों में अपनी बगिया बना सकते हैं जो कि आपके घर को हरा-भरा रखेगी।

सजावट के अन्य उपायों की अपेक्षा पौधों द्वारा सजावट का स्थान स्थायी होता है। पुष्प सज्जा कुछ दिनों पश्चात मुरझा जाती है इसी प्रकार मौसमी पुष्पों के पौधों को मौसम समाप्त होने पर हटा दिया जाता है। किंतु हरे-भरे पौधों का स्थान उतना ही स्थायी होता है जितना किसी पेंटिंग, मूर्ति या फर्नीचर का। पौधों का सुंदर आकार और उनकी मनोहरता घरों में सजावट की योजनाओं और आधुनिक फर्नीचरों के अधिक अनुकूल होती है। वास्तुकारों ने भी घरों में पेड़-पौधों को लगाने की रूचि लोगों में बढ़ाई है। इसका श्रेय उन्हें देना ही होगा। आजकल घरों में शीशे का पर्याप्त उपयोग हो रहा है इससे पौधे के लिए जीवन दायिनी सूर्य की किरणें पर्याप्त मात्रा में घरों में प्रवेश कर पाती है। इस तरह घरों में पौधों की सजावट की अनन्त संभावनाएं

हैं। आपके पास यदि छत है तो क्या कहने? छत पर तो आप संपूर्ण बगीचा ही लगा सकते हैं छत को जल प्रतिरोधी उपचार कर के छत पर हरी घास का लॉन, झरना, कमल सरोवर, फूलों व हरियाली की अनोखी छटा बिखेर सकते हैं। यदि यह भी नहीं है तो खिड़की, बालकनी या बरामदा तो होगा? खिड़कियों पर आप मजबूत लोहे के बक्से अथवा सीमेंट के बक्से बनवा कर मौसमी फूल, हरे-भरे पौधे लगा सकते हैं। यदि आपकी खिड़कियों में धूप आती है तो वहां मौसमी पुष्प लगा सकते हैं और यदि धूप कम आती है तो यहां हरे-भरे शोभाकारी पौधे लगा सकते हैं। आप अपने बरामदे व बालकनी को अपनी सुरूचिपूर्ण सूझ-बूझ एवं कल्पना से सुंदर व आकर्षित बना सकते हैं। साज-सज्जा इतनी सुंदर हो कि वह आपके घर का एक आकर्षण का केन्द्र बनकर रह जाये। फिर आपके पास बगिया है या नहीं इसका कोई महत्व नहीं रह जाता क्योंकि थोड़े में ही में आपने प्रकृति के साथ का आनंद ले लिया।

यदि आपके पास छत, बरामदा या बालकनी भी नहीं है तो भी चिंतित होने की आवश्यकता नहीं, आप यहां भी अपनी सृजनात्मक कल्पना से विशिष्ट प्रकार का मिनी ट्रे उद्यान बना सकते हैं। आप चाहे तो प्रकृति के मनोरम दृश्य को अपने गृह में ही समेट कर हरे-भरे वातावरण का आनंद ले सकते हैं। छोटे-छोटे घरों में आप प्रकृति की शीतलता व कोमलता का अनुभव कर सकते हैं। ट्रे उद्यान आपके घरों को हरा-भरा रखेंगे। इनको घर में रखकर आपको प्राकृतिक वातावरण में रहने का आभास मिलेगा और ये पौधे आपको प्रकृति के निकट रखकर जीवंत बनायेंगे।

मिनी ट्रे, टेराकोटा, फाईवर ग्लास, लकड़ी अथवा सीमेंट की बनी हो सकती है। जिनके पास छोटे-छोटे घर हैं वे इन ट्रे उद्यान में हरे-भरे पौधों से एक सुंदर छोटा उद्यान बना सकते हैं। मिनी ट्रे बनाना एक सृजनात्मक अनुभूति के साथ एक अनुपम सुख है जो हमें अनिवर्चनीय सुख प्रदान करती है।

आप इन ट्रे उद्यान में जंगली, पर्वतीय या शैल उद्यानों का दृश्य बनाकर जंगलों, पहाड़ों पर रहने का आनंद अपने इस छोटे उद्यान से पूरा कर सकते हैं। मिले-जुले अलंकारिक पौधे से बने ट्रे उद्यान में पुल, पहाड़ियां और छोटी पगडंडियां भी बना कर इनकी सुंदरता में वृद्धि की जा सकती है।

मिनी ट्रे उद्यान को अलंकृत करने का कार्य महत्वपूर्ण होता है क्योंकि एक तो स्थान सीमित होता है, फिर हमें सोच समझकर ऐसे पौधों का चुनाव करना होगा जो वहां के सर्वदा उपयुक्त हो। कुछ ऐस पौधे जो देखने में साधारण से लगते हैं किंतु यदि उन्हें कई अन्य पौधों से मिला कर रखा जाये तो वे बड़े ही आकर्षक प्रतीत होते हैं।

यहां ट्रे उद्यान में प्रयोग किये जाने वाले कुछ पौधों की सूची प्रस्तुत है। आप अपनी रूचि के अनुसार कलात्मक ढंग से ट्रे उद्यान को सुंदर व आकर्षक बना सकते हैं जैसे अरैलिया, बेवीस टीयर, नोलिना, विशिष्ट प्रकार की छोटी घास, डयूरेन्टा, जूनिफर, पीलिया केडीरीनाना, मनीप्लांट, मरांटा, क्लोरोफाइटम केपेन्सी, एग्लोनीमा, क्रोटन, जूनीपर क्रिपटेन्थस, सॉंग ऑफ इंडिया, जनाडु, चाईनीज क्लेडियम, डयूरेन्टा, गोल्डियाना जेड प्लाट, एसपेरेगस आदि।

ट्रे उद्यान के लिए खाद : सर्वप्रथम ट्रे को साफ करके, ट्रे के छेदों को गमलों के टूटन से भली-प्रकार ढंग दें। इसमें 50% मिट्टी, 25% मोटी बालू, 25% गोबर की सड़ी खाद, एक चम्मच हड्डी का चूरा, एवं 1 चम्मच डी.ए.पी. का मिश्रण भली-भांति मिलाकर पात्र में भरे अब स्वस्थ पौधों को लेकर उनका रोपण अपनी रूचि व कल्पनानुसार करें। रोपण के पश्चात पौधों के चारों ओर की मिट्टी को भली-भांति दबाने के पश्चात् पानी दें।

पौधे लगाते समय पौधों में पत्तियों के रंगों का भी अवश्य ध्यान रखना होगा, क्योंकि सुनियोजित रंग संयोजन से ही ट्रे उद्यान में एक विशिष्ट प्रभाव उत्पन्न होकर आपको आनंदित करता है। पौधों का रोपण आप इस प्रकार करें कि ट्रे उद्यान में पौधों का सामंजस्य हो पौधे की ऊंचाइयों का ध्यान रहे, प्रत्येक पौधे का अपना एक स्थान व महत्व हो, रंगों में ऐसी विविधता होनी चाहिए कि सब मिलकर एक आकर्षक दृश्य उपस्थित कर सके।

बड़ी मिनी ट्रे उद्यान में प्रत्येक भाग का स्वरूप प्राकृतिक आकर्षक लिए हुए प्राकृतिक पद्धति पर आधारित होना चाहिए जैसे कहीं बलखाती सड़कें, कोई गांव का दृश्य, कहीं ऊंचे नीचे पहाड़, कहीं रेगिस्तानी पौधे, कहीं वन्य जन्तु आदि के मनोरम

दृश्य, झाड़ियों के साथ कुछ कलात्मक वस्तुओं द्वारा सुंदर दृश्य, सुंदर लेम्प शेड, चिकने पत्थर आदि लगाकर मनोरम व सुंदर रूप देकर ट्रे उद्यान में नैसर्गिक सौंदर्य प्रदान किया जा सकता है।

ट्रे उद्यान में सजाए पेड़-पौधे हमारे लिए एक वरदान हैं जो आज के युग के व्यस्ततम जीवन शैली, स्थानाभाव, संकीर्ण मकानों में आवास करते हुए जन-जीवन में उत्साह, प्रसन्नता, प्रकृति के निकट रहने की इच्छा, एवं सुंदर वातावरण का संचार कर सकने में समर्थ है जो घर के वातावरण को स्निग्धता व सौंदर्य प्रदान कर सकते हैं। पेड़-पौधे, ये हरियाली हमारे बौद्धिक एवं मानसिक विकास को भी प्रभावित करती है। ट्रे उद्यान में प्राकृतिक सहचर्य भी मिलता है। यह अपने समय का सदुपयोग करने का एक रचनात्मक उपक्रम भी है।

खंजड़ो में उद्यान

यों तो अलंकृत पौधे आपको नर्सरियों में गमलों में ही मिलते हैं। किंतु अलंकृत पौधों को लगाने का ढंग कुछ अनोखा भी हो सकता है। जिसके लिए आपकी कल्पनाशक्ति, आपका विवेक, रूचि तथा सोचने की क्षमता पर निर्भर करता है। चीनी मिट्टी के पुराने बर्तन, बाथ टब, टूटे सिंक, टब, ड्रम में भी पौधे लगाये जा सकते हैं। बस पानी निकलने के लिए तली में छेद होना आवश्यक है। आप कुछ अन्य अनुपयोगी पात्रों में भी पौधे लगाने का प्रयोग कर सकते हैं। जैसे ग्लास फैक्ट्रियों में से अनुपयुक्त काले या मटमैले खंजड़। इन्हें आप घर ले आइये इसमें छेनी से थोड़ा गड्ढा करिये, गड्ढा 10 से 15 सें. मी. गहरा एवं उतना ही चौड़ा पर्याप्त होगा। इसमें 1/2 भाग मिट्टी, 1/2 भाग घास भिगो कर इसमें छोटे आकार के पौधे, रंगों व आकार में विविधता दर्शाते हुए लगाइए। ये बहुत ही प्राकृतिक व सुंदर लगते हैं। इन पर फर्नस, फाईकस, क्लोरोफाईटम आदि लगा सकते हैं। वर्ष में एक बार इनमें तरल खाद दीजिए। सर्दियों में पानी का छिड़काव तीसरे दिन किंतु गर्मियों में दिन में दो बार पानी का छिड़काव कीजिए। इसमें तली में छेद करने की आवश्यकता नहीं रहती क्योंकि इसमें स्वयं में छोटे-छोटे छिद्र होते हैं। अपनी कल्पनानुसार सीमेंट लगाकर चिड़िया व झोंपड़ी का मनोरम दृश्य का निर्माण भी किया जा सकता है। जो कि मनमोहक व प्राकृतिक लगेगा। यह बहुत ही सुंदर व प्राकृतिक लगते हैं जिसके लिए आपको अधिक व्यय भी नहीं करना पड़ता।

उपहार के पौधे
रंग और रूप से भरपूर

ट्रे उद्यान –

सिमटा सजा उद्यान

टेराकोटा ट्रे उद्यान

फ़ाइबर का ट्रे उद्यान

लकड़ी का ट्रे उद्यान

कैरियर बनाइए बागवानी से

सुंदर पेड़-पौधों के सान्निध्य में रहना, प्रकृति से प्रेम करना, उसका भरपूर आनंद लेना अब केवल शौक तक ही सीमित नहीं रहा, अपितु इस क्षेत्र में एक उज्ज्वल कैरियर की संभावनाएं दिन-प्रतिदिन बढ़ रही हैं जिसे हम हॉर्टिकल्चर (बागवानी) के नाम से जानते हैं।

पुष्प एवं पुष्पोद्यान संबंधी शिक्षा का विकास निरंतर हो रहा है। हमारे देश में कृषि विश्वविद्यालयों में इस विषय के पाठ्यक्रम स्नातकोत्तर स्तर तक विकसित हो चुके हैं एवं इस विषय की उपयोगिता दिन-प्रतिदिन बढ़ती जा रही है। विश्वविद्यालयों में उच्च शिक्षा के साथ अनुसंधान एवं प्रचार कार्य भी बड़ी शीघ्रता से बढ़ रहा है एवं पुष्प विज्ञान कला के अतिरिक्त व्यापार एवं उद्योग के क्षेत्र में आशातीत वृद्धि हो रही है। क्योंकि पुष्पों व पौधों का निर्यात निरंतर बढ़ता जा रहा है, अतः पुष्प-भंडारण, वितरण एवं विपणन की दिशा में अनुसंधान का व्यापक क्षेत्र विकसित हो रहा है। इस क्षेत्र के अंतर्गत उद्यान संबंधी कुछ संस्थाएं जैसे हॉर्टिकल्चर सोसायटी ऑफ इंडिया, साउथ इंडियन हॉर्टिकल्चर एसोसिएशन, इंडियन सोसायटी ऑफ हॉर्टिकल्चर आदि प्रमुख हैं। देश की विभिन्न संस्थाएं पुष्पोद्यान की समस्याओं पर अनुसंधान ही नहीं करतीं वरन् पुष्प प्रदर्शनियों का आयोजन कर लोगों को प्रोत्साहित भी करती हैं। पुष्प प्रदर्शनियों से अनेक नए एवं मनोरम किस्म के पुष्पों के दर्शन ही नहीं होते वरन् समय-समय पर स्वदेशी-विदेशी पुष्पोद्यान विशेषज्ञों के सुझावों से उद्यान प्रेमियों को अवगत भी कराया जाता है।

बागवानी के क्षेत्र का शीघ्रता से विकसित होने का श्रेय हरित क्रांति जगाने वालों एवं आयुर्वेद प्राकृतिक चिकित्सा और अॅरोमा पद्धति को लोकप्रियता प्रदान करने वालों को भी जाता है।

भारतीय अर्थव्यवस्था में आए परिवर्तन में यदि कहीं शीघ्रता से विस्तार हुआ है तो वह है बागवानी का क्षेत्र। इसके अंतर्गत आते हैं फल, फूल, सब्जियां व सजावटी पौधे। इनके विकास के लिए केंद्रीय सरकार ने अपनी आठवीं पंचवर्षीय योजना में बागवानी पर एक हजार करोड़ रुपये व्यय करने का निर्णय लिया है। बागवानी अब एक स्वतंत्र आर्थिक क्षेत्र के रूप में विकसित हो रही है।

अंतर्राष्ट्रीय बाजार में फूलों, फलों एवं सब्जियों की मांग निरंतर बढ़ रही है। भारत की विभिन्न प्रकार की जलवायु एवं श्रमशक्ति इस मांग को पूरा करने में सक्षम है। हॉर्टिकल्चर कृषि विज्ञान का एक अंग है जिसके अंतर्गत जड़ी-बूटियां, फल, फूल, सब्जियां एवं हरे-भरे पेड़-पौधे सम्मिलित हैं। इसके अतिरिक्त लैंडस्केपिंग डिजाइनिंग, नर्सरी, हरित गृह (ग्रीन हाउस) आदि अनेक विषयों की जानकारी प्रदान कराई जाती है। इस प्रकार हम हॉर्टिकल्चर को तीन भागों में विभाजित कर सकते हैं :

1. **फ्लोरीकल्चर :** इसके अंतर्गत फूलों की खेती की जा सकती है।
2. **औलेरीकल्चर :** सब्जियों की खेती।
3. **पॉमोलॉजी :** फलों की खेती।

आप 12वीं कक्षा में जीव विज्ञान एवं रसायन विज्ञान की परीक्षा उत्तीर्ण करने के पश्चात् किसी भी एग्रीकल्चर (कृषि विश्वविद्यालय) यूनिवर्सिटी से बागवानी का 4 वर्षीय कोर्स कर सकते हैं। इस क्षेत्र में बी.एस.सी डिग्री का महत्त्वपूर्ण स्थान है। आप मास्टर डिग्री (एम.एस.सी.) या डॉक्ट्रेट कर उच्च स्तर की सनद भी कर सकते हैं।

बागवानी का अध्ययन कर आप प्रोडक्शन, लैंडस्कैप डिजाइन, पौधों के रोपण एवं रख-रखाव, क्रय-विक्रय, नर्सरी, पोस्ट मैनेजमेंट एवं रिसर्च आदि क्षेत्रों में कार्य कर सकते हैं। इसके अंतर्गत आप स्वयं भी अपना व्यवसाय आरंभ कर सकते हैं।

अनुसंधानकर्ता के रूप में आप विभिन्न कृषि क्षेत्रों, अनुसंधान केंद्रों और राजकीय कृषि विश्वविद्यालयों में काम कर सकते हैं। पिछले दस वर्षों में पुष्पों के अलावा फलों के बाग व नर्सरी बहुतायत से बढ़ी है। भारतीय फल जैसे—आम, केला, नारियल, किन्नू, आड़ू, पपीता आदि के निर्यात से भारत को अच्छी आय होती है। कई लोगों ने इस उद्योग को अपनाया है, क्योंकि यह कर मुक्त है।

आप लैंडस्केप डिजाइनर भी बन सकते हैं। उद्यानों का सौंदर्यीकरण करने में अपना योगदान दे सकते हैं। यहां आपको बाग-बगीचों के लिए पेड़-पौधे, झाड़ियों, फलों और फूलों को निर्धारण करना, बगीचे को प्राकृतिक रूप देना होता है एवं बगीचे को सुंदरतम बनाना होता है। इसके अलावा आप ताजे फूल, फलों, घरों में सजाने वाले पेड़-पौधों एवं सब्जियों का भी क्रय-विक्रय कर सकते हैं। आप चाहें तो सरकारी, गैर सरकारी या फार्म हाउस में निरीक्षक पद पर कार्य भी कर सकते हैं। इस क्षेत्र में आप कृषि संबंधी लेखन कार्य पत्रिकाओं, रेडियो, टेलीविजन आदि के लिए कर सकते हैं। हॉर्टिकल्चर से संबंधित किसी क्षेत्र के प्रबंधन का कार्य भी कर सकते हैं।

आप इन संस्थानों से प्रशिक्षण ले सकते हैं–

1. आचार्य एन.जी. रंगा एग्रीकल्चर यूनिवर्सिटी, फैकल्टी ऑफ एग्रीकल्चर, राजेन्द्र नगर, हैदराबाद फोन : 24015011-17।
2. अलीगढ़ मुस्लिम यूनिवर्सिटी सेंटर ऑफ एग्रीकल्चर, अलीगढ़, उत्तर प्रदेश, फोन : 2400994, 2400528।
3. इलाहाबाद एग्रीकल्चर इंस्टीट्यूट, पी.ओ. एग्रीकल्चर इलाहाबाद, उत्तर प्रदेश।
4. बाबा साहेब भीमराव अंबेडकर यूनिवर्सिटी, विद्या विहार, रायबरेली रोड लखनऊ, उत्तर प्रदेश।
5. बनारस हिन्दू यूनिवर्सिटी, इंस्टीट्यूट ऑफ एग्रीकल्चर साइंस, फैकल्टी ऑफ एग्रीकल्चर, बनारस, उत्तर प्रदेश फोन : 2221005, 2316558।
6. बरकतुल्ला यूनिवर्सिटी, होशंगाबाद रोड, भोपाल, मध्य प्रदेश।
7. बिरसा एग्रीकल्चर यूनिवर्सिटी कांके, रांची, फोन : 2304451, 2455866।
8. चौधरी चरण सिंह हरियाणा एग्रीकल्चर यूनिवर्सिटी, हिसार, हरियाणा।
9. चन्द्रशेखर आजाद यूनिवर्सिटी ऑफ एग्रीकल्चर एण्ड टेक्नॉलोजी, कानपुर, उत्तर प्रदेश।
10. कॉलेज ऑफ एग्रीकल्चर इंजीनियरिंग, जवाहर लाल नेहरू कृषि विश्वविद्यालय, जबलपुर, मध्य प्रदेश।
11. कॉलेज ऑफ एग्रीकल्चर इंजीनियरिंग पंजाब एग्रीकल्चर यूनिवर्सिटी, लुधियाना, पंजाब फोन : 2401960/22।
12. जी.बी. पंत यूनिवर्सिटी ऑफ एग्रीकल्चर, पंत नगर, नैनीताल, उत्तरांचल।
13. राजेन्द्र कृषि विश्वविद्यालय, पूसा, समस्तीपुर, बिहार।

ऐसे अनेक विश्वविद्यालय हैं, जो इसी क्षेत्र में विशेषज्ञता प्राप्त करने के लिए चार साल के डिग्री कोर्स कराते हैं। दपोली, अकोला, पुणे, हैदराबाद, बंगलोर और परभानी के कृषि विश्वविद्यालय बागवानी के लिए विशेष रूप प्रसिद्ध हैं। इंडियन काउंसिल फॉर एग्रीकल्चर रिसर्च की ओर से एक आम परीक्षा इस प्रशिक्षण के लिए ली जाती है।

रमणीय भूविन्यास

कटे फूलों का सूखा भंडारण

अधिकतर पुष्पों को यदि किसी नमी रहित बक्से या डिब्बे में पैक करके कम तापमान 20°-35° फॉरेनहाईट पर रखा जाए तो उन्हें अधिक समय तक ताजा रखा जा सकता है। इस पैक में पुष्पों से पानी बहुत कम मात्रा में उड़ता है। यह देखा गया है कि सूखा भंडारण गीले भंडारण की अपेक्षा अच्छा रहता है। सूखे भंडारण में कटे फूलों को तोड़ने के पश्चात् शीघ्र ही पैक करके शीत कमरों में रखा जाता है जिससे पुष्पों से अधिक पानी न उड़ने पाए। नमी जिस वस्तु में रुकी रहे ऐसी कोई भी वस्तु का प्रयोग किया जा सकता है। इसके लिए गत्ते के मोम लगे डिब्बे जिसमें पॉलीथीन अथवा सेलोफेन की सतह का प्रयोग किया जा सकता है, यदि पैक करने के पूर्व पुष्पों का पूर्व शीतलन कर लें तो इनकी श्वसन क्रिया की गर्मी को कम किया जा सकता है एवं इनके संरक्षण की अवधि में वृद्धि हो सकती है।

सूखे भंडारण में कभी-कभी कटे पुष्पों का तना सूख जाने की संभावना रहती है। यदि ऐसा हो तो तने को गुनगुने पानी वाले फूलदान में रखने से कुछ देर पश्चात् यह पुनः तरो-ताजा दिखने लगते हैं।

शीत कमरों के लिए पैक किये गये पुष्प

पुष्पों का शीत संग्रह

कटे पुष्पों के शीत संग्रहण में विभिन्न प्रकार के पुष्पों के लिए भिन्न-भिन्न तापक्रम संस्तुत किए गए हैं, अतः कितने तापक्रम पर कितनी देर तक कटे हुए पुष्पों को संरक्षित किया जा सकता है, यह यहां दिया जा रहा है :

फूलों के नाम	तापमान (डिग्री फॉरेनहाइट)	संरक्षण की अवधि (दिनों में)
ग्लैडियोलस	35-40	6-8
गेंदा	40	7-14
ऑर्किड	45-50	14
पॉइनसेटिया	40	1-2
गुलाब	60	2-3
कारनेशन	32-36	21-28
गुलदाऊदी	32-35	21-41
कॉसमॉस	40	3-4
डहेलिया	32-33	10-21
लिली	32-35	14-21
गेलारडिया	40	3
कैलेन्डुला	40	3
क्लारकिया	40	3

कटे पुष्पों की ताजगी का रहस्य

फूलों में कितना सौंदर्य, कितना आकर्षण, कितनी सुषमा होती है। संसार का समस्त सौंदर्य मानो इनमें भर गया हो। यह इठलाते, लहराते अपने रंग-बिरंगे रूप से सबको मोहित करते हुए मानव मात्र के जन-जीवन में आनंद का संचार करते हैं। काश, ये पुष्प सदैव ऐसे ही रहते, किन्तु ऐसा तो संभव है ही नहीं। जगत में कुछ भी चिरस्थायी नहीं होता, तो कुछ दिनों ही सही इन्हें कैसे ताजा रखकर इनके सौंदर्य का पान किया जाए? प्रस्तुत हैं इन्हें ताजा रखने के कुछ उपाय।

निम्नलिखित सावधानियों तथा विधियों द्वारा हम पुष्पों को अधिक समय तक ताजा रखने में सफल हो सकते हैं :

1. बगीचे में यदि जमीन गीली हो तो पुष्पों को नहीं काटना चाहिए। पुष्पों को प्रातःकाल अथवा सायंकाल ही काटना चाहिए अर्थात् इन्हें धूप के समय काटना उचित नहीं होगा। पुष्पों को काटने के पश्चात् भी इनमें वाष्पोत्सर्जन की क्रिया होती रहती है अतः इन्हें काटने के तुरंत बाद पानी या रसायन में रखना चाहिए। पुष्पों को तेजधार वाली कैंची या चाकू से काटना चाहिए इससे डंडियों को क्षति नहीं पहुंचती।

2. अधिकतर पुष्पों को बंद कली की अवस्था में अर्थात् जबकि वह थोड़े-से खिले हों अथवा पुष्प में जैसे ही रंग दिखना आरंभ हो, काट लेना चाहिए। कुछ पुष्पों जैसे गुलाब, ग्लेडियोलाई, स्नेपड्रेगन लिली आदि को पूरी तरह खिलने से पहले ही काट लेना चाहिए जिससे उनका संरक्षण व वितरण सुचारु रूप से हो सके। ऑर्किड के पुष्प को पूर्ण रूप से खिल जाने पर ही काटना चाहिए। गुलदाऊदी को अंधेरे की अपेक्षा रोशनी में रखने से इसे अपेक्षाकृत अधिक ताजा रख सकते हैं।
3. फूलदान में पुष्पों की डंडी एवं पानी के लिए अधिक स्थान होना चाहिए।
4. फूलों में वाष्पोत्सर्जन की क्रिया कम करने के लिए एवं उसमें पानी या घोल को सोखने की शक्ति बढ़ाने के लिए हमें कुछ बातों का ध्यान रखना आवश्यक है :
   i. डंडी के निचले भाग को जिसे हमें पानी में रखना है, वहां की पत्तियों को हटा देना चाहिए।
   ii. डंडी की लंबाई 5 इंच से 12 इंच से अधिक न रखें।
   iii. कटे हिस्से को बंद कर देना चाहिए।
   iv. प्रत्येक दूसरे या तीसरे दिन डंडी को 1 इंच नीचे से डंठल को काट देना चाहिए।
   v. डंठल को तेज धार वाले चाकू से तिरछा काटना चाहिए, सीधा न काटें।
   vi. गुलदाऊदी के डंठल में कई इंच तक चीरा लगा देना चाहिए।
5. पुष्पों को काटने के पश्चात् यदि इन्हें कम तापमान में रखा जाए तो इनमें फफूंदी एवं कीटाणु आदि बीमारियों का प्रकोप नहीं होता अन्यथा ऐसी बीमारियों का भय रहता है। अच्छे पुष्पों को सुरक्षित रखने के लिए खराब व सड़े फूलों को निकाल देना चाहिए।
6. तापमान यदि अधिक कम हो तो भी पुष्पों के खराब होने की संभावना बनी रहती है। ग्लेडियोलाई की अनेक ऐसी किस्में हैं जिन्हें यदि एक सप्ताह तक 33-34 डिग्री फॉरेनहाइट पर रखें तो इसका पुष्प पूर्णरूप से नहीं खिलता, इसके विपरीत ऑर्किड सरलता से 40-50 डिग्री फॉरेनहाइट पर रखे जा सकते हैं।
7. कुछ शाखाएं व फूल जैसे–गुलाब, गुलदाऊदी (क्रिसेनथेमम) डेजी डहेलिया आदि ऐसे पुष्प हैं जो देखने में तो दृढ़ से लगते हैं, किन्तु अंदर से नाजुक एवं मुलायम होते हैं। इनके लिए उबलते पानी की प्रक्रिया विधि उपयोग में लाई जाती है। इस विधि से शाखाओं को काटने के पश्चात् इन्हें 5 मिनट तक 50°-60° पर गरम पानी में डुबोकर रखना चाहिए। इस तरह गरम पानी से इनके अंदर की वायु फैलकर बाहर आ जाती है एवं बुलबुले से निकलते प्रतीत होते हैं। गरम पानी में डुबोने से इनका सिरा मुलायम हो जाता है। किन्तु गरम पानी में से निकालकर इनको तुरंत ठंडे पानी में डाल देना चाहिए। ऐसा करने से इनके निचले हिस्से पुनः दृढ़ होकर, सिकुड़कर ताजा पानी खींचकर, ऊपर शाखाओं में पर्याप्त पानी पहुंचाकर हम इन्हें अधिक दिनों तक ताज़ा रखकर इनका आनंद ले सकते हैं।

पानी व रासायनिक घोलों में फूलों का संरक्षण

कटे हुए पुष्पों को अधिक समय तक सुरक्षित रखने एवं शीघ्र वितरण के लिए सामान्य पानी तथा कुछ ऐसे रासायनिक घोल बनाएं। घोलों पर शोध संस्तुत किए गए हैं जिसमें इन्हें रखकर अधिक समय तक संरक्षित किया जा सकता है।

पुष्पों को अधिक समय तक संरक्षित करने के लिए ठंडे पानी की अपेक्षा गर्म पानी (100°-110° डिग्री फॉरेनहाइट) में रखना अधिक लाभप्रद होता है। क्योंकि पुष्प ठंडे पानी की अपेक्षा गर्म पानी को शीघ्र एवं अधिक मात्रा में सोखने की क्षमता रखते हैं, इस कारण उनकी ताजगी अच्छी बनी रहती है।

इसका ध्यान अवश्य रखें कि संरक्षण के समय पंखुड़ियों पर पानी नहीं छिड़कना चाहिए, इससे इनके रंग-बदरंग होने की संभावना रहती है एवं पंखुड़ियों पर भी दाग-धब्बे पड़ सकते हैं। रासायनिक घोल में कटे पुष्पों को रखने से इन्हें

अधिक दिनों तक संरक्षित भी किया जा सकता है एवं हानिकारक कीटाणु, फफूंदी आदि की तुरंत रोकथाम भी की जा सकती है।

नीचे कुछ रासायनिक घोलों के नाम एवं इसमें संरक्षण की अवधि दिनों में दी जा रही है।

रासायनिक घोलों में कटे हुए फूलों का संरक्षण, फूलों के नाम रासायनिक घोलों के संरक्षण का समय दिन में :

फूलों के नाम	**एल्यूमिनियम सल्फेट (0.0001%) अथवा 1 पीपीएम**	**बोरियम डाइक्रोमेट (1%) अथवा 10,000 पीपीएम**	**पोटेशियम डाइक्रोमेट (0.0001%) या 1 पीपीएम**	**पोटेशियम परमेग्नेट (0.1%) अथवा 1000 पीपीएम**	**पानी में**
मेरी गोल्ड	24	25	29	29	11
डहेलिया	7	6	3	3	3
ऐस्टर	19	14	17	16	9
लार्कस्पर	9	6	6	7	5
गुलाब	5	5	4	7	4
कैलेन्डुला	4	5	8	8	4
डाइन्थस	4	8	10	11	5
क्राइसेन्थिमम	25	26	22	18	11
एन्ट्रीहनम	4	7	5	7	3
फ्लॉक्स	6	6	4	8	5

आधुनिक विज्ञान ने कंप्यूटर तकनीकी में इतनी अधिक प्रगति की है कि संचार एवं परिवहन व्यवस्था अधिक आसान हो गई है। विश्व में किस देश में किस प्रकार के पुष्प किस अवसर के लिए चाहिए, इसकी खबर तत्काल इंटरनेट से हमें तुरंत मिल जाती है।

भारत में पुष्प व्यवसाय

भारत में यों तो पुष्प उत्पादन की परंपरा रही है किन्तु व्यावसायिक पुष्प उद्योग के केंद्र कर्नाटक, तमिलनाडु, आंध्र प्रदेश, पश्चिम बंगाल, महाराष्ट्र, राजस्थान, उत्तर प्रदेश, दिल्ली, हरियाणा हैं। पर इधर महाराष्ट्र, मध्य प्रदेश व उत्तर प्रदेश में पुष्प उद्योग के क्रिया-कलाप में आशातीत वृद्धि हो रही है।

राज्य	कटे पुष्प (Cut Flower) संख्या लाख में	खुले पुष्प (Lose Flower) लाख (टन में)
आंध्र प्रदेश	32,900.00	
दिल्ली	–	10,274.00
हरियाणा	471.00	33,040.00
जम्मू-कश्मीर	54.50	1.60
कर्नाटक	–	124,240.00
मध्य प्रदेश	–	13,127.00
महाराष्ट्र	–	33,250.00
राजस्थान	–	2,585.00
तमिलनाडु	–	92,097.00
पश्चिम बंगाल	–	17,685.00

खुले हुए पुष्पों का भारत में लगभग दो लाख टन का उत्पादन होता है एवं शाखों सहित कटे पुष्पों का उत्पादन 60 करोड़ तक होता है। प्रत्येक शहर में पुष्प विक्रेताओं की संख्या में निरंतर वृद्धि हो रही है, जो पुष्प उद्योग की भारी मांग का प्रतीक है।

भारत में पुष्प उद्योग

वर्तमान स्थिति में भारत पुष्प उद्योग के निर्यात का एक महत्त्वपूर्ण देश है। पिछले एक दशक में भारत में इस उद्योग ने महत्त्वपूर्ण सफलता अर्जित की है। कटे पुष्प (Cut Flower) का निर्यात 40 लाख से बढ़कर 1 करोड़ 40 लाख हो गया है। बंगलोर, पुणे, दिल्ली, हैदराबाद में कई निर्यात केंद्रों (फ्लोरीकल्चर यूनिट) की स्थापना हुई है। इसमें गुलाब का उत्पादन सर्वाधिक है। चेन्नई के निकट आर्किड के निर्यात के लिए भी केंद्र का आरंभ हो गया है।

भारत में पुष्प उत्पादन बाग-बगीचों व खुले मैदानों में होता है, किन्तु पिछले पांच-छः वर्षों से कुछ लोगों ने पुष्प निर्यात को अपना व्यवसाय बना लिया है। वर्तमान में लगभग 200 हेक्टेयर क्षेत्रफल में प्लास्टिक गृहों में पुष्प उत्पादन हो रहा है। भविष्य में इसका क्षेत्रफल 500 हेक्टेयर भूमि पुष्प उत्पादन के अंतर्गत आने की संभावना है। इसमें परंपरागत पुष्पों की खेती की भी महत्ता है। इसकी 2/3 क्षेत्रफल भूमि परंपरागत पुष्प गेंदा, चमेली, गुलाब, गुलदाऊदी ट्यूबरोज आदि के उत्पादन के लिए व्यवहार में लाई जाती है। इतना ही नहीं शाखाओं सहित कटे पुष्पों का क्षेत्रफल भी बढ़ा है एवं पुष्पों

की किस्मों में भी वृद्धि हुई है। आर्किड, एन्थूरियम, लिलियम, जरबेरा एवं कंदीय पुष्पों के उत्पादन के लिए आधे से अधिक क्षेत्रफल निर्धारित किया गया है।

भारत में पुष्प उत्पादन का निर्यात वर्ष 1999-2000

उत्पादन	सं. 10,00,000
कटे पुष्प (Cut Flower)	252.70
सूखे पुष्प	695.88
पौधे	13.44
कन्द व ट्यूबर	28.23

वर्तमान में एक नया पक्ष सामने आया है कि महानगरों में लोग अत्यधिक व्यस्त रहते हैं, वे अपने आस-पास हरा-भरा सजीव वातावरण भी चाहते हैं एवं पेड़-पौधों की देख रेख भी करने में असमर्थ हैं। ऐसे लोग पुष्प व्यवसायी से घरेलू पौधे व पुष्पीय पौधों को किराये पर कार्यालय, बैंक, होटल तथा अन्य उद्योग केंद्रों के लिए किराये पर ले लेते हैं और प्रकृति के सौंदर्य का भरपूर आनंद लेते हैं। यह व्यवसाय भी आजकल खूब पनप रहा है।

घरेलू क्यारियों के लिए पौध खरीदने का व्यवसाय भी शीघ्रता से पनप रहा है। लोग महंगे बीज उगाने का श्रम व जोखिम लेना नहीं चाहते व उतना परिश्रम भी करना नहीं चाहते। अतः घर बैठे उन्हें अच्छी स्वस्थ पौध मिल जाती है। इस कारण क्यारियों के लिए पौध, जड़दार कटिंग जैसे गुलदाऊदी, कारनेशन, जरबेरा, डहेलिया पॉइनसेटिया, गेंदा आदि की अत्यधिक मांग रहती है।

बीज व कंद

अनेकानेक मौसमी पुष्पों के बीजों का भी उत्पादन आज का प्रमुख व्यवसाय बन गया है। इनके बीज़ बाजार में बिक्री हेतु उपलब्ध रहते हैं। इसी प्रकार अनेक कंदीय पौधों के बल्बों का व्यवसाय भी दिनों-दिन पनप रहा है। पुष्पों के बीज उत्पादन के लिए एन्ट्रीहनम्, एस्टर, केलेन्डुला डायन्थस, गेंदा, पेन्जी, फ्लॉक्स, सालविया, स्टॉक, स्वीट पी जिनिया आदि प्रमुख पुष्प हैं। कंदीय पौधे जैसे–ग्लेडियोलस, ट्यूबरोज एवं अनेक प्रकार की लिलियों के बल्ब भी बाजार में उपलब्ध हैं।

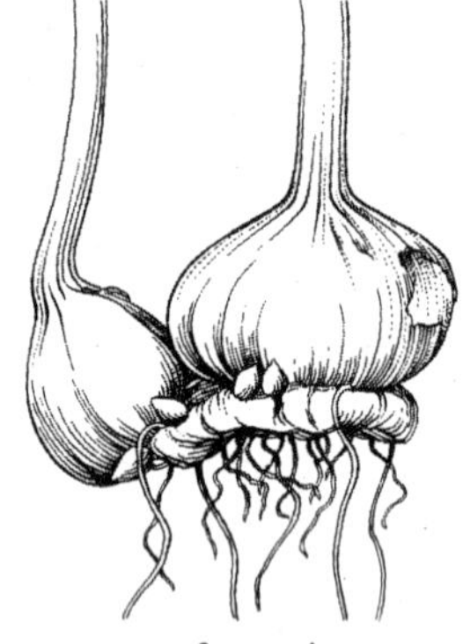
बीज व कंद

भारत में बीजों व कंदों के उत्पादन के प्रमुख केंद्र श्रीनगर, लुधियाना, बैंगलोर व कलिंगपोंग हैं। यहां से आप उच्च कोटि के व निरोग बल्ब उचित मूल्यों में प्राप्त कर सकते हैं।

फूलों का एक अन्य उपयोग भी है। प्राकृतिक और मूल रूप में सुरक्षित रखने के लिए फूल और पत्तियों को सुखाया जाता है। इनका रख-रखाव सरल होता है और ये अधिक टिकाऊ भी होते हैं। इनके अनेक सुंदर पुष्प विन्यास उपहार में देने का प्रचलन अत्यंत लोकप्रिय हो रहा है। सूखे पुष्पों की सज्जा ताजे पुष्पों की अपेक्षा कई माह तक किसी भी स्थान की शोभा बढ़ाने में समर्थ होती है। भारत में सूखे फूलों का व्यवसाय इतना बढ़ गया है कि भारतीय सूखे फूलों का निर्यात 10,000 टन से भी अधिक हो गया है। जर्मनी, इटली, नीदरलैंड, स्पेन व इंग्लैंड भारतीय सूखे पुष्पों के आयात के प्रमुख केंद्र हैं। सूखे पुष्पों के केंद्र तमिलनाडु, तूतीकोरन (केरल) एवं कोलकाता में हैं। कमल की कली की इतनी मांग है कि चार करोड़ कमल की कली प्रतिमाह निर्यात होती है। इसके अतिरिक्त केमेलिया, डहेलिया, गेंदा, सनई के पुष्प, बुडरोज एवं जंगली लिली भी निर्यात की जाती है।

शोध एवं विकास

इंडियन कॉसिल ऑफ एग्रीकल्चर रिसर्च ने 1960 से पुष्प कृषि के विकास एवं शोध के लिए 9 केंद्रों की स्थापना आरंभ की है। शोध के लिए प्रमुख पुष्प बोगनविला, एजीलिया, केमेलिया, ऑर्किड, रोहडोडेन्ड्रान, गुलाब, क्रोटन, गुड़हल, क्रोसेन्ड्रा, गुलदाऊदी चमेली व कैक्टाई आदि थे जिन पर आज भी शोध चल रहा है। इसमें गुलाब पर सर्वाधिक ध्यान केंद्रित रहा हैं। भारत में पिछले 64 साल से प्रायः 600 नई किस्में हाईब्रिडाइसेशन द्वारा विकसित की गई हैं। आई.ए.आर.आई. ने 70 गुलाब की नई किस्मों को विकसित किया है जिसमें मृनालिनी, जवाहर, बी.पी. पाल, भीम, प्रियदर्शनी, रक्तगंधा, अर्जुन, मदर टेरेसा व नेहरू सेन्टीनरी प्रमुख हैं। फ्लोरीबन्डा में हिमांगनी, प्रेम, पूसा पीताम्बर, पूसा बारामासी, डा॰ भारत राम, शबनम, दीपशिखा व मोहिनी आदि प्रमुख हैं। इसी प्रकार एन.बी.आर.आई. लखनऊ ने गुलदाऊदी की 80 नई किस्में विकसित की हैं, जिसमें बीरबल, साहनी, अप्सरा, जयन्ती, जुबली, कुंदन माधी, रतना, लालिमा, जया, नीलिमा, बसंतिका, सुनयन, शरद, श्रीनगर, हल्दी घाटी व ज्योति प्रमुख हैं। एन.बी.आर.आई. लखनऊ ने गामा किरण द्वारा एवं कॉलचीसिन (Colchicine) की सहायता से परिवर्तन कर फूलों की 40 नई किस्में विकसित कीं जो अपने मातृ पौध से भिन्न थीं। इसी प्रकार बैंगलोर में आई.आई.एच.आर. (IIHR) द्वारा चन्द्रकांत, चंद्रिका, इंदिरा, कीर्ति, नीलिमा, पंकज, राखी, रविकिरन, रेड गोल्ड, यलो स्टार आदि प्रमुख हैं। विभिन्न केंद्रों द्वारा भारत में बोगनविला की 150 किस्में विकसित हुई हैं।

जिनमें गगन, गंगास्वामी, जयालक्ष्मी, क्रमबीगल, लालबाग, महात्मा गांधी प्रचलित हैं। इसी प्रकार ग्लेडियोलस की 14 नई किस्में संकरण द्वारा विकसित की गई हैं जिनमें प्रमुख किस्में आरती, अप्सरा, दर्शन, धीरज, कुमकुम, मीरा, नजराना, पूनम, सागर, सपना, शक्ति, अर्क, केसर, सुवर्न व सिंदूर हैं। इसी प्रकार आई.आई.एच.आर. बैंगलोर ने गामा किरण द्वारा परिवर्तन कर ''शोभा'' नाम की हल्की गुलाबी रंग की ग्लेडियोलस विकसित की है।

अंतर्राष्ट्रीय बाजार

पुष्प उत्पादन एवं उसका उपयोग समस्त विश्व में दिन-प्रतिदिन बढ़ता ही जा रहा है। पश्चिमी यूरोप इतना अधिक पुष्प प्रेमी है कि विश्व में कटे पुष्पों का लगभग आधा भाग पश्चिमी यूरोप उपयोग कर लेता है। लोगों में सौंदर्य चेतना व उपहारों को देने का प्रचलन बढ़ रहा है और फिर प्रकृति का सर्वोत्तम उपहार फूल ही उनकी भावनाओं को व्यक्त करने में सक्षम है। इधर लोग पश्चिमी सभ्यता से प्रभावित हो रहे हैं एवं उनकी जीवन शैली में भी परिवर्तन हो रहा है। कुछ त्योहार जिनसे हम अनभिज्ञ थे जैसे–''मदर्स डे'' ''वेलेन्टाइन्स डे'' आदि मनाना अब आम बात हो गई है। सूचना प्रॉद्योगिकी के प्रभाव से लोगों को पुष्प उपहार देने के अधिक अवसर प्राप्त हो रहे हैं।

पुष्पों का उपयोग उपहार देने में, विशेषकर धार्मिक व सांस्कृतिक अवसरों पर, उच्चाधिकारियों, मित्रों, संबंधियों के स्वागत में, होटलों में, दूतावासों में, जन्म दिन समारोह में, गृह सज्जा में तथा राष्ट्रीय, अंतर्राष्ट्रीय स्तरों पर उच्चाधिकारियों के विचार-विमर्शों के अवसर पर पुष्प सज्जा के रूप में होता है। पुष्प सज्जा के रूप में रोगियों के शीघ्र स्वास्थ्य लाभ की कामना, शुभकामनाओं के लिए गुलदस्ते देने का प्रचलन अब सामान्य जनों में भी बढ़ता जा रहा है। इसके लिए ऐसे पुष्प जो पुष्प सज्जा में अधिक दिनों तक ताजा रह सकें, इस पर विशेष रूप से ध्यान दिया जा रहा है। भविष्य में पुष्पों का विश्व बाजार बारह बिलियन अमेरिकी डॉलर तक बढ़ने की आशा है। विश्व में पुष्पों की सर्वाधिक मांग व उपभोक्ता संयुक्त यूरोप हैं।

कटे पुष्प तथा गमलों में लगे पौधों की मांग पश्चिमी देशों में बढ़ने के कारण परंपरागत कृषि क्षेत्रों के अलावा नियंत्रित वातावरण के उत्पादन का मूल्य बढ़ गया है। ऐसी परिस्थिति में एशियाई देशों को विशेष उपलब्धि हो रही है, उन्हें पुष्प उत्पादन एवं अनेक किस्मों को बढ़ाने का सुअवसर प्राप्त हुआ है। अब होगा यह कि इससे आयात करने वाले देश अपने घरेलू बाजार को बचाने के लिए पुष्पों की गुणवत्ता का स्तर बढ़ा देंगे जो भारत के लिए एक विशेष चुनौती होगी, इसलिए हमें भी पुष्पों का स्तर उच्च रखना होगा।

आइए देखें अंतर्राष्ट्रीय बाजार की तालिका में पुष्पों का स्थान क्या है?

एलसमीर फ्लावर एक्शन कमेटी की रिपोर्ट के अनुसार गुलाब, गुलदाऊदी, ट्यूलिप कट फ्लॉवर में प्रथम स्थान रखते हैं। उसी प्रकार केलेन्चों, हेडेरा (Hedera) फाईकस गमलों में लगे पौधों में प्रथम स्थान रखते हैं। जर्मनी, फ्रांस, यू.के. पुष्प उत्पादन के सर्वाधिक उपभोक्ता हैं। इन दोनों के लिए पुष्पों की किस्में तथा रंग विशेष महत्त्व रखता है।

अंतर्राष्ट्रीय बाजार की तालिका

प्रथम स्थान 10 गमलों में लगे पौधे × 1,000,000	10 प्रथम स्थान कटे पुष्प × 1,000,000	प्रथम स्थान पर 10 देश × 1,000,000	
केलेन्चो	गुलाब	जर्मनी	3354
हेडेरा	ट्यूलिप	फ्रांस	1111
फाईकस	गुलदाऊदी	यू.के.	966
सेन्टपॉलिया	जरबेरा	इटली	388
गुलदाऊदी	कारनेशन	बेलजियम	304
ड्रेसीना	फ्रिजिया	स्विट्जरलैंड	262
गमलों में लगे गुलाब	लिली	ऑस्ट्रेलिया	210
हायासिन्थस	आईरिस	–	–
प्रिमयूलस	–	डेनमार्क	187
बेगोनिया	जिप्सोफिला	स्वीडन	166

विकास एवं पहल

निःसंदेह वर्तमान काल में पुष्प उत्पादन एवं पुष्प उद्योग कई गुना बढ़ गया है। निर्यात के निरंतर बढ़ने से कृषकों में पुष्प उत्पादन के प्रति जागरूकता उत्पन्न हो गई है। इसमें सरकार की भूमिका भी सराहनीय है। भारत की सातवीं पंचवर्षीय योजना के अंतर्गत पारंपरिक व कटे पुष्पों के उत्पादन को पुष्प उत्पादन में वरीयता प्रदान की गई है। इसी आधार पर आदर्श पुष्प उत्पादन केंद्र भी खोले गए हैं। इनका मुख्य उद्देश्य पुष्प उत्पादन को बढ़ावा देना एवं उत्कृष्ट पौधों को उत्पन्न करना तथा प्रदर्शित फसल की कटाई के पश्चात् उनकी देख-रेख का प्रशिक्षण देना भी है।

कॉमर्स मंत्रालय ने हरित गृह में उत्पादित पुष्पों को निर्यात करने की संभावना से प्रभावित होकर एवं पुष्प उत्पादन को प्रोत्साहित करने के उद्देश्य से निर्यात संबंधित केंद्र भी खोले हैं। इसमें गुलाब को विशेष महत्त्व दिया गया है। प्रायः 170 निर्यात संबंधित कटे पुष्प के निर्यात केंद्र पुणे, बैंगलोर, दिल्ली व हैदराबाद के आस-पास खोले गए हैं।

भारतीय स्थिति

भारत को निर्यात संबंधित पुष्प उत्पादन से दो लाभ हुए :

1. प्रथम, निर्यात से बचे पुष्पों की घरेलू उद्योग में वृद्धि हुई। इससे उत्कृष्ठ गुणवत्ता वाले पुष्पों की मांग बढ़ने लगी। निर्यात केंद्रों में पुष्पों की फसल काटने के पश्चात् इन्हें शीतगृह में रखा गया। इससे पुष्पों की गुणवत्ता अच्छी रही। अब ये फूल बाजार में भी आने लगे। लोगों की रुचि सुंदर व उत्तम गुणवत्ता वाले पुष्पों की होने लगी। इससे पुष्प विक्रेताओं की आय में वृद्धि हुई।
2. अन्य लाभ यह हुआ कि हमारे पुष्प उत्पादन की किस्में उत्कृष्ठ होने लगीं एवं सरकार ने पौधों से संबंधित वस्तुओं के आयात में भी छूट दे दी। गुलाब के अतिरिक्त अन्य कटे पुष्पों के लिए भी उत्कृष्ट पौधे उपलब्ध होने लगे जैसे–कारनेशन, जरबेरा, एन्थूरियम, लिलियम तथा ऑर्किड आदि। गुलाब की पुरानी किस्मों को बदल दिया गया एवं नई किस्में जिनकी विश्व बाजार में मांग है, वे उपलब्ध होने लगीं।

भारत में यहां के वातावरण के अनुरूप तकनीकी प्रशिक्षण की आवश्यकता है। यूरोप व इज़राइल की तकनीक महंगी होती है, अतः हमें इनकी तकनीकियों पर आश्रित न रहकर अपने साधनों के अनुरूप अपनी ही तकनीक को विकसित करके इसका प्रयोग करना चाहिए और भारत इसके लिए प्रयत्नशील भी है।

भारत में पुष्पोत्पादन के विकास का भविष्य जितना उज्ज्वल है उसके साथ उतनी ही समस्याएं भी इससे संबंधित हैं। इनके निदान से ही पुष्प उत्पादन में आशातीत वृद्धि संभव होगी। इसके लिए प्रयत्नशील देश भारत निश्चित रूप से विश्व बाजार में महत्त्वपूर्ण स्थान प्राप्त कर सकेगा, ऐसा हमारा विश्वास है।

बीजों को बक्से में बोकर पौधों की तैयारी

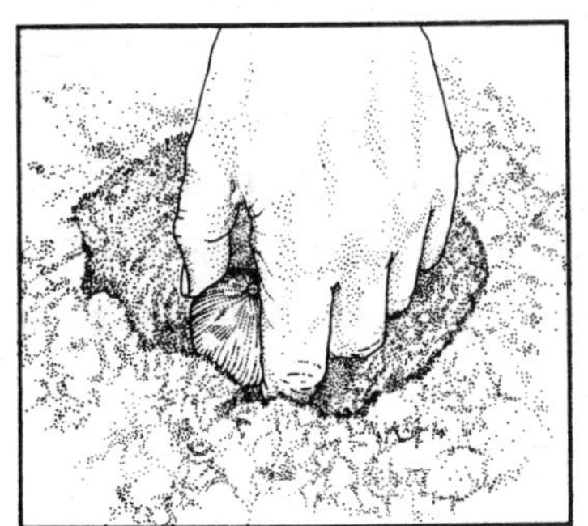

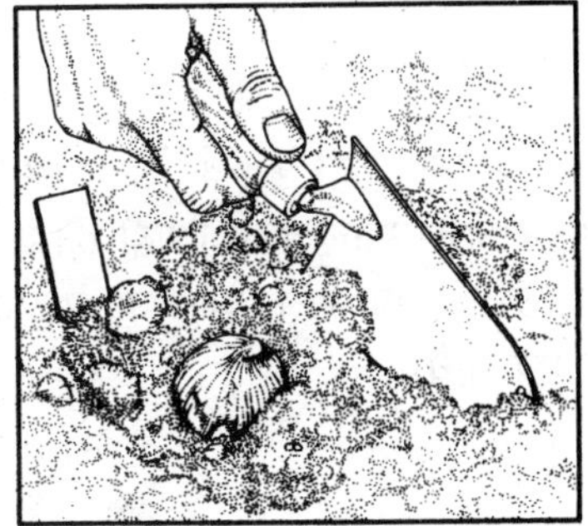

कन्दों का बोना

बागवानी का वार्षिक कार्यक्रम

बागवानी के प्रत्येक माह में महत्वपूर्ण कार्यों को कभी-कभी हम भूल जाते हैं और उन कार्यों को यथा समय न कर पाने के कारण हम अपनी वाटिका को सुंदर स्वरूप नहीं दे पाते।

अतः इस विचार को ध्यान में रखते हुए संक्षेप में यहां बागवानी के प्रतिमाह के कार्यों का संक्षिप्त विवरण दिया गया है। आशा ही नहीं अपितु पूर्ण विश्वास है कि पाठकगणों को इससे समय पर कार्य आरंभ करने में सुविधा रहेगी एवं बागवानी के कार्य भी सुचारु रूप से वे संपन्न कर सकेंगे।

जनवरी

माघ का माह शीत ऋतु के शिखर पर होता है। दिन छोटे व रातें लंबी हो जाती हैं। आकाश गहरे नीले रंग का हो जाता है। बर्फीली हवाएं चलने लगती हैं। कड़कड़ाती ठंड और उस पर वर्षा की बौछारें, तो भला वाटिका के सुकोमल फूल व पत्तियों का क्या हाल होगा! तो आइए, हम इन्हें कैसे सुरक्षित रखें, कैसे असहनीय मौसम से इनका बचाव करें, इसका उपाय सोचें।

मौसमी पुष्प

मौसमी पुष्पों का इस माह पूर्ण विकास होने लगता है, अतः उचित मात्रा में खाद एवं उर्वरकों का प्रयोग कर पौधों को स्वस्थ रखें। इस माह में अधिक ठंड व पाला पड़ने की भी संभावना रहती है, अतः ऐसे पेड़-पौधों को छाया प्रदान कीजिए अथवा

ऊपर से ढकने की व्यवस्था करनी होगी, साथ ही क्यारी या गमलों में नमी की उचित मात्रा का ध्यान रखना आवश्यक है।

स्वीट-पी के पुष्पों में भी गुड़ाई व तरल खाद देनी आवश्यक होगी। प्रदर्शनी के उद्देश्य से लगाए गए पुष्पों की विशेष देखभाल करें एवं कलियों की उचित संख्या को सीमित रखें।

फूलों में नर्गिस, ग्लेडियोली, डहलिया व स्वीट-पी के पौधों को आवश्यकतानुसार सहारा दें। आवश्यक सिंचाई व निराई-गुड़ाई करें।

गर्मियों के फूल के लिए तैयारी

इस माह सुगंधित रजनी-गंधा एवं सुंदर लिली के लिए क्यारी व गमलों की तैयारी आरंभ करें। ग्रीष्म ऋतु में खिलने वाले पुष्प जैसे–जिनिया, पोर्टुलाका, गमफरीना, गेलार्डिया, गोल्डन राक एवं कोचिया आदि के बीज व पौधे मंगाने का प्रबंध करें।

लॉन

इस माह में आवश्यकतानुसार पानी देते रहिए। रात में पड़ी ओस की बूंदों को सूखने नहीं देना चाहिए। प्रातः उन पर पानी का छिड़काव कर देना चाहिए। इससे प्राकृतिक रूप से उन्हें पोषण भी मिल जाता है। जनवरी के तीसरे सप्ताह में यूरिया या अमोनियम सल्फेट लॉन में पानी भरने के दूसरे दिन दें। एक 30 से. मी. × 30 से. मी. लॉन को लगभग 20-25 ग्राम मिश्रण की आवश्यकता होगी। इससे लॉन में हरियाली आएगी एवं लॉन हरे गलीचे के समान लगेगा। इससे घास को पोषक तत्व भी प्राप्त होंगे। घास की कटाई हर पंद्रह दिन के अंतर पर करें। खर-पतवार आदि को निकालते रहिए, इससे आपका लॉन सुंदर, आकर्षक व हरा-भरा रहकर आपको आनंदित करता रहेगा।

हरे-भरे पौधे

गृह के अंदर सजाने वाले पौधों में अंतिम सप्ताह खाद देना उचित होगा, ताकि उनकी बाढ़ एवं पत्तियों की खूबसूरती तथा रंगत में कमी न हो और उन्हें धूप दिखाएं। रात में पत्तों पर पड़ी ओस को पानी से धो दें। गमलों में लगे हरे-भरे पौधे इस समय सुप्तावस्था में रहते हैं। इन्हें पानी कम से कम दें। कोमल पौधों को अत्यधिक ठंड एवं ओस से बचाकर रखें।

गुलाब

इस माह को गुलाब का माह भी कहते हैं। दिसंबर में आपने इन पुष्पों का पूर्ण सौंदर्य देखा व आनंद लिया। जनवरी में तो इन फूलों की बहार देखते ही बनती है। फूल लेने के पश्चात् इन्हें विश्राम की आवश्यकता होती है। गुलाब की क्यारियों की निराई, गुड़ाई व सिंचाई आवश्यकतानुसार करते रहना चाहिए ताकि नई व स्वस्थ कलियां निकलती रहें। जितने भी सूखे, मरे हुए फूल हों, उन्हें ऊपर से काट दें एवं मूलकांड से जो शाखाएं निकली हों, उन्हें निकाल कर फेंक दें। गुलाब में बडिंग करने का कार्य यदि दिसंबर में न हो सका हो, तो इस माह में कर सकते हैं।

इस माह के दूसरे सप्ताह में गुलाब की झाड़ियों में गोबर की खाद देना लाभप्रद होगा। पौधों की जड़ों के पास खाद व मिट्टी अच्छी तरह मिला देनी चाहिए। दो से तीन किलो ग्राम गोबर की खाद एक गुलाब के पौधे के लिए पर्याप्त होगी "मोनोक्रोटोफोसया", कैलीक्सीन अथवा केरेथीन का छिड़काव करना उचित होगा।

गुलदाऊदी

इस माह के आरम्भ में गुलदाऊदी के फूल प्रायः समाप्त से होने लगते हैं। फूलों के खिल जाने के पश्चात् पौधों को 10 से.मी. या 12 से.मी. की ऊंचाई से काट देना चाहिए, ताकि पौधों की जड़ों से अधिक संख्या में नए कल्ले निकलें। गमलों में थोड़ी खाद देकर आवश्यकतानुसार सिंचाई करते रहना चाहिए। छोटे पौधों को गमलों में लगाकर हल्के पानी का

छिड़काव करें। रात के समय ओस से बचाएं। क्यारियों पर पॉलीथीन डालकर सुरक्षित रखें। स्वस्थ गुलदाऊदी के पौधों का अगले साल के लिए चुनाव कर लीजिए। यदि पौधे अधिक हों, तो उन्हें अपने मित्रों में बांट सकते हैं।

केना

केना की क्यारियों को समय-समय पर गुड़ाई करते रहना चाहिए तथा सूखे फूलों व पत्तियों को काटते रहना चाहिए। सूखे पत्ते निकाल कर पत्ती की खाद बनाने के लिए प्रयोग करें।

झाड़ीदार पौधे

सर्दियों में कुछ झाड़ियां जैसे—सावनी, टिकोमा, मेलिया, मुसन्डा आदि अपनी पत्तियां गिरा देती हैं, अतः इस माह में इनकी छंटाई कर देनी चाहिए। इस महीने चांदनी, बोगनविलिया, रात की रानी आदि की डाल काटकर नई कलम भी बनाई जा सकती है।

सब्जियां

इस माह खरबूजा, तरबूज, खीरा, ककड़ी, कद्दू, मूली आदि सब्जियों की बुआई की जा सकती है।

यदि आप चाहते हैं कि शीघ्र ही कुछ सब्जियों का आनंद लें, तो तरोई, बैगन व कद्दू की बुआई पॉलीथीन की थैलियों में करें। पॉलीथीन के थैलियों में बोये इन बीजों को दिन के समय धूप में रखें पर रात के समय पॉलीथीन से ढककर ओस से बचाएं। शलजम, चुकंदर, मूली, गाजर आदि जड़ों वाली फसलों को बीज बनाने के लिए दूसरे स्थान पर बदल देना जरूरी होता है। इस माह पत्तागोभी, फूलगोभी व सेलरी पर मिट्टी चढ़ाना उपयुक्त होगा।

इस महीने प्याज की पौध भी 30 × 15 से.मी. की दूरी पर लगाई जा सकती है, साथ ही कद्दू, घिया, खीरा, तरोई आदि के बीज भी क्यारियों में डाले जा सकते हैं।

आलू की अगेती फसल खोदी जाती है। पछेती फसल को धुआं या सिंचाई द्वारा पाले से बचाया जा सकता है। कीटों से बचाने के लिए 2 प्रतिशत 'जीनब' के घोल का छिड़काव करना लाभदायक होगा।

फल

अंगूर की बेल (पूसा सीडलेस, ब्यूटी सीडलेस) लगाने के लिए यही माह उत्तम है। आड़ू, नासपाती, अंजीर, अंगूर, शहतूत व आलूचा के पेड़ों की कटाई-छंटाई इस माह के अंत तक अवश्य कर दें। साथ ही इनकी नई कलमें भी बांधी जा सकती हैं। इस माह के अंत तक उपर्युक्त फलों के पौधों को लगा देना चाहिए अन्यथा इनके फूलने व फलने पर हानिकारक प्रभाव पड़ सकता है। स्ट्रॉबेरी में सिंचाई करते रहना आवश्यक है। नीबू व अमरूद में सिंचाई कम करनी करनी चाहिए।

आम के पेड़ में प्रायः कीट लग जाते हैं। अतः आम के पेड़ों को कीटों से बचाने के लिए प्लास्टिक या मोबिल ऑयल में भीगी पट्टी आम के तने पर लगाएं।

यदि कहीं आपको कीड़ा या एफिड दिखाई दे तो डाईमोक्रॉन या नुवान का छिड़काव लाभदायक होगा। जमीन से 60 से. मी. छोड़कर, जमीन में लगभग 10 प्रतिशत बी.एच.सी. डालना उचित होगा। आम की टहनियां यदि मकान आदि से छूती हों, तो उन्हें काट देना अच्छा होता है।

फरवरी

फरवरी का महीना अर्थात् वसंत ऋतु में कितना सौंदर्य, कितनी सुषमा, जहां देखो समूची धरती पर फूल ही फूल बिखरे हुए लगते हैं। जगह-जगह फूलों की राशि अपनी ही विपुलता में बिखरी हुई है। प्रकृति ने अपने सौंदर्य से इसे अनेक प्रकार से संवारा है। वसंत ऋतु में सौंदर्यानुभूति की तीव्रता में प्रकृति सजीव हो उठती है।

मौसमी पुष्प

इस माह शीतकालीन मौसमी पुष्प एवं झाड़ियां पूर्ण रूप से खिली होती हैं। इनका बराबर ध्यान रखना आवश्यक है। तरल खाद देने से फूल के स्वस्थ एवं सुंदर होने के साथ ही पौधे भी सुदृढ़ होते हैं। इनकी क्यारियों में निराई, गुड़ाई करके अधिक पानी देना आवश्यक है। मुरझाये व सूखे फूलों को काटते रहना चाहिए, ताकि क्यारी या गमले के फूलों में ताजगी रहे, साथ ही बीज लेने के लिए अच्छे फूल वाले स्वस्थ्य पौधों का चुनाव अभी से करना चाहिए। इसी माह एमरेनथस व फुटबॉल लिली आदि के कंद लगाएं।

लॉन

इस माह रात के समय थोड़ी ठंडक रहती है; यदि लॉन की घास में पीलापन आ रहा है तो यूरिया की टाप ड्रेसिंग करके (1.0 कि.ग्राम प्रति 10 वर्ग मीटर की दर से) सिंचाई करना चाहिए; इससे पीली पड़ती घास एकदम हरी हो जाती है। इस महीने में लॉन की आवश्यकतानुसार निराई, मोइंग रोलिंग व सिंचाई आदि करनी चाहिए, जिससे घास घनी और लंबी होती जाए, उसकी निरंतर छंटाई करते रहना चाहिए।

गुलाब

इस माह गुलाब की उचित देखभाल करनी परम आवश्यक है। वातावरण में गर्मी बढ़ने लगती है, अतः पूरे पौधे पर एक सफेद पाउडर जैसा रोग लगने का भय रहता है। इनसे इनका बचाव करने के लिए पहले एवं तीसरे सप्ताह में कीटाणु या कीटनाशक (इनसेक्टीसाइड और फनजीसाइड) औषधि का छिड़काव करना आवश्यक होगा। इसका ध्यान रखें कि

छिड़काव केवल प्रातःकाल ही करें। खाद के साथ इन दवाओं को मिलाने से पौधों का स्वस्थ विकास भी होता है एवं कीड़ों मकोड़ों व रोगों से मुक्ति भी मिलती है।

इस मास गुलाब में दीमक का भी प्रकोप होता है, अतः पानी के साथ एलड्रीन या डरमेक्स मिलाकर डालने से इनसे बचा जा सकता है। इस महीने गमलों में पानी प्रतिदिन डालें व क्यारियों में सप्ताह में एक बार। माह में दो बार गुड़ाई करें।

सड़ी गोबर की खाद में अन्य कार्बनिक खाद, जैसे नीम या अरंडी की खली या रेंड़ी की खाद आदि भी उपयुक्त मात्रा में मिलाकर पौधों की जड़ों में डालें, क्योंकि इस माह में इन पौधों को अतिरिक्त पोषण की आवश्यकता होती है।

गुलदाऊदी

गुलदाऊदी के पौधों में बहुत थोड़ा (चुटकी भर) यूरिया, कार्बनिक खाद में मिलाकर डालने से पत्तों का रंग गहरा एवं आकर्षक हो जाता है। पानी उचित मात्रा में देना चाहिए। इस माह के अंत तक इनकी जड़ों में छोटे-छोटे नये पौधे निकल आते हैं। पौधे के 20 से.मी. के हो जाने पर इन्हें कीड़ों-मकोड़ों से मुक्त करने के लिए मिट्टी खाद का मिश्रण भरकर, इनमें लगभग पांच पौधों का रोपण कर दें। इन्हें अधिक पानी न दें अन्यथा इनके सड़ने की संभावना रहती है। अगले वर्ष के लिए आपको जितने पौधे चाहिए एकत्रित कर लें। अच्छा हो यदि आप दोगुने पौधे रखें, क्योंकि कुछ पौधे मर भी जाते हैं।

केना

क्यारियों को ठीक बनाकर उसमें खाद देनी चाहिए। सूखे फूल व पत्तियों को निकालते रहना चाहिए। इनकी खाद भी बन सकती है।

शोभाकारी पौधे

माह के दूसरे सप्ताह में अनेक प्रकार के फूलदार तथा शोभादार पेड़-पौधे लगाए जा सकते हैं जैसे—बेला, मोतिया, चमेली, कनेर, बोगेनवेलिया, गुलाबी केशिया, अमलतास, गुलमोहर, मयूर पंख, अशोक आदि।

मोतिया, चमेली, मोगरा, जूही, रात की रानी, गंधराज के श्वेत पुष्प छः माह तक अपनी सुगंध से सबको सराबोर किये रहते हैं। सर्दियां समाप्त होते ही इन पौधों की जड़ों की सफाई करके उसमें गोबर की पुरानी खाद, खुरपी से मिट्टी में मिला दें। पुरानी सूखी टहनियों को काट दें, क्योंकि फूल नई टहनी में ही आता है। यदि पौधे गमले में लगे हों तो गमले से पौधे बाहर निकालकर गमले को भली प्रकार साफ करके, उसमें नई परंतु सड़ी गोबर की खाद भर कर इन पौधों को लगा दें। यदि पौधे बहुत घने हो गए हों तो यही समय है कि जड़ों का विभाजन करके गमले की संख्या बढ़ा सकते हैं। पुरानी मिट्टी को बदलते समय पौधों को झाड़ देना चाहिए।

झाड़ीदार पौधे

इनकी गुड़ाई व निराई करके पानी से लबालब भर देना चाहिए।

कैक्टस व सकुलेंट

फरवरी-मार्च का महीना इनके रोपण के लिए उपयुक्त है। इस समय कैक्टस में नई बाढ़ दिखाई देती है। यदि वे गमले जिनमें कैक्टस लगे हैं, छोटे प्रतीत हों तो बड़े गमलों में, नई उपजाऊ मिट्टी में पौधों का पुनः रोपण करें। पुराने कैक्टस एवं सकुलेंट के गमलों को खाली कर लें एवं पुनः उसे भली-भांति साफ कर, भरकर पुनः रोपण करें।

सब्जी

गर्मियों की सब्जियां, जिन्हें पॉलीथीन की थैलियों में मिर्च व बैंगन उगया था, निकालकर 10 से.मी. के मिट्टी के गमलों में लगाना उचित होगा। क्यारियों में लौकी, तरोई, टिंडा, खीरा की रोपाई 1.5 से 2.0 मीटर पर कर सकते हैं। क्यारी में बीज बिखेर कर पालक और धनिया, चौलाई, मेथी की बुआई भी की जा सकती है।

बैंगन की 45 से 30 से.मी. की दूरी पर क्यारी में रोपाई करनी चाहिए। इस माह आलू की खुदाई की जा सकती है। इसका ध्यान रखें कि खुदाई से 15 दिन पहले तने व पत्तियां काट दें। जेरुसल्म (हाथीपिच) एवं परवल भी इस माह लगाने चाहिए। साथ ही देर से तैयार होने वाली गोभी का बीज बोना चाहिए। सलाद की बुआई भी इस माह हो सकती है।

हल्दी

इस माह के प्रथम सप्ताह में हल्दी व अदरक की खुदाई करें। जड़ों वाली गांठों को अगले वर्ष के लिए सुरक्षित रखकर अन्य गांठों को सुखाकर घर में उपजाई हल्दी तैयार करने का गर्व अनुभव करें।

फल

इस माह में फलों के पेड़ों पर श्वेत पुष्प अपनी प्यारी महक से वातावरण को सुगंधित करते रहते हैं। फूल के पश्चात् आम, लीची, लोकाट, किनो, संतरा व नीबू आदि में फल लगने आरंभ होते हैं। 30 से.मी. गहरे गड्ढे खोदें और भलीभांति पकी व छनी खाद से भरे गड्ढों में अंगूर के नये पौधे धूपदार स्थान पर लगायें। आम में कलमें भी बांधी जा सकती हैं। थालों की गुड़ाई, बाग की जुताई एवं खाद तथा उर्वरक का प्रयोग और सिंचाई भी करना आवश्कयक है।

मार्च

मार्च यानी फाल्गुन का रंगीला महीना, कोयल की कूक का महीना। होली आती है तो लगने लगता है कि सर्दी को विदाई का गीत सुना रही हो। तो आइये, हम जाती हुई बहार को विदा करें एवं ग्रीष्म ऋतु का स्वागत करें।

मौसमी पुष्प

लिली

जिन क्यारियों में फूल खिल रहे हों उनकी सिंचाई करते रहना चाहिए। सर्दियों में जो फूल खिल चुके हों उन फूलों के बीज एकत्रित करना आरंभ करें। कुछ फूल ऐसे होते हैं जिनके बीज आसानी से इकट्ठे किये जा सकते हैं जैसे—स्वीट-पी, डहलिया, केलनड्यूला, नस्ट्रेशियम आदि। किंतु कुछ फूल ऐसे होते हैं जिनके बीज बहुत छोटे होते हैं। उनके सूखे फूलों पर एक छोटी-सी प्लास्टिक की थैली बांधकर बीज को इकट्ठा किया जा सकता है। बीजों में नमी न रहे, इसलिए सभी बीजों को पुराने अखबार के कागज पर रखकर छाया में एक सप्ताह तक सुखाना चाहिए। जब बीज अच्छी तरह सूख जाएं तो अलग प्लास्टिक की थैलियों में अथवा शीशियों में नाम इत्यादि लिखकर बंद करके सूखे स्थान पर रख दें। बीजों को अलग रखने से आपको अगले वर्ष उन बीजों से होने वाले फूलों की किस्में और रंग का आसानी से पता लग जाएगा।

ग्रीष्म ऋतु में खिलने वाले फूलों की बुआई इस मास के प्रथम सप्ताह में करनी चाहिए।

लॉन

नये लॉन बनाने की तैयारी इस माह करनी चाहिए ताकि आप वर्षा के पहले या वर्षा ऋतु में लॉन लगा सकें। इस माह लॉनकी घास शीघ्रता से बढ़ती है। अतः घास में सिंचाई, मशीन से इसकी कटाई व रोलर चलाने का क्रम 12-15 दिन के अंतर से करना आवश्यक होता है। इस माह खर-पतवार अनायास ही उग आते हैं। खर-पतवार को निकालकर फेंक दें और स्टेरामील घास में दें।

शोभाकारी पौधे

इनको खाद की आवश्यकता होती है। अतः आवश्यकतानुसार इनमें खाद डालकर छाया में रखने का प्रबंध करें।

गमलों के पौधे

वे पौधे जिनमें कंद (बल्ब) रहते हैं जैसे—डहलिया, लिलियम, नारसिसस आदि में पानी देना बंद कर देना चाहिए एवं जब इनकी पत्तियां सूखने लगें तो इन्हें किसी सूखे व छायादार स्थान में गमलों को रख देना चाहिए।

गुलाब

गुलाब के पौधों की सूखी डालें व फूलों को बराबर काटकर निकालते रहें। गमलों में प्रतिदिन पानी देना चाहिए तथा क्यारियों में पांच-छः दिन के बाद पानी देना उचित होगा। आपने पौधों में बडिंग लगाई होगी और यदि आंखें न बढ़ रही हों तो पुनः बडिंग इस माह के आरंभ में लगाकर गुलाब का नया पौधा प्राप्त कर सकते हैं। गुलाब में गुड़ाई एवं आवश्यकतानुसार पानी देते रहना चाहिए।

गुलदाऊदी

गमलों में रखे छोटे पौधों की निराई व सिंचाई करते रहना चाहिए तथा इन्हें तेज धूप से बचाने का प्रबंध करें।

केना

इसमें गुड़ाई व सिंचाई आवश्यकतानुसार करते रहना चाहिए।

हेज

पौधे एवं हेज यदि फरवरी में न लगाई गई हो तो इस माह लग जानी चाहिए। इस माह नई हेज लगाने के लिए बीज बोये जा सकते हैं, जैसे—लनटाना, टिकोमा, हेमेलिया, पीकाक प्लावर, कामनी, केशिया एवं बारलेरिया के बीज इस माह बोये जा सकते हैं। यह माह प्रसारण एवं कलम लगाने के लिए अत्यंत ही उपयुक्त है। आप हाईविसकस, हेमेलिया, डेडलीकैंथस, एकलीफा, बोगेनविलिया, डूरंटा, पिट्रिया, इरेन्थिमम का प्रसारण भलीभांति कर सकते हैं।

झाड़ीदार पौधे

पोइन्सिटिया, हेमिलटोनिया आदि जिनके पुष्प समाप्त हो चुके हों, उन पौधों की कटाई-छंटाई इस माह करनी आवश्यक है।

सब्जी

भिंडी व लोबिया की क्यारियों में लौकी, तरोई आदि की थालों कर मिश्रित खेती का रूप दे सकते हैं। ग्रीष्म काल की सब्जियां करेला, लौकी, फलीदार सब्जी, खीरा, फ्रेंचवीन, भिंडी, मूली अब तक बोई न गई हो तो उन्हें इस मास के आरंभ में बो देना आवश्यक है। रोग से ग्रसित पौधे को उखाड़कर जला दें या मिट्टी में दबा दें। आलू में पानी देना बंद कर देना चाहिए और उनकी पत्तियों के सूखने पर खुदाई आरंभ करनी चाहिए। अन्य मौसमी सब्जियों की क्यारियों की निराई, गुड़ाई

व सिंचाई करते रहना चाहिए। इस समय गृह वाटिका की अधिकतर फसलों में माहू या लाही का अधिक आक्रमण होता है। इससे फसलों का बचाव करने के लिए उचित कीटनाशक की समुचित मात्रा का छिड़काव करें।

फल

जिन फल वृक्षों में फूल आ रहे हों उसमें सिंचाई रोक देना चाहिए एवं जिन वृक्षों में फल बैठ गए हों उनमें सिंचाई करनी चाहिए। यदि पर्याप्त सुविधा हो तो नये पेड़ भी इस मास में लगाए जा सकते हैं। अमरूद, पपीता व करना के बीज बोएं। लीची में दाबा तथा आडू व करना में कलमें बांधी जा सकती हैं।

अप्रैल

अप्रैल का महीना यानी गर्मी का आरंभ। अप्रैल में मौसम गर्म होने लगता है। अधिकांश वृक्षों में कोंपलें फूटने लगती हैं। वृक्ष नई कोमल पत्तियों से आच्छादित हो उठता है। हवा, नीम व शिरीष के फूलों की सुगंध से भर जाती है। गुलमोहर के वृक्ष गहरे लाल फूलों से सज जाते हैं। अमलताश के सुनहरे पीले पुष्पों की बहार भी इस माह निखार पर होती है।

मौसमी पुष्प

इस माह अधिकतर मौसमी फूलों में बीज तैयार हो जाते हैं, अतः बीजों को छाया में सुखाकर, स्वच्छ करके नमी रहित स्थान पर सुरक्षित रख सकते हैं।

शीत ऋतु के मौसमी पुष्पों की क्यारियों को साफ करके ग्रीष्म ऋतु के फूलों के पौधे इस माह के अंत तक लग जानी चाहिए।

बेला

लॉन

इस माह आप लॉन बनाने का कार्य आरंभ कर सकते हैं। नया लॉन लगाने के लिए जमीन की 30 से 45 से.मी. गहरी गुड़ाई करके छोड़ देना चाहिए। इस माह लॉन में मशीन से कटाई, सिंचाई व बेलन चलाते रहना चाहिए। स्टेरामील एवं नीम की खली को मिलाकर लॉन में दें। लॉन में नीम की खली देने से कीटाणु नष्ट हो जाते हैं, इससे आपका लॉन हरा भरा, कीटाणु रहित एवम् सुंदर रहेगा। दोनों खादों की मात्रा बराबर होनी चाहिए।

शोभाकारी पौधे

इस माह इन पौधों के लिए गर्मी असहनीय होने लगती है, अतः इन्हें छाया में या ग्रीन हाउस अथवा उत्तरी रुख वाले बरामदे में रखना उचित है। इस माह इनका विकास तेजी से होता है। गमलों में पानी प्रतिदिन देते रहना चाहिए। अप्रैल के प्रथम सप्ताह में बीज डालकर या कलम द्वारा इनकी वृद्धि की जा सकती है। पिछले माह कैलेडियम, ग्लोरिओसा, एकीमिन्स आदि की कंद यदि न लगाई हो तो इस माह लगा सकते हैं।

गुलदाऊदी

इस माह गुलदाऊदी के पौधे बढ़ने लगते हैं, अतः यदि वे 20 से.मी. तक बढ़ गए हों तो उन्हें 5 से.मी. तक चुन कर ऊपरी भाग तोड़ दें। इससे नई डाल निकलेगी एवं पौधे सीधे लंबाई में भी नहीं बढ़ेंगे। 15 दिन के अंतराल में आप फिर नई डालों को पुनः चुनकर तोड़ दें। इससे चार, फिर आठ और फिर अधिक डालें जन्म लेंगी। इस तरह पौधा डालों से भर जाएगा। इन पौधों को सुदृढ़ करने के लिए 15 दिन के अंतराल में पौधों में यूरिया, बोनमील और पोटाश का मिश्रण डालना

लाभदायक होगा। ऊपर से सड़ी गोबर की खाद भी डाल सकते हैं। यदि आप इन पर रोग व कीट का प्रकोप देखें तो इसके उपचार हेतु उचित औषधियों से लीफ माइनर, रेड स्पाइडर माइट, एफिड, पाउडरी मिल्ड्यू का उचित उपचार करें।

गुलाब

इस माह चूंकि गर्मी पड़ने लगती है, अतः क्यारियों में 3-4 दिन के अंतराल में पानी देना चाहिए एवं कीटाणुनाशक औषधि का छिड़काव माह में एक बार करना उचित होगा। इस माह में धूल भी उड़ने लगती है, अतः सप्ताह में एक बार प्रातः पानी की धार से पौधों को धोयें। इससे पत्तों पर जमी धूल निकल जाएगी तथा लाल चींटी, मकड़ी आदि भी नष्ट हो जाएंगे। पेड़-पौधे सांस भी ले पाएंगे एवं पौधे तरोताजा व सुंदर लगेंगे। आवश्यकतानुसार क्यारियों की गुड़ाई, सिंचाई करते रहना चाहिए। सूखे मरे हुए फूल-पत्ते तथा जड़ से निकले किल्लों को निकालते रहना चाहिए।

केना

इस समय केना के पुष्पों की बहार होती है, अतः इस माह में सुंदर रंग व फूलों का चुनाव कर उन्हें बढ़ा सकते हैं।

सब्जी

अप्रैल के आरंभ में ही लोबिया के बीज बोएं। मेड़ों पर मूली (पूसा चेतकी) के बीज बोए जा सकते हैं। पत्ते वाली सब्जी के लिए कुलफा व चौलाई की बुआई करें। मिर्च व भिंडी की बुआई का भी क्रम जारी रख सकते हैं। इस माह के आरंभ में ही यदि बैंगन न रोपा गया हो, तो आप शीघ्र इसकी रोपाई कर दें। यदि बेल वाली सब्जियों जैसे—लौकी, तरोई, करेला, सीताफल आदि अब तक न बोया गया हो, तो इस माह में ये बोए जा सकते हैं।

फल

आम व लीची के बागों की सिंचाई करनी चाहिए। मैदानी आड़ू एवं अलूचा की निकाई-गुड़ाई एवं सिंचाई करना लाभदायक होगा। फल के भार से लदी आड़ू व अलूचा की टहनियों को सहारा देना चाहिए ताकि टहनियां न टूटें।

मई

ग्रीष्म ऋतु तो जूही, मोतिया, बेला, चमेली आदि पुष्पों की सुगंध का संदेश लेकर आती है। सदाबहार पर्णीय पौधों का रूप रंग भी इस ऋतु में भरपूर रहता है। गर्मी के इन दिनों में आम, खरबूजा, तरबूज, लीची, फालसा जैसे मीठे ठंडक देने वाले फलों की बहार रहती है।

चम्पा

मौसमी पुष्प

शीत ऋतु के मौसमी पुष्पों के बीज अब तक एकत्रित किए जा चुके होंगे। अतः सभी क्यारियों की गहरी गुड़ाई करके छोड़ देना चाहिए। ग्रीष्म काल के मौसमी पुष्प जैसे—विन्का, गेलारडिया, गमफरीना, अमरेंथस आदि पौधों की देखरेख करें।

लॉन

इस माह के अंतिम सप्ताह तक यदि किसी स्थान पर नया लॉन लगाने का विचार है, तो बाग के इस भाग को लगभग 30 से.मी. से 45 से.मी. गहरा खोद कर छोड़ देना चाहिए। तैयार लॉन से उनकी पुरानी जड़ें व खर-पतवार निकाल कर सफाई करनी चाहिए, उसके पश्चात् पानी देना चाहिए।

शोभाकारी पौधे

गर्मी अधिक पड़ती है, अतः गमलों में सुबह व शाम दोनों समय पर्याप्त पानी देना चाहिए।

गुलाब

इसमें भी आवश्यकतानुसार गुड़ाई व सिंचाई पिछले माह की भांति ही करें।

गुलदाऊदी

गुलदाऊदी को छाया में रखें। यदि गर्मी अधिक पड़ रही हो तो दिन में दो बार पानी देना उचित होगा।

केना

इसके पौधे को आप क्यारी में लगा सकते हैं।

झाड़ीदार पौधे

मार्च के माह में जिन हेजों के बीज डालकर पौध तैयार की गई थी, उन पर अब अधिक ध्यान देने की आवश्यकता है। जब तक पौधे सुदृढ़ न हों जाएं, 10 से.मी. तक उन्हें काटते रहिए ताकि पौधे मजबूत हो जाएं। सप्ताह में एक बार पौधे की गहरी सिंचाई होनी चाहिए।

लताओं व हेज आदि में यदि आप लाल स्पाईडर देखें तो उन पर प्रातः व सायंकाल पानी की तेज धार से धुलाई कर दें।

सब्जी

बैंगन व मिर्च के बीज लगाने का यही उचित समय है।

फल

यदि आपको नये फलों के बाग लगाने हों तो उनका रेखांकन तथा गड्ढों (60 से.मी.) की खुदाई करें। बाग की सिंचाई आवश्यकतानुसार करें।

जून

जून का महीना किसानों, जन-जीवन में एक प्रफुल्लता व आशा का संचार लेकर आता है। असहनीय तपन का अंत होने लगता है। आसमान में बादलों का छा जाना मानो वर्षा ऋतु के आगमन का संदेश देता हुआ प्रतीत होता है। कोयल व पपीहा अपनी मधुर सुरीली कूक से वातावरण को अब रसमय तथा आनंददायक बनाकर मानव के मन में उल्लास और नवीन स्फूर्ति का संचार करने के लिए उत्सुक लगते हैं।

मौसमी पुष्प

वर्षा ऋतु के पुष्पों के बीजों, जैसे अमरेंथस, गुलमेंहदी, सिलोसिया, कॉसमस, गमफरीना, टिथोनिया, जिनिया आदि को किसी ऊंचे स्थान, बक्सों या थैलियों में बुवाई कर देना चाहिए। वर्षा ऋतु में इनमें पानी नहीं भरना चाहिए। इसका ध्यान रखना होगा। जहां इन तैयार पौधों का रोपण करना हो वहां उनकी क्यारियां भी बना लेनी चाहिए।

गार्डेनिया रैडिकन्स

लॉन

इस माह अत्यधिक गर्मी पड़ती है, अतः लॉन को तरोताजा रखने के लिए प्रत्येक चौथे से छठे दिनों के अंतर पर पानी देते रहना आवश्यक है। यदि लॉन की छिलाई व सफाई पिछले माह न हो सकी हो, तो इस माह कर देनी चाहिए। नया लॉन बनाने के लिए मई के अंत में लॉन मिट्टी की खुदाई संपन्न हो गई होगी। अब मिट्टी को कई बार उलट-पुलट लें। दो बार ऐसा करने से बेकार के उगे हुए छोटे-मोटे पौधे व कीटाणु मर जाएंगे। लॉन को 2 से 3 हफ्ते धूप दिखाना आवश्यक होगा।

इसमें गोबर की खाद और स्ट्रोरामील भी मिलाना चाहिए। बड़े ढेलों को तोड़कर जमीन बराबर करनी चाहिए। पानी पर्याप्त मात्रा में देना चाहिए। आप जब देखें कि मिट्टी सूख गई है तो जमीन को सपाट एवं बराबर कर मनचाही घास का रोपण करें।

शोभाकारी पौधे

गर्मी अधिक पड़ती है, अतः इन पौधों को सीधी धूप और गर्म हवा से सुरक्षित रखना होगा। प्रातः की हल्की धूप इनके लिए स्वास्थ्यप्रद होगी। इन पौधों को छाया में रखें।

गुलाब

देशी (ऐडवर्ड) गुलाब की लगी हुई कलमों को, जिनमें बडिंग करनी हो, अब तैयार कर लेना चाहिए। गुलाब के पौधे में पिछले माह की क्रिया को पुनः कर सकते हैं।

गुलदाऊदी

इस माह गुलदाऊदी की कटिंग लग सकती है, अतः सर्व प्रथम बदरपुर बालू को कीटाणुमुक्त करें। बालू को तसले में रखकर एक घंटा गर्म करें। कटी टहनी के लगाने वाले सिरे को थोड़ा गीला करके सेरेडिक्स पाउडर लगाकर उसे 10 से.मी. गहरी ट्रे या गमलों में लगाकर छाया में रखें। इनमें प्रातः व सायंकाल थोड़ा पानी डालें। छः से आठ सप्ताह के बीच इन टहनियों में जड़ें निकलनी आरंभ हो जाएंगी। जब इनकी टहनियां सुदृढ़ व स्वस्थ होने लगें, तो आप धीरे-धीरे धूप में ला सकते हैं। अधिक वर्षा से इन पौधों की रक्षा करनी चाहिए।

केना

केना लगाने की क्यारियां तैयार करें। प्रत्येक वर्ष यदि संभव हो तो इनको नई क्यारियों में लगाना उचित रहता है। इनकी जड़ों से निकली छोटे-छोटे पौध को अगले साल लगाने के लिए भी उपयोग हो सकता है।

झाड़ीदार पौधे

गर्मी अधिक पड़ रही है, इस कारण झाड़ियों, हेज व पेड़ों में अधिक पानी की आवश्यकता होती है। इनको लगातार पानी दीजिए एवं पानी से इन पर छिड़काव भी करते रहिए। झाड़ीदार व बड़े पेड़ों जैसे कचनार, कैसिया, अकेसिया, पोइनसिटिया, अल्सटोनिया आदि की कलम लगाना व बीज का रोपण इस माह भी हो सकता है।

जुलाई

सुहावनी वर्षा ऋतु का आगमन होता है। धरती का लहलहाना व जन-जीवन में एक नई उमंग, उल्लास एवं उत्साह तथा आनंद का समावेश होना आरंभ हो जाता है। मयूर मस्ती से झूम-झूम कर नृत्य करने लगते हैं। कदब के वृक्ष बड़े-बड़े गोल,

सुगंधित पीले फूलों से सुशोभित हो जाते हैं। वर्षा आरंभ के साथ ही बागवानी करने का भी मौसम आ जाता है और हर व्यक्ति नई साज-सज्जा एवं नवीन सोच के साथ बागवानी कार्यों को नई दिशा देना प्रारंभ कर देता है।

एक्जोरा

मौसमी पुष्प

वर्षा ऋतु के फूलों के बीज जैसे—गेंदा, कॉसमस, गुलमेंहदी व जीनिया आदि के बीज, यदि जून में न बोये गये हों तो अब अवश्य ही बो देना चाहिए। यदि इन फूलों की पौध अब नर्सरी में तैयार हो, तो क्यारियों में 30 से 45 से.मी. की दूरी पर रोपी जानी चाहिए। पौध गमलों में भी लगाई जा सकती है।

जिरेनियम, गुलदाऊदी व सदाबहार पौधों की अधिक वर्षा से रक्षा करें, इनमें पानी अधिक न डालें। यदि वर्षा ऋतु का पानी भर जाये तो उसे निकालने का समुचित प्रबंध करें। पौधों की छंटाई कर दें जिससे वे सुंदर व संतुलित आकार के लगें।

लॉन

वर्षा ऋतु में घास काटने वाली मशीन का ब्लेड थोड़ा ऊंचा कर देना चाहिए, जिससे ऊपरी घास का हिस्सा तो कटे किंतु नीचे की थोड़ी मोटी घास बची रहे ताकि वह नमी बनाये रखे। वर्षा ऋतु में लॉन में सिंचाई आवश्यकतानुसार कीजिए। इसके अतिरिक्त खर-पतवार जैसे ही दिखने प्रारंभ हों, उन्हें निकालकर नष्ट कर दें।

गुलाब

गुलाब में जड़ के पास से फूटे किल्लों को निरंतर तोड़ते रहें। यह कार्य अत्यंत महत्त्पूर्ण है। पिछले माह तैयार की गई क्यारियों में देशी गुलाब से तैयार पौधों को, जिनमें भविष्य में बडिंग करनी है, ऐसे देशी गुलाब (एडवर्ड) की स्वस्थ कलमों को अलग-अलग 30 से.मी. की दूरी पर रोप देनी चाहिए ताकि वर्षा के समाप्त होने पर उनमें आंख बांधने का कार्य सरलता से किया जा सके। खर-पतवार, सूखे फूल, पत्ते, डाली आदि नियमित रूप से निकालते रहने चाहिए।

गुलदाऊदी

गुलदाऊदी की कलम को बदरपुर बालू (मोटी बालू) में लगा दें। जिससे उसकी जड़ें निकल सकें।

केना

केना को निकालकर पुनः इसका रोपण करना चाहिए।

झाड़ीदार पौधे

बड़े पेड़ों व लताओं के बीज बो देने चाहिए। पुष्प वृक्ष व झाड़ीदार तथा बेलदार फूलों के नए पौधे लगाने के लिए भी यह माह सर्वथा उपयुक्त है। विंका, इक्सोरा, बोगेनविलिया, बेगोनिया आदि में दब्बे या गूटियां बांधी जा सकती हैं। इस माह लगभग सभी प्रकार के झाड़ीदार पौधों की कलमें लग सकती हैं। जो पौधे तैयार हों, उनका स्थान बदली कर देना चाहिए। झाड़ियों की कटाई व छंटाई भी कर देनी चाहिए। वर्षा ऋतु के आरंभ होने पर अमलतास वर्ग के बीज एवं एकलीफा की कलम लगाएं।

सब्जी

सब्जियों में अगेती गोभी व टमाटर के बीज, ऊंचाई पर बनी नर्सरी क्यारियों में बोये जा सकते हैं। उन्हें पानी की तेज व

सीधी बौछार से बचाने के लिए उचित प्रबंध करना चाहिए। लौकी, तरोई, मक्का, बैंगन, अमरेन्थस, करेला, शिमलामिर्च, सेम, खीरा, भिंडी, मूली, मिर्च, टमाटर की बोआई भी इस माह के पहले पखवाड़े में की जा सकती है। यदि वर्षा देर से आरंभ हो तो यह सब कार्य अगस्त माह में भी हो सकते हैं।

शकरकंद की भी इसी माह में रोपाई की जाती है। यह कलम से या कंद से उगाई जाती है।

फल

इर्नाचिंग व विनियर ग्राफ्टिंग करने का सबसे उपयुक्त समय यही है। नये बागों का रोपण करना चाहिए। इस माह में सभी प्रकार के फल-वृक्षों के नये पेड़, कलमें तथा बीज लगाए जा सकते हैं। आम, लुकाट, लीची, केला, कटहल, जामुन आदि के नये पेड़ या कलमें पहले से खोदे गड्ढों में पकी व छनी हुई खाद तथा मिट्टी का मिश्रण भर कर लगाने चाहिए। बीजू आम, करौंदा आदि फलों के बीज बोने का भी यही उपयुक्त समय है। नीबू, संतरे आदि वृक्षों में इस मौसम में फूटने वाले पनीले अंकुरों को भी काटते रहना चाहिए। इस माह फलों के पेड़ों में खाद देनी आवश्यक है। इस माह में वर्षा के कारण अनेक तरह की खर-पतवार बाग में उग आते हैं। इस कारण क्यारियों की निराई व घास आदि से बाग को स्वच्छ रखना परम आवश्यक है।

अगस्त

यानी सावन का महीना, झूलों का महीना, बरसते मेघों का महीना। सावन की भीगी हवा चमेली, मेहंदी, रात की रानी, गंधराज के सुंदर सफेद फूलों की सुगंध से भर जाती है। प्यास से तड़पती धरती को नया जीवन मिलता है। उस पर सहसा हरी घास का सुंदर गलीचा बिछ जाता है।

बालसम

पुष्प

सर्दियों के कुछ मौसमी पुष्पों के बीज उगने में कुछ अधिक समय लगता है जैसे–कारनेशन, पिटुनिया, डहलिया, हालीहॉक्स, सालविया, एस्टर, सिनरेरिया आदि। अतः इनके बीज गमलों में डाल देने चाहिए। ग्लेडीओलाई भी क्यारियों में लगा सकते हैं।

लॉन

यदि अभी तक लॉन में घास न लगी हो तो इस माह घास आवश्य लग जानी चाहिए। लॉन लग गया हो तो लॉन में जंगली घास को निकाल देना चाहिए। यदि वर्षा कम हो रही हो तो आवश्यकतानुसार लॉन में सिंचाई करना चाहिए। खरपतवार घास-फूस और कीड़े-मकोड़ों को नष्ट करते रहना चाहिए।

शोभाकारी पौधे

सभी शोभाकारी हरे-भरे पौधों को बाहर निकाल कर वर्षा ऋतु की बौछारों से स्नान करा देना चाहिए। उससे पौधे तरोताजा एवं आकर्षक लगेंगे। इसका विशेष ध्यान रखें कि वर्षा ऋतु का पानी जड़ों में एवं आस-पास इकट्ठा न हो। इस माह किसी भी प्रकार की कलम लगाने से उनमें सरलता से जड़ें फूटकर निकल आती हैं, अतः बेलें, हेज या झाड़ी आदि यदि आप उगाना चाहते हैं तो यह सर्वोत्तम समय है।

गुलाब

जून माह की क्रिया को दोहराएं। गुलाब में स्टाक को अच्छी तरह तैयार हुई क्यारियों में बदल देना चाहिए।

गुलदाऊदी

गुलदाऊदी के पौधे कुछ बड़े होने लगते हैं, अतः पौधों को सीधा रखने के लिए उसमें लकड़ी का सहारा देना उचित होगा। मिट्टी में एक बड़ा चम्मच बोनमील एवं एंटी-टरमाईट पाउडर मिलाकर पौष्टिक खाद दें। इन पौधों को ऊपर से 2.5 से.मी. तक काट दें। यह उपचार करने पर उस डाल पर कई शाखाएं निकलेंगी और हमें अधिक संख्या में पुष्प प्राप्त होंगे।

गुलदाऊदी व जिरेनियम को वर्षा के पानी से बचाकर रखना चाहिए अन्यथा इनके गल कर मरने की आशंका बनी रहती है।

कैक्टस व सकुलेन्ट की वर्षा ऋतु के पानी से रक्षा करनी चहिए अन्यथा इनके सड़ने का भय रहता है।

शाक-भाजी

गाजर, गोभी, फूल गोभी, पात गोभी, गांठ गोभी, मिर्च, सेम, मूली, देशी पालक, चुकंदर, शलजम, टमाटर आदि की बुवाई की जानी चाहिए। सेलेरी भी इस माह में लगाना चाहिए, यह पौष्टिक तत्व की सब्जी है। लता वाली सब्जियों को सहारा लगाना आवश्यक होगा।

फल

फलों के नये बाग लगाये जा सकते हैं। विनियर ग्राफ्टिंग तथा इर्नाचिंग का कार्य इस माह में भी हो सकता है।

सितम्बर

हरसिंगार के मनमोहक पुष्प सितम्बर के आरंभ से खिलने लगते हैं और संध्या से प्रातः तक वृक्ष को अपनी छटा से सुशोभित करते हैं। पर्यावरण को स्वच्छ व सुगंध देने वाले ये मनोहारी पुष्प सूर्य की पहली किरण के बिखरने के साथ ही वृक्ष से नीचे श्वेत चादर के रूप में बिछ जाते हैं। वायुमंडल धुंध और धूल से मुक्त होकर निर्मल हो जाता है। शीतल समीर बहने लगती है।

मौसमी पुष्प

शीत ऋतु के पुष्प जैसे एस्टर, एंटीरीहनम, कारनेशन, क्लारकिया, डहलिया, हाकीहॉक, लार्कस्पर, लूपिन पॉपी, केलेनड्यूला, फ्लाक्स, पिटुनिया, मिगनोनेट, वरबीना, सालविया, स्वीटपी, स्वीटसुलतान, लाईनेरिया, कॉसमस, पेन्जी आदि के बीजों को सितम्बर के अंत में छोटी व ऊंची क्यारियों में बो देना चाहिए। बीज से पौध तैयार हो जाएंगे तो इस तैयार पौध को लगाने के लिए इस माह क्यारियों को भी गुड़ाई-निराई करके तैयार रखनी चाहिए।

जीनिया

इस माह ग्लैडिओलाई, एमरेन्थस एवं इस्टर लिली के बल्ब भी लगाये जा सकते हैं। ग्रीष्म ऋतु व वर्षा ऋतु के मौसमी पुष्प अब खिल चुके होंगे। अतः उन्हें क्यारियों से निकाल लें एवं शीत ऋतु के पुष्पों के लिए क्यारियों की तैयारी करें।

लॉन

अभी तक यदि लॉन न लगाया गया हो तो इस माह तक अवश्य लग जाना चाहिए। इस मास घास काटने वाली मशीन का ब्लेड, जहां तक हो सके नीचा करके घास की कटाई कीजिए ताकि लॉन का एक निश्चित आकार-प्रकार सुरक्षित रहे। पुराने लॉन में वर्षा समाप्त होने पर घास-फूस को निकालें तथा घास काटने वाली मशीन से घास की कटाई करें। इसके पश्चात् उसमें स्टेरामील की खाद दें।

शोभाकारी पौधे

सदाबहार पौधों को आप सजावट के लिए रख सकते हैं, किंतु इसका ध्यान रखिये कि इन पौधों में तेज धूप न लगे अन्यथा ये मुरझा जाएंगे। पिछले साल के कारनेशन के पौधे जो अपने सुरक्षित रखे हैं उनकी छंटाई कीजिए एवं नई खाद में उनका रोपण कीजिए।

गुलाब

पिछले माह की तरह गुलाब की देखभाल करते रहिए।

गुलदाऊदी

इस माह गुलदाऊदी की सुचारु रूप से देखभाल करनी आवश्यक है। पूर्व की भांति ही निरंतर खाद व पानी देते रहें। यदि कीड़े लग रहे हों तो उसका उपचार करें। कलियों में पुष्पों का रंग दिखने पर किसी भी प्रकार की खाद या फिर तरल खाद देना बंद कर देना चाहिए, क्योंकि फूल आने के पश्चात् पौधों को अधिक आहार की आवश्यकता नहीं होती। इस माह के अंतिम सप्ताह तक कलियां आने लगती हैं। यदि आपका फूल कमजोर है तो ऊपर की कली खिलने के पूर्व ही फट सकती है। ऐसी स्थिति में उस कली को नष्ट कर दें। कुछ दिनों बाद इन डालों पर स्वस्थ, सुंदर कली व पुष्प खिलेंगे।

सब्जियां

शीत ऋतु की सब्जियां फूलगोभी, पातगोभी, मूली, गाजर, पालक, सलाद, प्याज, लहसुन, सेम, टमाटर, मेथी, फ्रेंचबीन, लेट्यूस, मटर, आलू, पार्सले के बीज बोये जा सकते हैं। कुछ विशेष व पौष्टिक सब्जियां होती हैं जिनको हमें बोना एवं भोजन में समावेश करना चाहिए, जैसे ब्रोकली, जिसमें विटामिन ए, बी-1, बी-2 और सी होते हैं। ब्रसल्स स्प्राउट भी प्रोटीन व विटामिन 'ए' से परिपूर्ण होता है और पार्सले विटामिन सी से भरपूर होती है।

फल

कमरख, अमरूद, नीबू, आम, लुकाट व कटहल के पौधों का रोपण करना चाहिए। अन्य फलों के बोये गये बीजों के तैयार पौधों को अब स्थायी क्यारियों में बदल देना चाहिए। लुकाट व नीबू में बांधी गई गूटी अब तैयार हो गई होगी, अतः उन्हें पेड़ों से अलग कर उचित स्थान पर लगा दें। बाग की जुताई व सफाई करते रहें और यदि वर्षा न हुई हो तो नये लगे फलों के पौधों की सिंचाई करनी चाहिए।

अक्टूबर

दशहरा एवं दीपावली के उत्सव के साथ-साथ गुलाबी जाड़े का आगमन। इस ऋतु में मौसम सुहावना व स्वास्थ्यप्रद होने लगता है। साथ ही शीत ऋतु की बागवानी को अपनी कल्पना एवं सूझ-बूझ से सुंदर बनाने का यह अत्यंत ही व्यस्ततम माह है। इस माह में किए गए परिश्रम का फल शीत ऋतु में देखकर आप स्वयं ही आत्मविभोर हो जाएंगे।

यह माह बागवानी के लिए बड़ा महत्वपूर्ण है। कार्य संपन्न करने के लिए आपको कुछ अलग से काम करने वालों की व्यवस्था करनी होगी, क्योंकि इस माह में फूल, फल व सब्जियों का काफी काम रहता है। वर्षा ऋतु के कारण वाटिका में बढ़े हुए जंगल व घास-फूस की अंतिम सफाई इस माह में होनी आवश्यक है।

गेंदा

मौसमी पुष्प

सितंबर माह में तैयार की गई क्यारियों में बीजों से अंकुरित हुए सब मौसमी फूलों की पौध को क्यारियों एवं गमले में लगा देनी चाहिए ताकि अधिक ठंड पड़ने के पूर्व वे ठीक से स्थापित हो जाएं। प्रदर्शनी के उद्देश्य से लगाए गए पौधों के गमलों को इस माह के प्रथम सप्ताह तक लगा देना चाहिए, ताकि बढ़ने के लिए उन्हें पर्याप्त समय मिल जाए। स्वीट-पी के बीजों को दस अक्टूबर तक अवश्य बो देना चाहिए। लाक्सपर, लाईनेरिया व लाईनम पुष्प के बीज भी क्यारियों में बो देने चाहिए। बची हुई पौध को मित्रों को बांट दीजिए। नरगिस व ग्लोडियोलाई के बल्ब लगाने के लिए यह माह सर्वोत्तम है।

लॉन

इस माह लॉन में यूरिया या अमोनियम सल्फेट डालकर तुरंत पानी भर देना चाहिए।

गुलाब

इस माह सबसे अधिक परिश्रम इन पौधों के लिए करना पड़ता है। यह माह गुलाब के लिए महत्वपूर्ण इसलिए है, क्योंकि इस माह में किए गए परिश्रम का फल आपको आने वाली ऋतु में देखने को मिलेगा। पेड़ों की छंटाई के लिए इस माह का दूसरा सप्ताह उपयुक्त होगा। छंटाई आप सख्त, मध्यम या हल्की कर रहे हैं, यह निर्भर करेगा कि गुलाब का पौधा किस किस्म का है।

गुलदाऊदी

गुलदाऊदी के फूल उज्ज्वल व स्वस्थ्य हों, इसके लिए पौधों की जड़ों में एक चाय का चम्मच पोटाश या लकड़ी की राख डाल सकते हैं। बड़ी गुलदाऊदी में केवल उन कलियों को छोड़ दें जिन्हें आप रखना चाहते हैं, अन्य सभी कलियों को तोड़ दें।

झाड़ीदार पौधे

शीत ऋतु का प्रकोप बढ़े, उसके पहले ही एकलीफा एवं इरेन्थिमम की छंटाई कर देनी चाहिए जिससे नई पत्तियां निकलें। देर में कटिंग करने से कोमल एवं नई पत्तियां ठंड सहन नहीं कर सकती हैं। इस माह हेज एवं हरे-भरे सदाबहार पौधों में आवश्यकतानुसार खाद दी जा सकती है।

सब्जियां

मैदानी क्षत्रों के लिए यह माह आलू की बुआई के लिए उपयुक्त है। इसके अतिरिक्त फूलगोभी, पातगोभी, मूली, शलजम, पालक, सलाद, प्याज, चुकन्दर, मटर आदि की बुआई करनी चाहिए। पुदीने को क्यारियों में पुनः रोपण कर सकते हैं। इस माह महकती हुई सौंफ व धनिया को भी बोया जा सकता है।

फल

इस माह स्ट्रॉबेरी के सकर्स को क्यारियों में लगा देना चाहिए। शरीफा का बीज भी बोया जा सकता है। नीबू प्रजाति के पौधों में आवश्यकतानुसार निराई, गुड़ाई एवं अंकुरों को तोड़ते रहना चाहिए। पेड़ अपनी पत्ती आसानी से गिरा सकें इसलिए शीतऋतु में पत्ती गिराने वाले पेड़ों में पानी देना बंद कर देना चाहिए। शीत ऋतु में उनमें नई बाढ़ आती है। लुकाट और नीबू प्रजाति के पौधे इस माह भी लगा सकते हैं। इस माह तैयार पौधों का स्थानान्तरण कर देना चाहिए।

नवम्बर

नवम्बर का महीना अर्थात् गुनगुनी ठंढक, मनभावन व सुहावना मौसम। शीतल समीर का बहना मन को आनंदित कर देता है। इस माह में उद्यान, बगिया, रंग-बिरंगे आकर्षित तथा सौंदर्य से पूर्ण गुलदाऊदी, ग्लेडियोलाई और सुगंधित रजनीगंधा के फूलों से शोभायमान होने लगती है।

छोटी गुलदाऊदी

मौसमी पुष्प

फूलों की क्यारियों व गमलों में निराई-गुड़ाई व सिंचाई करते रहना चाहिए। नरगिस एवं ग्लैडिओलाई के फूलों के बल्ब इस माह तक लगाये जा सकते हैं।

लॉन

इस माह रात की ठंढक का प्रभाव लॉन पर होने लगता है, अतः पानी डालना थोड़ा कम कर दें, क्योंकि इस समय घास की बढ़वार कम हो जाती है। लॉन को हरा-भरा रखने के लिए स्टेरामील की खाद डालें (100 ग्राम प्रति वर्गमीटर)।

गुलाब

यह माह गुलाब की नई झाड़ व पौधे लगाने का सर्वोत्तम समय है। इस समय रोजमिक्स या अन्य खाद दी जा सकती है। कीड़े व रोग को रोकने के लिए उचित औषधि का छिड़काव समय-समय पर करना चाहिए। पानी हफ्ते में एक बार एवं गुड़ाई महीने में दो बार करनी उचित होगी।

देशी गुलाब की कलम काटकर अगले वर्ष के लिए क्यारियों में लगा देना उचित होगा।

गुलदाऊदी

इस माह में गुलदाऊदी के सुंदर पुष्प खिलना आरंभ कर देते हैं। अब तरल खाद देनी बंद कर देनी चाहिए। जड़ के पास से निकलते हुए कल्लों को तोड़ते रहना चाहिए। वाटिका एवं घर में इन सुंदर गमलों से सजावट करें। इन्हें कलात्मक ढंग से एवं रंगों का मेल करके गृह एवं वाटिका की शोभा बढ़ाएं।

केना

इस माह में केना के फूलों की बहार अपनी अंतिम अवस्था में होती है। जिन पौधों में फूल खिल चुके हों, उन्हें भू-स्तर तक काट देना चाहिए। इस समय आप अच्छे फूलों को रखने का चुनाव भी कर सकते हैं।

शोभाकारी पौधे

वाटिका एवं घर में इन पुष्पों के आकर्षक गमलों से सजावट करें। इन्हें कलात्मक ढंग से एवं रंगों का मेल करके गृह एवं वाटिका की शोभा बढ़ाएं।

झाड़ियां

एकलीफा व अन्य झाड़ियों का इस माह बढ़ना बंद सा हो जाता है। उनकी डालियों को एवं जो झाड़ियां फूल चुकी हों उन्हें अच्छा आकार देने के लिए उनकी छंटाई कर देनी चाहिए। बेलों की एवं झाड़ियों की कलमें इस माह जमीन में लग सकती हैं।

सब्जियां

इस माह चुकंदर, बैंगन, बंदगोभी, शिमलामिर्च, मिर्च, मेथी, सरसों, प्याज, मटर, आलू, पालक, टमाटर, शलजम के बीजों की बुआई की जा सकती है। सब्जियों की क्यारियों की आवश्यकतानुसार निराई, गुड़ाई एवं सिंचाई करते रहना चाहिए। नये लगाए पौधों को पाले से बचाने का समुचित प्रबंध करें।

दिसम्बर

जाड़े के इस सुहावने मौसम में मन की प्रवृत्ति भी प्रकृति के अनुरूप हो उठती है। सूर्य देव के उदय होते ही मानो जीवन में गति आ जाती है। इस माह में लॉन की छटा देखते ही बनती है। हरा-भरा घास का गलीचा और वहां बैठकर धूप लेने का आनंद ही कुछ और रहता है। इस महीने में अनेक प्रकार के फल व मेवों का सेवन स्वास्थ्यप्रद रहता है। अति सुंदर रंग-बिरंगे गुलाब, गुलदाऊदी व ग्लेडियोलस की बहार इस मौसम में सर्वाधिक शोभायमान होकर मन को प्रफुल्लित करती है।

गुलाब

मौसमी पुष्प

इस माह में गुलदाऊदी व गुलाब के पौधे फूलों से पूर्णतया आच्छादित रहते हैं। इस समय इनको खाद, सिंचाई, खर-पतवार, कीट व रोग से बचाने का ध्यान रखें। इनको उपयुक्त खाद दें और सिंचाई करें। साथ ही इन्हें खर-पतवार एवं कीट रोग से बचाने का प्रबंध करें।

शीत ऋतु के मौसमी पुष्पों की वृद्धि के लिए तरल खाद दें। क्यारियों व गमलों की गुड़ाई करके खर-पतवार निकालें।

लॉन

इस माह नीम की खली एवं यूरिया का घोल बनाकर देना उचित होगा।

नीम की खली से कीटाणु नष्ट होंगे तथा यूरिया से लॉन हरा-भरा रह कर आपको आनन्द देगा। जंगली घास निकालना एवं मशीन से घास की कटाई करते रहना चाहिए।

शोभाकारी पौधे

इस माह यदि पाला पड़ने की आशंका हो तो गमलों, पौधों की रात में रक्षा करने का प्रबंध भी आवश्यक है। गमले में लगे कोलियस, क्रोटन, सदाबहार आदि को भी पाले से मरने की आशंका रहती है, अतः इन्हें ग्रीन हाउस या छायादार स्थानों पर ही रखें। साथ ही गमलों में उचित नमी की मात्रा अवश्य बनाये रखें।

गुलाब

इस माह गुलाब का सौंदर्य अपनी चरम सीमा पर होता है। आप तन्मय होकर उसकी सुंदरता का आनंद ले सकते हैं। इनको स्वस्थ रखने के लिए नियमित रूप से कीटाणुनाशक मिश्रण का छिड़काव करते रहें। तीसरे सप्ताह में इन्हें खाद एवं उर्वरक की आवश्यकता होती है। गुलाबों में चश्मा बांधने का कार्य अब आरंभ कर सकते हैं।

गुलदाऊदी

जिन पौधों के फूल अब खिलकर समाप्त हो गए हों उनके तनों को गमलों से 15 से.मी. की ऊंचाई से काट देना चाहिए। तने में से निकले स्वस्थ सकर्स को छांटकर अलग करके बीज बोने वाले स्थान पर लगा दीजिए। भविष्य में ये ही सकर्स नये पौधे तैयार करेंगे। इन्हें ठंड व ओस से बचाकर रखें। पुष्पों के मुरझाने के पूर्व इनके सकर्स पर फूलों के नाम व रंग अवश्य लिख लें ताकि अगले वर्ष के लिए उस समय रंगों व फूलों का चुनाव आसानी से कर सकें।

केना

इस माह केना के पुष्प समाप्ति पर होते हैं। इन्हें अब खाद की आवश्यकता होती है। माह के अंत में इनमें सिंचाई करें।

झाड़ियां

शीत ऋतु में पत्ती गिरा देने वाली झाड़ियों की इस माह कटाई-छंटाई करनी आवश्यक है। इनकी कलमें भी इस माह में लगाई जा सकती हैं।

सब्जियां

इस माह टमाटर, प्याज व सलाद के बीज बो सकते हैं।

फल

मैदानी आडू व आलूचा के नये बाग लगाये जा सकते हैं। इनकी कटाई-छंटाई करनी भी आवश्यक है। मैदानी आडू व अलूचा की सिंचाई बंद कर देनी चाहिए।